U0566970

无岸的海

杨志军 著

北京联合出版公司

图书在版编目（CIP）数据

无岸的海 / 杨志军著. -- 北京：北京联合出版公司，2018.10（2023.11 重印）
ISBN 978-7-5596-2404-8

Ⅰ．①无… Ⅱ．①杨… Ⅲ．①长篇小说－中国－当代 Ⅳ．① I247.5

中国版本图书馆 CIP 数据核字（2018）第 172106 号

无岸的海

作　　者：杨志军
出 品 人：赵红仕
责任编辑：管　文
封面设计：吴黛君

北京联合出版公司出版
（北京市西城区德外大街83号楼9层 100088）
北京新华先锋出版科技有限公司发行
大厂回族自治县德诚印务有限公司印刷　新华书店经销
字数184千字　620毫米×889毫米　1/16　20印张
2018年10月第1版　2023年11月第2次印刷
ISBN 978-7-5596-2404-8
定价：59.00元

版权所有，侵权必究
未经书面许可，不得以任何方式转载、复制、翻印本书部分或全部内容。
本书若有质量问题，请与本社图书销售中心联系调换。电话：（010）88876681-8026

泡在海里的太阳显得有些绵软和慵懒，迟迟不肯浮出水面，天际线上，乳白的一溜已经飘荡许久了。海正在清梦里打着哈欠，早潮不知不觉涨起来，浪的声音像哭又像笑。来自东方的光以柔和的黑亮铺洒在就要被潮峰打湿的海滩上，一条由各样海菜组成的绿色防线镶起了随时都在移动的花边。追逐亮色的鱼几乎要探出海面，勤快的鸥鸟开始了一天中最早的捕食。黑黝黝的防波堤像一头昨晚才搁浅的正在向深水挣扎的巨鲸。离它不远，是停靠在六号码头上的最大的轮船"不来梅"号。惨烈的惊喊就从"不来梅"号上传来："杀人了，杀人了！"接着就是枪响。鸥鸟"嘎嘎"叫着飞升而去，划出一些散乱的曲线，远离了轮船和堤岸。有人拉响了汽笛，但显然不是为了启航。惊恐和慌乱中，绵软的被海水挤压成扁圆的太阳冉冉升起，以血红的色彩照亮了甲板上那个抱着卡宾枪、举着斧头的凶手。他面前的人纷纷倒下。云在奔跑，天一下子瓦蓝了不少。一阵狂风从海上吹来，想吹走这疯狂的杀戮，却让疯狂传播得更远："杀人了，杀人了！"已死和将死的人都被凶手丢进了海里，锚地的水面血红一片，"咕嘟咕嘟"地冒着气泡。鱼儿们从未遇到过如此丰盛的早餐。

1

那时候我是香港《华报》的记者。报馆之所以派我去青岛，除了我是一个青岛人，熟悉这座城市，还因为我是该报忠心耿耿的老人手。被调查的事件发生在"皇族"。"皇族"是一家老牌的德国贸易公司，总部在不来梅，香港有它的经营分支机构：一家船舶公司和一家贸易行。青岛的"皇族"也是分支，叫"皇族资本"，感觉是一个金融组织，事实上它的经营范围要大得多。据说青岛最早的德式公共建筑和军事设施都跟它有关系，不是它承建就是它投资，"不来梅"号也是"皇族资本"制造并经营的一艘准军事运输舰。从1897年到1914年，德国人在青岛经营的17年里，最早出现在风景优美的青岛湾的，就有一条"皇族街"，街道的命名显然是因为"皇族资本"在这条街上。"皇族"在《华报》有百分之四十的股份，是它最大的股东，报馆派遣我去调查，自然就有自惜羽毛的意思了。

我于早春二月一个细雨霏霏的日子从香港启程，坐"倚云"号先到了上海。我在上海没什么事，但"倚云"号有事，好像是接人。"倚云"号是国民党第二绥靖区司令长官、山东省政府主席王耀武私营的货邮两用轮船，用一艘英国造的驱逐舰改装而成，航速很快，虽然必须在上海耽搁一天，但比起其他邮轮来还是要快。船上的人纷纷上岸，我也不例外，心说：何不趁机去看看锦章呢？我们有三年没见面了。

老朋友陶锦章是法国教会医院的医生，工作和居住都在法租界。我坐着洋车沿外滩走向市内，感觉已是世纪末的萧条了，很多商店都挂起了抛售货物的招牌，但顾客依然稀少，大概是招牌上又写着"只收银圆"的缘故。已经关门谢客的商店比比皆是。人们行色匆匆，不管是穿着讲究的有钱人还是衣裳破旧的穷苦人。逗留在街边静止不动的只有两种人：乞丐和好久等不来顾客的洋车夫。突然看到黑压压的一片人拥挤在一家店铺门前，我问车夫那是干什么的。车夫说："买粮的，现在只有卖粮的不拒收金圆券，政府强迫的。先生，你能不能不给我金圆券？"我说："放心，我付你美钞。"车夫笑起来，脚步一下子轻快多了。法租界四周拉起了铁丝网，只能从切断了梧桐林荫道的栅栏门里走过去。我从洋车上下来，没走几步，就被戴着白色钢盔的法国警察拦住了。他用流利的汉语告诉我：要么我允许他彻底搜身，要么我离开这里原路返回。我说："为什么要这样？三年前可不是这样。"警察利索地搜了身，又打开皮夹子记下了我的名字和要找的人，才放我进去。

医院在租界的中心地段。锦章一见我，就从二楼窗户探出了身子："喂，是若缺吗？"我正在踏上医院大门前的石阶，仰头一看，发现他的脑袋光溜溜的。我问："头发呢？"他说："等着，别上来。"片刻，他跑下来接过了我手里的行李箱。医院正在把一些设备运回法国,已经不接收病人了,大部分医护人员已经离去,留下来的也基本没事可干。我说:"外国人比中国人更知道此地不可久留。"锦章说:"我也知道,就是不到最后一刻不想迈出那一步。""你想去哪里?""院方希望我跟他们去巴黎。你呢?""没想好,总不至于连香港也沦陷吧?""难说。"

锦章先带我去他家见过他太太,放下行李箱,又带我去了拿破仑餐厅。偌大的装饰豪华的餐厅里,只有我们两个人。锦章说:"过去来这里吃饭的都是富豪大亨,现在租界封闭了,谁来?上海滩的所有租界都用上了铁丝网的围墙。"我说:"几根铁丝就能挡住共产党的千军万马?外国人真可笑。""不可笑,他们是想拦住暴徒。""上海有暴徒?"锦章吃惊道:"你没听说过'皇族事件'?"我愣了。锦章又说:"不光租界,你到那些外国公馆、外国公司去看看,墙上都架起了铁蒺藜,有的还通了电,挂了'电死不赔'的牌子。门口和周围不仅有自家的保卫,还有政府派出的军警。人人感到风雨飘摇,朝不保夕,惶惶不可终日,怕的倒不是共产党,是那些蛮不讲理的暴徒。"我没想到"皇族事件"会在上海引起这么大的反响。等我告诉他,我去青岛就是为了调查"皇族事件"时,锦章忽地站了起来。

他说:"玛丽娅好像就在'皇族资本',你一定要去见见她,让她千万小心,必要时你要替我保护她。""玛丽娅是谁?""我在青岛市市立中学的同学,也是这些年唯一不能忘怀的故旧。""怎么不能忘怀?""漂亮呗,再就是……善良。""你是有太太的人,还惦记着人家的美丽、善良。""那是两回事,我迄今保留着她上学时的照片,还跟她有通信来往。"我说:"不如你跟我一起去青岛,看看她。"他摇摇头:"我给太太怎么说?能去早去了。"牛排已经上来。锦章坐下来要我"慢用",又问:"你结婚了吗?""这么大的事,我没告诉你?""没有。""那就是没结。"锦章笑道:"我把玛丽娅介绍给你要不要?""别把你不要的让给我。""我是没福气。"又说,"马奇主教,也就是我们医院的院长也要前往青岛调查'皇族事件',今天就出发。我也拜托他关照一下玛丽娅,最好能说服她尽快离开青岛。""一个主教去调查什么?""联合国邀请他参加'五人调查委员会'。""什么?你再说一遍。"

现在轮到我站起来了,一边咀嚼一边说:"我得马上回到船上去。"我对"玛丽娅"毫无兴趣,我吃惊的是作为一个专门前去调查"皇族事件"的记者,对这个"五人调查委员会"竟然一无所知。联合国都要插手了,这么大的事,派我来的《华报》主编弗兰斯不可能不知道,为什么不透露给我?锦章说:"沙拉和汤还没上呢!"我说:"不用了。"锦章匆匆付了账,随我出来,路上叮嘱道:"到了青岛别忘了剃成光头。""为什么?""看来你真的什么也不知道。上海的报纸说,暴徒不杀光头,在'皇族事件'中,几个幸存者都是光头。"我说:"上海的记者是从哪里得到的消息?凶手在逃,国民政府和'皇族'机构到目前都还没有对外公布过任何细节,连死人的数字都是模糊的。我去就是要全面、细致、真实地报道事由和经过,别听他们捕风捉影。"

在锦章家取回行李箱时,锦章的太太正在客厅收拾东西。她把柜子里的东西拿出来放到一个木头箱子里,一再地斟酌着:"要不要呢?丢掉就太可惜了。"锦章说:"可要是连这些瓶瓶罐罐都舍不得丢,十个箱子也装不下。再说了,还没决定去哪里呢,你瞎忙什么?"我说:"应该在最后一刻决定取舍,到那时就知道什么最重要了。"锦章太太说:"你们男人知道什么,一手忙脚乱,就丢三落四。不管去哪里都是要走的,早点儿做好准备心里踏实。"锦章解释道:"原本她是不想走的,说她生在上海长在上海,亲戚朋友都在这里。'皇族事件'一出来,不走也得走了。"锦章太太说:"你在外国人开的医院当大夫,人家能饶得了你?听说暴徒恨你们这种人比恨外国人还要厉害。"我说:"他是给人看病的,又不是汉奸走狗做了叫人家戳脊梁骨的事,你紧张什么?"锦章太太说:"不光阿拉[1]紧张,全上海吃洋人饭的都是过了今天莫得明天的样子,那些天天说洋文做买办的更是吓得不得了,成百上千的箱子都排到码头外面去了。马奇主教在教堂布道时也说,上帝不想过问中国的事,因为局势发展到今天是有理由的。阿拉不走怎么行?'皇族事件'就是个样子,要死人的。"我从挂在墙上的镜框里看到了锦章和马奇主教的合影,那个穿着黑色道袍的中年传教士鼻子尖尖的,用一双慈爱温暖的眼睛深沉地望着我。

---

[1] 阿拉:吴语词汇,表示"我们"和"我的"。

2

我的猜测没有错,"倚云"号要接走的人果然是"五人调查委员会"的马奇主教。等我回到船上时,马奇主教已经到了。轮船最上一层紧挨着驾驶舱的咖啡厅里,我意外地看到,跟马奇主教在一起的竟是香港警察总部的高级警司劳顿。毫无疑问,劳顿先生也是调查委员会的成员之一,他跟我一起从香港登船,而我却毫无察觉。我走过去跟他打招呼,同时表明我已经知道他此行的目的。劳顿先生没忘记半年前因为一桩港人杀英人的案件我曾经对他穷追不舍,神经质地摆着手说:"你别指望从我们这里得到什么,青岛对我们是个陌生的地方,事实上我们的调查很多时候都得依赖记者的报道。"我说:"为什么不能互相依赖呢?都是为了把事件调查清楚。"他阴郁地盯着我,半晌不语,突然说:"不错,我们的目的是一样的。"

我说:"发生在世界各地的暴动案、杀人案几乎每天都有,没听说联合国插手调查的,为什么独独对'皇族事件'如此重视?"劳顿两手一摊表示无可奉告。我又问:"是不是受了德国的请托?"劳顿说:"你是在提醒我重视'皇族'的归属国吗?《华报》是'皇族'旗下的报纸,说到底你也是受雇于'皇族'的新闻记者，德国有没有请托你应该知道。"我说："劳顿先生误会了，虽然'皇族'是《华报》的股东，但我并不受它的控制。""所以他们并没有告诉你为什么联合国会插手？"看我点头，劳顿又说："看来你得去问问联合国喽！"我立刻改变了话题："劳顿先生能否告诉我'五人调查委员会'中还有谁？"他又是两手一摊。我继续追问："如果不便说出名字，至少也应该告诉我，他们都是哪个国家的人？""别问了，记者先生，没有人授权我回答你的问题。""对不起，我的职业就是问。这个有主教大人和高级警司参与的调查委员会的头是谁？"劳顿干脆扭过脸去不看我了。我转向马奇主教，向他说起我跟锦章的关系，说起我们都受了委托需要"关照"的玛丽娅。主教知道"玛丽娅"不过是个引子，接下来我的问题依然是"五人调查委员会"，立刻微笑着打断了我的话："你见过陶锦章了？你应该说服他跟我们去巴黎，他有高超的医术，一定会受到法国人的尊重。"我说："如果还有机会我一定劝劝他。现在请大人回答我的问题，为什么一个基督教的主教会成为'五人调查委员会'的成员？"马奇主教冷下脸来，眼光滞涩地从我脸上扫过，望着窗外即将来临的黑夜说："看来你是不信基督的，不然就不会用这样的问题来麻烦一个德高望重的主教。基督无所不往，无往不胜，此外我不能告诉你任何别的。"

一个本来很简单的问题，由于劳顿和马奇的讳莫如深而变得复杂了。我突然意识到，我的调查范围正在扩大，至少扩大成了两个：一个是"皇族事件"的起因和经过，另一个是"五人调查委员会"的真实意图和联合国的目的。我想今后我跟他们还会有许多交道要打,不能让他们一开始就讨厌我,便客气地告辞了。

"倚云"号第二天早晨启航。接下来的两天里,我尽量不去打扰劳顿和马奇,见面只是笑着点点头,或者问一声好。直到我们踏上青岛口岸,就要在码头前的广场分手时,我才装作不经意的样子,向"倚云"号挥手告别,然后问道:"劳顿先生、主教大人,知道'倚云'号什么时候离开青岛吗?"他们都说不知道。我说:"就在调查委员会的调查完毕之后,它会一直等着你们。真没想到,'倚云'号成了你们的专舰。"他们显得非常吃惊。劳顿说:"如果一个记者想造谣,当然会挖空心思。"我说:"昨天我请船长共进晚餐,是他告诉我的。王耀武亲自给他打了电话,让他静候调查结束。"劳顿敏感地瞪着我说:"你的意思是我们跟国民政府有约定?不,我们的调查是独立的。"我说:"我也不相信调查会受人操纵。"说着扫了一眼停在不远处的一辆黑色轿车。有人从车旁疾步过来,毕恭毕敬地说:"是劳顿先生和马奇主教吧?我是市政府外事局的局长张绪国,请上车。"我掏出记者证举在手里,大声问:"局长已经等候多时了吧?"张绪国回答:"是。"我又扫了一眼另一边的一辆军车和一排荷枪实弹的士兵,问道:"怎么还有军队?"张绪国说:"是绥靖区司令部派来保护二位先生的。"劳顿和马奇主教顿时有些尴尬。我向他们挥手告别,笑道:"调查从现在开始,我一定还会请教二位调查大员。"

劳顿先生和马奇主教拒绝乘坐国民政府派来接他们的轿车前

往市区，而是和我一样坐进了一辆敞篷式的单套马车。后来还听说他们拒绝了市长为他们安排的接风晚宴，更拒绝住进临海而立、装饰豪华且有士兵守卫的原德国领事别墅，而是住进了斐迭利街（中山路）的夏日旅馆。也许国民政府做一些迎来送往的安排，仅仅是为了表示对代表联合国的"五人调查委员会"的尊重，但调查委员会不应该接受这样的尊重，因为"皇族事件"发生在国民政府的地盘上，政府显然是有责任的，任何过于亲热的接待，都会被看成讨好或者贿赂，尤其是在我这里。说真的，虽然我口口声声说我不受"皇族"的控制，但吃人饭护人短，潜意识里，感情和立场都会起作用："皇族事件"不可能发生在一个管理到位、治安良好的地方。我和"皇族"以及所有心惊肉跳的外国人、替外国人做事的中国人，对国民政府的埋怨不期然而然。

坐着能够唤醒我童年记忆的单套马车，我把自己安顿在了伊尔奇斯山前的海滨旅馆。伊尔奇斯山现在叫天平山，但我从小叫惯了，改不过来，也不想改。所有以往的称呼我都不想改，包括我从旅馆窗户里就能欣赏到的维多利亚海湾。它代表历史，能唤醒记忆，能让我在说国语时突然冒出一个英语词汇来，光那优美的音节就会让我陶醉半天。海湾东侧是维多利亚角，龙头一样昂扬着伸向大海，海水在龙嘴处激荡，在龙的身躯里静默，加上茂密的植物、起伏的山丘和氤氲的云雾，让它显得像一处仙境。我用英语问侍者："维多利亚角现在有人居住吗？"侍者用英语回答："先生，大概没有，从来没看到冒出过炊烟。"又瞅了瞅我，"先生，你会说国语吧？"我点点头。他立刻变成了国语，是地道的北京话："我知道先生会，先生最好说国语。""为什么？""你不知道'皇族事件'吗？咱犯不着用嘴巴招惹人家，您说是不是？"侍者机灵，把他自己跟我划到一起了。我有些忐忑，表面上装作无所谓，仍然用英语说："谢谢你的提醒，你好像不是本地人？""祖上在北京。""是清朝灭亡时来青岛避难的寓公遗老吧？""正是。"我请他介绍一下海滨旅馆的饭菜，他用国语说："这里的京味中餐最有名，尤其是宫廷菜。"我轻蔑地"哼"了一声："中餐有什么好吃的，油乎乎的。"

我欣赏着维多利亚海湾的宜人景色，在海滨旅馆的西餐厅用过午餐，租了一辆脚踏车，直奔"皇族资本"。

3

因"皇族资本"的存在而命名的皇族街在1914年日本人占领青岛后改名为姬路町，1922年中国政府收回青岛后又更名为兰山路。我自然又是以不变应万变，在心里亲热地叫它"皇族街"。比起小时候看到的皇族街，如今这里已是又脏又乱了，人多，店多，车多，垃圾多，路面坏了也不修，马路牙子蚯蚓一样曲扭着翻起来，好几处都断了。下水道的铁质井盖没有一处是完备的，肯定早就送进兵工厂变成了枪炮子弹，深深浅浅的井上覆盖着烂草席或者烂木板，有的干脆什么也不盖，就像城市的黑眼睛无奈地望着飘过烂云败絮的天。歪七扭八、伤痕累累的行道树还没有发芽，不知道死了还是活着。想想小时候，这里干净得一尘不染，安静得能听到蝴蝶扇翅的声音，偶尔会有德国人从石条铺成的人行道上走过，戴着高筒礼帽，挂着亮闪闪的金属的文明棍，妇人和公主们的裙子拖在地上，地上的清洁和裙子的清洁是一样的。而我，一个中国小孩，怯生生地跟在父亲后面，好奇而羡慕地望着他们。父亲是莱茵河牛肉店的雇员，负责把一份份切成方块的新鲜牛肉送到喜欢享受牛排的德国人家里。他剪了辫子，穿着老板为他特制的黑色燕尾服和领子浆得笔挺的白衬衣，细脖子上打着蓝色领带，以此为通行证，每天都在欧人区走家串户。他会骑马也会骑脚踏车，但为了表示对德国人的尊敬，他情愿不计苦累地走来走去。他喜欢带着我，因为据说这样我就可以受到西洋文明的熏陶。后来父亲又把我送进了魏玛小学，这是一所德国孩子才能上的小学，除了我。我不知道为什么除了我，只是觉得父亲本事真大。所有羡慕我的家长和孩子都认为：父亲本事真大。

好在皇族街的建筑依旧，都还是德国人的风格，阳台、拱廊、塔楼、罗马柱、偌大的绿色盔甲帽，浪漫而华丽的各色装饰就像土地本身一样凝固在飞驰的时间里。尤其是傲岸的"皇族资本"，右边是圆形的两层，左边是六角形的三层，中间是方形的五层，一律用赭色花岗岩砌成，结实得就像万年不坏的城堡，庄严而优雅、怀旧而稳健，就像一个有着世袭爵位的贵族，既有忍不住的炫耀，又有死硬的不肯丢弃传承的保守。德国人把他们与生俱来的风度和气质融化在建筑艺术上，就算他们早已远离而去，"模范殖民地"依然发挥着"模范"的作用。

我穿过马路，把脚踏车靠在行道树上，走向"皇族资本"的大门。门柱前后、台阶上下，都站着警察，往上看，阳台和塔楼的窗洞里也有警察的影子，枪都架着，有步枪也有机枪，随时准备射击的样子。再看对面，我的天，依然是德国式建筑的三层楼顶上，足有一个班的警察趴在上面，枪管直对着街面和皇族街的两端。戒备森严是可以想见的，但没想到会如此紧张。我被拦住了，一个警察厉声让我走开。我说我是来"皇族"办事的，我要进去。一个西装革履、打着红领带的中国人从门厅里出来，打量着我盘问起来。我如实奉告：来历、身份、目的，还拿出证件让他看，发现他还是没有让我进去的意思，就把"皇族"和《华报》的关系也说了："其实我就是'皇族'的人，我来这里跟走亲戚是一样的，不信你去问问里面的人。"红领带去了，一会儿出来说："什么亲戚，没人认识你。"我说："可我认识他们的人。""谁？""玛丽娅。""哪国人？"我傻了，居然没向锦章问清楚。我说："外国人。"红领带冷笑一声推我离开。我又说了许多，但没有一句是起作用的，只好硬往里闯。红领带掏出手枪对准了我的脑袋："想找死啊？"

我只好离开，骑着脚踏车朝前走去。我对调查受挫并不沮丧，无非是多一点儿曲折、多费些功夫。在香港干记者，被人拒之门外的时候多了,早已经习以为常。我来到斐迭利街的邮政所,拨通了锦章医院的电话,回答说锦章不在。又拨通了他家的电话,请他告诉我玛丽娅的联系方式、住址、年龄、相貌、国籍等等。大概是守着太太的缘故,锦章支支吾吾的,只说了她住所的地址,就顾左右而言他了。我匆忙挂了电话,回身就走,一出邮政所,就见一个戴眼罩的独眼大汉立在门外,手里操着一根木棍,另有一个歪戴着礼帽的黑衣汉子正在搬动我的脚踏车,不远处是一辆封闭的三套马车。独眼大汉问:"你是'皇族'的人?"看我点点头,又说:"你过来一下。"我看他脸色黑冷,独眼里含满阴光,没敢过去:"有什么事?为什么动我的车?""阎王爷想见见你。"独眼大汉说着一步抢过来。我撒丫子就跑。他们喊着"抓贼"追过来。我对地形的熟悉挽救了我,等他们追上来,离我只有几步远,抡起的木棍就要够着我的头时,我拐向了汉堡街。前面不远就是警察局,我大喊一声:"救命哪!"警察并没有被我喊出来,但我身后的追杀却倏然不见了。

我余悸未消地回望着身后,伫立了半晌,心说:这两个人是干什么的?他们怎么知道我是"皇族"的人?到目前为止,在青岛我只向"红领带"亮明了我的身份和意图,他和警察一样,应该是保护"皇族"的,怎么一转眼又使出人来要弄死我?

我来到警察局门口,说是来报案的。守卫用电话通报后让我等着,等了差不多半个小时,才被一个学生模样的小警察喊进了门厅。椭圆的门厅右首横着一张桌子、几把椅子,小警察歪靠到椅子上,问道:"怎么了?"我有点儿累,坐了下来。他说:"让你坐了吗?"我赶紧站起,把刚才的经历说了。他朝上翻着眼睛说:"你说有人用棍子打你?伤呢?让我看看。""幸亏跑得快,没伤着。""那就是抢了你的钱?""也没有。""一没有被抢,二没有受伤,来这里叨叨什么?走吧!"不得已我又亮明了身份。小警察仔细看了我的记者证,又听我说起"皇族事件",突然直起腰说:"坐吧。"我笑笑,没有坐。他只好也站起来跟我说话。我期待的就是这种效果:来自香港《华报》的大记者,总不至于连一个青岛小警察也镇不住吧?小警察问:"你是要为'皇族'说话呢,还是要为中国人说话?"我说:"你希望我为谁说话?"小警察说:"这个说不来。我就是想提醒你,你要是向着'皇族',可千万要小心点儿,有人要杀'皇族'的人。""我谁也不向。""那人家为什么追你打你?"看来这小警察还不好对付。我笑笑,自己坐下,也让他坐下,又问起"皇族事件"的经过,小警察摇头,一副欲言又止的样子:"我这个小当差的知道什么?"

我说:"死了多少人总该知道吧?""有说几个的,有说十几个的,还有说几十个的。""实际有多少,警察局没有统计?""'皇族资本'正在解散,有的回国了,有的辞职了,有的失踪了,到底把谁抛进海里喂了鲨鱼,谁也说不清。警察局年前就变成了警察部队,忙着阻击共军呢,顾不上那么多。你是专门来的记者,现在就靠你破案了。"我又问:"凶手是谁?""没抓住怎么知道?""如果连是谁都不知道,怎么抓?""倒也是。""据上海的报纸说,暴徒不杀光头,有这回事?""有,你最好也剃个光头。"我说:"我是来寻求保护的,能不能派几个警察跟着我?""这个你得给我们队长说。""队长呢?""在前线。""我算是白来了。"小警察说:"也没有白来,你总算知道警察是靠不住的。留在青岛的警察只有一个排,都调去保护'皇族资本'了,也就是做做样子,不能让人家说发生了那么大的凶杀案,国民政府的警察视而不见。"小警察送我出门,小声问:"先生,你是中国人吧?"我没好气地说:"你从哪里看出我是外国人了?想问我是不是假洋鬼子就直接问呗!就是又怎么样?总不至于连警察也要消灭我们吧?""那是,那是,不过嘛……"他犹豫着半晌不语。我期待着,却听他吞下了后半截话,干干脆脆说:"再见。"

4

我是坐洋车回到海滨旅馆的,晚上哪儿也没去,让侍者把晚饭送到了房间,用完后,洗洗澡,睡了。半夜,电话铃声惊醒了我,传来侍者紧张而诡谲的声音:"先生,快跑,有两个拿棍子拿刀的人抢了你房间的钥匙。"我按亮灯,跳起来扑向门口,检查了一下已经从里面锁死的门,一边穿衣服,一边打开了窗户。我住三楼,下面是一个摆满沙滩椅的大阳台,再下面是一片修剪得很整齐的小黑松。我一层层地下去，先是扔行李箱，再是纵身一跳，然后拎着箱子大步绕向门口，看到路灯下有人，分不清是旅馆的人还是暴徒，便又扭头朝后院的围墙走去。围墙不高，且有镂空的十字装饰，正好可以踩脚。等我骑上墙头时，看到有人正从我房间的窗户里往外跳。我跳到地上，提起行李箱就跑。一条林荫道直通海滩，能听到雄壮而舒缓的涛声从前面传来。海水的夜光升腾而起，好像天地是颠倒的，星星都到水里来了。海滩上礁石裸露。我藏在礁石的缝隙里喘了一会儿，发现浪水正在急速升起，赶紧起身，走向沙滩。沙滩过去就是维多利亚角，黑魆魆的森林可以保我安然无恙。

但是我很快就看到了人，像鬼影，排着队沿着森林的边缘悄然而过。有人停下来朝我这边撒起了尿，我看清那是一个头戴钢盔、身背步枪的姿影，显然这里驻扎着军队。追我的人已经出现在礁石上，头顶的明月却让沙滩上的我格外醒目。我赶紧趴下，迅速判断着过去还是不过去，最后决定原地不动，要是追我的人发现我，我就大喊"救命"，军队不至于见死不救吧？这次是云翳帮助了我，它突然飘过来遮住了月亮，顿时就一片漆黑，连海水的夜光也没有了。我爬起来就跑，刚跑出海滩，就听有人在我趴卧过的地方说："涨潮了，快走吧！"我放弃维多利亚角，朝已经和城市融为一体的伊尔奇斯山走去。山脚有一片德国人种植的欧椴林，比过去更粗壮、更高大了。我藏在林子里待到天亮，然后来到公路边的中山公园门口，看到已经有洋车来往。一个小时后，我站到了毕史马克街（江苏路）负一号的门牌前。

这是锦章告诉我的玛丽娅的住所。一座小巧玲珑的别墅式建筑，青石的院墙上披满了正在萌发芽叶的爬山虎，院门是木质的，有些陈旧却依然结实。别墅的门窗深藏在几棵木芙蓉的掩映里，墙上有红色的木格装饰，屋顶没有棱角，就像草席苫住了一些高低不平的大石头，朴素而不失别致，坚固而不显笨重。显然又是德国人殖民心态的体现：代替并永远存在，却又不能过于靡费。按响门铃后，出来了一个外国女人。我用英语说："我找玛丽娅。"她摇摇头，表示听不懂。我又用国语说了一遍。她问："你是谁？""陶锦章的朋友。"她好奇地瞅着我，半晌才说："我就是。"我"哦"了一声，这才仔细端详她：高挑而不瘦，丰满而不肥，像是女人身材的标准。一头浓密的金发，很大很亮的灰眼睛，端直的鼻梁，独特的嘴形——既有西方女人的性感，又有中国女人的美感。五官的布局合理到完美，整个人漂亮得过了头，而且越看越漂亮。怪不得并非花心且谨小慎微的陶锦章会冒险保留她的照片和跟她通信，他把她当作一件艺术品了。搁在我身上，我也会私藏，且终生不弃。我说："能让我进去说话吗？"她犹豫着说："好吧。"

别墅里面的摆设都是中国式的，就像当年来青岛的德国上流社会的人喜欢雕刻精美的太师椅、梨木桌、龙凤床、六角凳、彩绘屏风，这里的家具也都烙印着德国人的中国癖好，除了皮质的沙发，那一定是从德国本土运来的。沙发上蹲着一只大白猫。我把行李箱放下，坐进沙发，说了锦章的委托和我来青岛的目的以及经历，最后说："锦章让我替他保护你，没想到我找你却是为了寻求你的帮助。"她照中国人的习惯给我沏了茶,突然问:"锦章有孩子了吗?""没有。""哦——"她点点头,"我怎么帮你?""你在'皇族资本'工作,告诉我'皇族事件'的一切。"她迟疑了一下说:"严格地讲,我不是'皇族资本'的员工,事件发生时我不可能在现场,跟别人一样我也是道听途说。""那就说说你听到的。"她坐下来,正要开口,一个穿着中山装的中国男人从楼上走了下来:"还是让俺来说吧。"

男人年轻俊秀,浓眉大眼,带着一股书生气。他坐到我对面的椅子上,从桌上拿起香烟请我抽。我表示不会后,他自己笨手笨脚地点了一根,极不自然地喷了一口烟说:"俺正需要一个记者,你就找上门来了。看来是天意。"玛丽娅说:"你不要胡说。"男人说:"你别管,该怎么办俺已经想好了。"玛丽娅大声制止道:"王实诚,你要是敢胡说我就跟你翻脸。"王实诚说:"你不会的。"玛丽娅伸手夺下他嘴上的香烟:"你又不会抽,装什么样子?"又面对我,"你千万别听他的,他就会异想天开。"尽管青岛的许多外国人都会说中国话,但对玛丽娅的流畅与准确,我还是吃了一惊。我说:"还是让他说吧,不然我就白来了。"王实诚说:"没有人知道事件的详细过程,你将是第一个。"我说:"为什么?""因为十八个人都是俺杀的。""你?""俺不像杀人的人吗?"玛丽娅说:"你当然不像,你连一只猫都害怕。"沙发上的大白猫似乎明白提到了自己,"喵呜"一声跳到地上,竖起尾巴朝屋外走去。王实诚说:"求求你了,这件事让俺自己做主吧。"

玛丽娅说："谁会相信你？"我紧追不舍："十八个人？你是说'皇族事件'中死了十八个人？"

玛丽娅生气地上楼去了。王实诚又点了一根香烟。我留意了一眼，是大英颐中生产的三炮台牌，说明他既不是穷人也不是富人。他喷吐着烟雾滔滔不绝地说起来。我只是听着，并不记录。他突然停下说："你不是记者吧？"我拿出记者证给他看，又把他刚才讲过的几乎一字不落地重复了一遍。他吃惊道："你脑子这么好使，我说到哪儿了？"十八个人，每个人的被杀经过他都有描述，使用的是刀和枪，是午夜，在"皇族资本"就要离开青岛港的"不来梅"号上。我插话道："都是外国人吗？""不，也有个把做奴才的中国人。""为什么不杀光头？""光头？谁说不杀光头？现在谣言很多，你千万别相信。""事后呢？""俺到处躲藏，他们抓不到俺。""是抓不到还是不想抓？"他很惊讶："为什么不想抓？"我又问："你为什么要主动给我说这些？""俺需要一个记者为俺扬名万里。"他猛吸一口香烟，手有些哆嗦，烟灰掉到了衣服上。我说："你在逃亡，这儿一定不是你的家吧？""没错，不是俺家。""那你跟玛丽娅是什么关系？""没别的关系，同学而已。""这么说你们既不是兄妹或姐弟，也不是夫妻？""对。不过就算不是，你也不能写到她。一个跟'皇族资本'有关系的人，居然窝藏了'皇族事件'的凶手，国民政府和想复仇的人都会要她的命。""也会影响她跟她丈夫……""她没有丈夫。"我仿佛松了一口气，发现他不是一个处世老练的人，让我很容易就套出了此刻我最想知道的：玛丽娅跟他的关系，她有没有丈夫。"作为杀人凶手，你没有资格要求我可以写谁、不可以写谁。""可是总得有点儿同情心吧？何况你是她朋友的朋友。"我没有理由拒绝他，只好点点头。

大白猫又出现在沙发上。王实诚烦躁地想掀它下去，手一伸又缩了回来，吼一声："走开。"大白猫既想听他的话，又不愿放弃温暖的沙发，跳下去，又跳上来，寻求保护似的卧在了我身边。我抚摸着它，问王实诚以后打算怎么办，没等他回答，门铃响了。玛丽娅从楼上疾步下来朝外走去。我警觉地站起来，从窗户里看着。院门打开了，有人用英语问："这里是玛丽娅的住所吗？"我坐下，把大白猫抱在怀里，对王实诚说："是'五人调查委员会'的劳顿先生和马奇主教。"

5

早晨，劳顿和马奇主教正在夏日旅馆的餐厅用餐，接到了瑞典人麦克斯的电话。麦克斯在联合国任职，是"五人调查委员会"的召集人。他说他乘坐一艘英国邮轮昨夜靠岸，住在原德国领事别墅，希望劳顿先生和马奇主教尽快过去跟他会面。劳顿很不高兴，直言不讳地说德国领事别墅是不能住的，任何来自国民政府的特殊关照，都会被外界看成是影响公正调查的因素。麦克斯却说："要使调查迅速展开,就必须依靠当地政府,更何况我必须为委员会每个成员的安全负责,不仅我要住在这里,你们也应该搬过来。青岛是一个动荡不宁的地方,只有当地驻军才能保证我们安然无恙。"劳顿放下电话,发牢骚说:"毫无根据地断言我们会受到威胁,这说明调查还没开始,就已经失去了公正。"马奇主教说:"公正是基督给我们的权利,谁能收买基督呢?搬不搬再说,现在去见面吧!"

夏日旅馆的门口停着好几辆马车和人拉的洋车。一看劳顿先生和马奇主教出来,车夫们纷纷过来抢生意,都说自己的车最干净,价钱也最便宜。劳顿扫了一眼排列在路边的车说:"主教大人,你来选择。"马奇主教怜悯地望着一个年过半百、又瘦又邋遢的车夫说:"就坐你的车吧!"一辆封闭式单套马车带着他们沿着斐迭利街往南走去。一匹老马,拉着包括车夫在内的三个人并不轻松,"呼哧呼哧"地喘着。马奇主教微闭了眼,祷告着什么。劳顿一直从车窗里望着外面,欣赏着街景,发现很快到了海边,马车离开公路驶向了海。车夫甩起鞭子使劲儿抽着马,马跑起来,车在坎坷不平的海岸上颠簸,叮叮当当地响。劳顿想:难道德国领事别墅是不通马路的?突然马车停下了,劳顿看到车夫跳下来,从车辕上解开皮绳卸下了马,然后来到车厢的一侧,使劲儿抬起了车轮。他心说:这是干什么呢?车厢倾斜了,斜度越来越大。他和马奇主教挤到了一起,朝窗外一看,突然大惊失色:海就在脚下,很深很深的脚下。他立刻意识到发生了什么,攥住马奇主教的手吼道:"你选择了魔鬼。"马奇主教也看到了危险,大叫一声:"上帝。"

突然,"咚"的一声,一阵抖动之后,车厢又平稳了。几个人喊喊叫叫地跑来捉住了车夫。劳顿和马奇赶紧开门下车,发现车停在高高的礁岬上,三面都在悬崖,车夫试图把他们掀下去葬入大海。幸亏来人了,正是在旅馆门口抢生意的那些人,显然他们是国民政府派来保护劳顿和马奇的,一直跟在后面。他们绑了那个又瘦又邋遢的车夫,冲劳顿和马奇喊道:"快到路边去,坐我们的车。"

劳顿和马奇来到德国领事别墅,在客厅里见到了麦克斯。正说着刚才的危险经历,电话铃响了,是外事局的局长张绪国打来的,他告诉麦克斯,试图害死劳顿先生和马奇主教的车夫,就是那个制造了"皇族事件"的祸首。当初侥幸逃过一劫的两个光头认出了他,他自己也供认不讳。目前凶手关押在欧人监狱。麦克斯放下电话说:"二位没有白白地担惊受怕,也算是帮助国民政府抓到了凶手。案件因为调查人员的出现而有了进展,这是一个不错的开端。"劳顿说:"我真想亲自审讯他。"马奇主教庆幸地说:"上帝的保佑总会出现在危险来临的时刻,愿基督随时降临。"麦克斯说:"我相信基督喜欢降临在环境优美的地方。先生们,还是搬到这里来住吧,这里多好啊!"劳顿扬起头,张大鼻孔,打了一个响亮的喷嚏:"我的职业是保护人,而不是受人保护。再说了,凶手已经抓到,还会有什么危险呢?"马奇主教说:"我希望住在一个离教堂近的地方。"这就是说,他也不想住在这里。

麦克斯无奈地摇摇头。他要去码头迎接就要到达的委员会的另外两个成员：美籍华人米澜女士和意大利人奥特莱先生。马奇主教听说政府派来去接人的车正好路过毕史马克街，就想去见见陶锦章委托他关照的玛丽娅。劳顿也跟着上了车，他本打算和麦克斯一起去码头，听马奇说玛丽娅是个德国人，也许跟"皇族资本"有关，便又改变了主意。

一见劳顿和马奇进来，王实诚就转身走进了客厅一角的一扇小门，大概那儿是通往后院的。玛丽娅把客人带进了客厅。我起身向他们致意。马奇主教略感诧异："原来记者先生也在这里。"劳顿看上去情绪很好，骄矜地冲我微笑着，还没坐下就说："看来你的运气不错，我们的好消息首先要告诉你了。"我问："什么好消息？"劳顿和马奇主教对视了一下，抑制不住地同时说了出来："凶手抓到了。"我放下大白猫，吃惊地叫起来："不可能。"但立刻又意识到：我错了，王实诚不可能是凶手，这个连一只猫都不敢碰的人怎么会一口气杀掉十八个人？他在骗我，他为什么要骗我？

劳顿和马奇坐进了沙发。玛丽娅照例给他们沏了茶。劳顿和蔼地望着她，用英语问："只要听到门铃声，你都会去开门吗？"玛丽娅迷茫地望望我。我赶紧翻译。玛丽娅说："当然。"劳顿又说："我是说，你从来不担心'皇族事件'的制造者会出现在你面前？"玛丽娅断然说："不担心。""是不是'皇族资本'的员工都像你一样？""不知道。我是大华贸易行的员工，虽然贸易行受'皇族资本'的控制，但我并不了解'皇族'。""居住在青岛的其他外国人呢？""有的担心，有的不担心。""你呢，你为什么不担心？"玛丽娅有些迷惑："我是外国人吗？"劳顿和我对视了一下，都有些吃惊。她说："我生在中国，长在中国，从来没去过别的地方。""死去的人里有你认识的人吗？"玛丽娅犹豫了一下说："没有。""凶手为什么要对他们下手？""不清楚。""大家都清楚，唯独你不清楚，你是不是认识凶手？"玛丽娅打了个愣怔："先生，你要干什么？我可以不回答吗？"马奇主教瞪了劳顿一眼，摆摆手说："请不要喧宾夺主，你是跟我来的。"又对玛丽娅说："你的朋友陶锦章让我来看看你。你需要什么帮助，可以对我说。"她摇头。马奇主教又问："你会离开中国吗？"玛丽娅望着窗外，半晌才说："也许会，也许不会。"我说："时局变化很快，要离开的话你得尽快做好准备，随时启程。锦章也是这个意思。"玛丽娅用一双哀伤的眼睛望着我们，口气坚定地说："请转告锦章，我的事不用他操心。"我和马奇主教都觉得不好再说什么，沉默着。劳顿先生掏出笔和小本子，写了夏日旅馆的电话号码，撕下来，放到了茶几上："也许会有用。"玛丽娅淡然一笑。劳顿忽地站起："走吧，还待着干什么？已经大饱眼福了，这姑娘真漂亮。"

客厅一角的小门突然打开了，王实诚蹿了出来："你们要去哪里？"大家都吓了一跳。马奇主教用惊惧的眼光搜索着他的身后，看会不会冒出一帮人来。劳顿问："你是谁？"王实诚不回答，吼起来："他们把俺爹抓到哪里去了？"等我翻译后，马奇主教傻乎乎地说:"你爸爸是谁?我们不认识。"劳顿说:"他指的是凶手。"玛丽娅说:"实诚,你要干什么?"王实诚跳过来,拉住劳顿先生,看对方的眼光有些可怕,又转身拉住了一脸和善的马奇主教:"求求你了,带俺去见俺爹,俺爹在哪里?他不是凶手,凶手是俺,俺是凶手!"玛丽娅过来攥住了王实诚的手,生气地说:"你可以不听我的,但必须听妈妈的,她让你去你就去,我才不会拦你呢!"劳顿警觉地问我:"她说什么?"我说:"没说什么。"玛丽娅拉着王实诚上楼,又把他推进一间屋子,"咚"的一声,关上了门。她跑到楼梯上朝我们喊:"你们快走。"我们听到王实诚拉开门问道:"玛丽娅,妈妈为什么不让俺去救俺爹?"

我们来到街上,回望着这座漂亮的别墅式建筑。我说:"太意外了,居然在这里见到了凶手的儿子。"劳顿说:"看来我们有必要马上见到凶手。"马奇主教也同意:"上帝正在指引我们,我们没有理由拖延时间。"

6

我坐着一辆人拉的洋车,跟着劳顿和马奇乘坐的单套马车,走向了欧人监狱。修建于1900年的欧人监狱坐落在如诗如画的威廉皇帝海岸上,从外观看,更像一座装饰简洁、造型别致的公寓楼。如果不是重兵把守,人们会认为住在里边的一定是些有钱人。欧人监狱原本是德国人专门羁押欧洲籍罪犯的。德国人撤走后，日本人曾在这里关押过抗日分子和日本反战人士，基本没有活着出来的。到了国民政府手里，只要是跟政治沾边的重刑犯，就都关押在这里。劳顿的香港警察总部高级警司和调查委员会成员的双重身份，让他很容易就得到了进去探视并亲自审讯凶手的许可，而且拥有带谁不带谁的权力。马奇主教希望自己跟凶手谈谈，以便让对方看到基督耶稣"容光必照"的可能。至于我，就看劳顿愿意不愿意了。劳顿本能地显示出对记者的排斥，不客气地说："你就算了吧，谁也不愿意把一次毫无结果的审讯公布于众。""可是我已经跟来了，就凭我的辛苦，也应该让我跟你们进去。"劳顿说："你也没有白来，知道了凶手关押的位置。"我说："劳顿先生，也许我们可以交换，你让我见到凶手，我让你知道玛丽娅的事。玛丽娅和王实诚还有一个妈妈，妈妈在决定王实诚可不可以冒充凶手去救他爹。"劳顿说："这个不重要，既然是冒充，就应该排除他跟'皇族事件'的关系。"我说："如果这个'妈妈'同意，凶手是谁很可能会有变化。再说了，有了我，你就不用让监狱方面再派翻译了。"劳顿想了想说："那我也不能跟你交换，除非你保证，不等委员会的调查结果出来，不向外界透露一个字。"我毫不迟疑地说："当然，我保证，向上帝。"劳顿说："你并不信仰上帝。"我说："上帝不会把背约的惩罚只降临给信仰他的人。"劳顿看看马奇主教，主教认可地点了点头。

我们在一间光线暗淡、散发着潮腐气息的审讯室里见到了凶手王济良。四壁写满了标语:"同伙已交代,你还等什么""青春无几,年华有期""痛悔来得及,死罪变无罪"等等。一张桌子,三把椅子,劳顿在中间,我和马奇主教在两边。面前还有一把椅子,王济良坐在上面就像坐在钉子上,左一歪、右一歪的。他黑瘦,头发蓬乱,胡子拉碴,眼睛里流露着受伤的兔子才会有的惊惧,一副唯恐遭受打击的样子,看谁都像是眼瞪着即将来临的危险。猥琐、紧张、胆小、贫穷——都春天了,还穿着棉袄,有几处破洞,露出并非白色的棉絮,感觉他不是怕冷,而是没衣服可换。戴着铐子的两只手放在胸前,瑟瑟抖颤。光看外表,他怎么会是一个让十八个人毙命的凶手呢?

劳顿用刀锋一样锐利的眼光盯着王济良不说话,直到逼视对方低下了头,突然问:"除了'皇族资本'的十八个人,你还杀过谁?"王济良不吭声,劳顿问了好几遍,他才说:"小时候杀过黄鼠狼。"劳顿说:"不用扯太远,就说杀人的事。""俺才十二岁,黄鼠狼吃了堂弟的鸡,族长说,按辈分算,须得本家老大处死黄鼠狼……"劳顿厉声打断他:"我说了不用扯太远。"王济良还在固执地说着"黄鼠狼"的事。劳顿屡次打断后,他就再也不说话了,问什么都不说。我用英语告诉劳顿:"也许他是想说,从杀黄鼠狼开始,他就习惯于残害生命了。你不妨让他说下去。"劳顿说:"他在讲一个编造的故事。中国人总想在民间故事里找到犯罪的理由,仿佛启示了他们的野兽鬼怪可以替他们顶罪。香港的华人也这样,我见识的多了,不能让他们用谎言牵着你的鼻子走。我的办法就是单刀直入，让他来不及辩解就在事实面前低下头颅。""很可能不是辩解。""没有不为自己辩解的罪犯。"劳顿说着，拍了一下桌子，用凶恶的眼光在对方僵硬的神态里搜寻着他所需要的内容，继续问道："你有几个同伙？他们都在哪里？"看对方不回答，又问："为什么要对'皇族资本'的人下手？为什么你如此仇视外国人，也仇视帮助外国人的中国人？"王济良用牙咬住嘴唇，表示坚决不说。马奇主教提醒道："合理的动机、说得过去的原因，可以让上帝原谅你。"王济良朝主教睒睒眼皮，似乎笑了一下。劳顿连连发问："你怎么知道我和马奇主教住在夏日旅馆？如果得逞，你们还将害死谁？是不是'五人调查委员会'的所有成员都是你们杀害的目标？你背后一定还有人，谁在指使你？"沉默如同无风无浪的海，王济良好像死了，连左一歪右一歪的不适也没有了。我忍不住问："在青岛，很多姓王的人都来自王哥庄，你呢？"王济良抬起了头，依然不语。我又说："王哥庄在崂山，传说崂山的黄鼠狼是会成精的。"他把头抬得更高了些。

还是沉默，谁也不说话。突然，王济良开口了，声音很高，而且是流畅的英语："大人们，据俺所知抛进海里的人还没有打捞上来，只要打捞上来，你们就知道凶手的意图了，他们每个人身上都有一个必须死亡的标记。"三个审讯者大吃一惊，互相看看，一时不知道怎么应对。王济良又说："俺正在向上帝忏悔俺的罪孽，不可饶恕的俺能做些什么呢？俺知道你们以为死人已经喂了鲨鱼，但俺保证他们没有。如果你们允许俺下水，俺将一个不落地打捞上来，因为只有俺了解尸体藏在什么地方。"我不禁好奇地问："你以前是干什么的，居然英语说得这么好？光听声音，感觉不到你是一个中国人。"王济良不理我的碴儿，仰头问道："大人们，同意不同意？"倏然之间，他已经不再猥琐、紧张和胆小，就像黑云过后的蓝天，让人发现辽阔的宇宙拖带在他身后。劳顿问："你是说同意你去打捞被你杀死的人？"王济良纠正道："是同意让尸体告诉你们想知道的一切。"马奇主教说："《圣经》告诉我们，语言就是金子。何必要让尸体说话，你告诉我们不就行了。"王济良说："如果没有尸体做证，你们会相信俺的话？也许俺讲的不过是一个编造的故事。"我问劳顿："你觉得呢？""一个警察期待的就是让证据说话，供述永远是其次的。"我又问："这件事政府会同意吗？"劳顿摇摇头："不过可以试试。"我兴奋地站起来："现在就去。"

在监狱长办公室，劳顿拨通了德国领事别墅的电话寻找麦克斯，对方说麦克斯不在，大概去海边散步了。劳顿就把电话直接打给了外事局的张绪国。张绪国说："事情重大，容我请示绥靖区司令部后再回答你。""显然是托词了。"放下电话，劳顿沮丧地说。但半个小时后，却得到了出乎意料的答复：在调查"皇族事件"的过程中，绥靖区司令部和青岛市政府愿意满足"五人调查委员会"的一切需要，包括让罪犯王济良打捞尸体，前提是必须要有军队的严格监视。劳顿说："这个自然，打捞时至少需要三十个全副武装的士兵。"张绪国答应了。时间定在明天上午十点。九点半，士兵将押着凶犯王济良到达海上的杀人抛尸现场。

走出欧人监狱时，我颇为感慨地说："没想到国民政府在这件事上会如此痛快。"劳顿说："说明他们急切地想在外国人面前撇清自己，让人相信'皇族事件'跟政府没关系。还说明他们跟联合国的目标应该是一致的：抓住凶手和惩办凶手都不是关键，关键是搞清楚凶杀案的背景，王济良的动机是什么？谁是他的推手？"我问："他们希望是谁呢？"劳顿说："这个你最好去问国民政府。"马奇主教说："确定凶手的身份很重要，身份能说明一切，耶稣信徒的背景只能是耶稣，撒旦信徒的背景只能是撒旦。"我以为主教说得不错，王济良的身份决定一切。

该是分手的时候了。劳顿和马奇主教要去德国领事别墅，跟麦克斯等人商量明天的事。而我要返回毕史马克街负一号——我把行李箱落在那里了。

7

我不能否认我故意落下行李箱有一半是为了再次见到玛丽娅。没有别的意思，就是希望多看她一眼，容貌永远是女性最强的吸引力。我喜欢她的容貌，喜欢她那种线条夸张、起伏明显、大气从容的样子，那是欧洲女性特有的漂亮，而我对女性的欣赏永远烙印着我所接受的欧化教育，烙印着童年和少年的经历——母亲很早就去世了,魏玛小学的爱伦老师说:"孩子是不能没有妈妈的,你要是叫我妈妈,我会每天赏你一个吻。"她那因为渴望而越发美丽的大眼睛就像透明的水晶石,柔软的手不停地抚摩着我硬邦邦的头。无数次的重复之后,她终于不等我叫"妈妈"就把厚软而温热的嘴唇放在了我的额上、颊上、嘴上。这到底是为什么呀?有一天,就在父亲送牛肉的时候,就在爱伦老师家里,蓦然之间,我看到了惊人的答案,然后就满腹狐疑:父亲,你凭什么,你一个莱茵河牛肉店的中国伙计,凭什么能把年轻漂亮的爱伦老师搂在怀里?就凭你快步小跑,把一份份新鲜牛肉送给德国主妇的殷勤?就凭你那一身并不合体的燕尾服和马尾巴一样在胸前甩来甩去的领带?进入欧人区的通行证莫非也成了通往爱情的通行证?我再一次在心里惊呼起来:父亲的本事真大。爱伦老师带我来到她家,并且跟她一起用餐,恐怕就是为了让我看到这一幕吧?以便让我丢弃所有的顾虑而叫她"妈妈"。不久我就听父亲说,爱伦老师是德国犹太人,一个比中国人还要灾难深重的民族——中国人至少还有自己的祖国,他们呢?德国不是他们的祖国,连一个良好而安全的栖息地都算不上。所以爱伦老师来到了中国,而且打算一直生活下去。但所有人都没想到,爆发了第一次世界大战,硝烟弥漫在青岛的日子里,日本人赶走德国人成了新的统治者。跟许多拿起枪来抵抗日本人的德国侨民一样,爱伦老师成了俘虏。大部分俘虏后来被释放,尤其是商人。日本人说,只要多多地交税就是大大的良民。但是爱伦老师没有,真不知日本人把她怎么了,当她赤裸裸的尸体出现在维多利亚海滩时,父亲和我都大哭一场。埋葬了爱伦老师之后,父亲问我:"你喜欢不喜欢德国人?"我迷茫地摇头。父亲说:"你应该喜欢,因为你差一点儿有一个德国继母。"又问:"你喜欢不喜欢日本人?"我赶紧点头。父亲说:"不对,你不能喜欢,因为日本人害死了非常喜欢你的爱伦老师。"我说:"我本来就不喜欢,你一问我就不知道怎么说了。"父亲说:"爱伦老师留给我一笔钱,我要用这笔钱把你送到一个看不见日本人的地方去,你敢不敢去?"我说:"看不见日本人也就看不见你了。"父亲说:"等学成了本事,你就可以回来看我。"于是在莱茵河牛肉店老板的介绍下,我坐着轮船去了上海,考进了英国人创办的博雅英语学校,又认识了陶锦章。锦章是我在"博雅"的同班同学,上海人,从小跟随做生意的父亲生活在青岛,初中毕业后才回到故乡,也算是我的半个老乡,来往自然多些,渐渐就亲密无间了。三年后我们从"博雅"毕业,锦章去法国学医,我又在父亲的主张下去了香港,一边读大学一边做工。我两三年回青岛一趟,看看日渐衰老却依然在递送牛肉的父亲,就又去"英风欧雨"的世界里讨生活了。我一直没有结婚,就是因为父亲竭尽全力让我接受了欧化教育,却不希望娶一个我从骨子喜欢着的爱伦老师那样的外国女人做他的儿媳妇儿:"你太文弱,驾驭不了,不像爹,东奔西走,身体强壮。"我后来意识到他指的是性欲,担心我满足不了生命力旺盛的欧洲女人那种强烈的要求,而导致红杏出墙,或者干脆就半途分手。他把自己的意见保留到最后,直到去世才给我带来择偶的自由。但是我已经不再年轻了,在浪费掉所有青春之后,我的资本似乎已经不够用来寻找一个爱我的人了。在香港,有我愿意追求的外国姑娘或寡居的少妇,却鲜有令我满意的回应。一个中国男人喜欢外国女人,真是件不容易的事,有太多太多的不可能。父亲,你失败了,你对儿子的欧化教育终于因为改造了儿子的审美情趣,而要面对无妻无后的结果了。

我冷静地走过原本很幽静深远现在却很嘈杂浮华的毕史马克街,一路上都在想:为什么玛丽娅说她生在中国,长在中国,从来没去过别的地方?做一个土生土长在中国的西方美女是不是太可惜了?就算没有"皇族事件",也没有跟杀人凶手之子王实诚的关系,我也很想知道她的身世、家境、履历,以及那个说了算的"妈妈"。

"负一号"的门牌似乎比先前更醒目,门铃也响亮了许多。我听到玛丽娅的脚步声,才意识到她一直穿着高跟儿鞋。高跟儿鞋让她显得更加高挺——超过了王实诚,却跟我差不多,也让她的走动清脆悦耳,引诱着我的想象。我,一个孤静独立的鳏夫,一个因为迷恋欧洲女人而把情爱延搁至今的单身男人,一个经历过许多次单方面的一见钟情后已经对女人打不起精神的王老五,心里面突然就微澜阵阵了。是故乡青岛潮乎乎的水土诱发了我身体里的某种埋藏,还是玛丽娅的魅力的确不凡,竟然在潜移默化中催起了铁树的春芽?打开门的瞬间,她有些愕然:"你?又来了?哦,对了,你的行李箱。你等着,我去给你拿。"我问:"他怎么样?""谁?""王实诚。我见到他爹了。""他爹还好吧?""被抓起来的人,没有挨打就是好的。我想见见王实诚。"我不过是提出了一个想进去坐坐的理由,而玛丽娅却神经质地问:"你们是不是也要抓他?""你忘了我是一个记者,我不是抓人的人。我想告诉他,明天,或许他能见到他爹。"我说了王济良要去作案现场打捞被害人尸体的事。说的过程中我已经走进了院门。她在关上门的瞬间突然问:"先生,你会同情一个杀人凶手吗?"我想了一会儿才说:"有时候会,就看他为什么杀人了。""他杀了那么多人,我都不同情他。"我有点儿惊讶,我的同情是说给玛丽娅的,她要是不同情,我又何必装模作样,尤其是在我还不知道杀人原因的时候。我冒昧地问:"你和王实诚既不是兄妹姐弟,也不是夫妻,仅凭同学关系,就能在一个屋檐下生活?""不行吗?""不是不行,是不好理解。""那你就理解成夫妻或者姐弟吧。"我愣了一下:怎么这么乱呢?我说:"我只能选择一种理解,要么夫妻,要么姐弟。"她不置可否,平淡地说:"随你的便。"我更加疑惑了,试探着说:"那就理解成夫妻吧。你在中国长大,应该知道夫妻间一定是夫唱妇随,他恨的你也必须恨。"她说:"理解成夫妻,不一定是真正的夫妻。""为什么?""别纠缠这个了。不管王济良对德国人有什么仇恨,总不能见人就杀吧?妈妈是德国人,我好像也应该是。就算我不是,妈妈的感觉也应该是我的感觉。"我点点头:"这就是问题的症结了。"

　　说着话,我们走进了房屋。在客厅和厨房之间的门厅里,有一张餐桌,王实诚正在餐桌边吃饭。我这才意识到从早晨到现在我没有吃任何东西,却毫无饥饿感。但是现在,我饿了,顷刻之间就饥肠辘辘。我想坐下来,跟他们一起,吃一顿家常饭。一碟蒜蓉海菜、一瓷盆清炖杂鱼、两根大葱、一蒲篮烤得焦黄的玉米饼,完全吻合我对童年的记忆。尽管欧化教育让我说惯了英语,吃惯了热狗、汉堡、比萨、黄油面包,甚至让我装腔作势地讨厌着"油乎乎"的中国菜,但我毕竟不是一个一出生就吃到了西餐大菜的人,毕竟味蕾的先天嗜好比后天养成的习惯更能催生我"咕噜咕噜"往下咽的口水。更何况这是玛丽娅的饭菜,玛丽娅喜欢吃的,我为什么不喜欢?不管她吃的是什么,都应该是美食。玛丽娅看出来了,说:"你还没吃饭吧?要是不嫌弃,也来吃点儿。"王实诚站了起来,面无表情却不失礼节地将一把塞到桌下的椅子拉了出来。我说声"谢谢",坐下,毫不客气地把手伸向了玉米饼。玛丽娅赶紧把一双干净筷子放到我面前。

至少有一刻钟我一句话不说,专注地吃着,直到玛丽娅问我:"明天,你也去?"我带着咀嚼美食的快感,先赞美了一番面前的食物如何可口,然后指着王实诚说:"最要紧的是,你不能再说你是凶手,这样不仅救不了你爹,还会把你搭进去。毕竟你年轻,今后的日子比你爹要长得多。"玛丽娅说:"妈妈也这么说。"王实诚说:"俺要是不救,爹会死的。"我发现他很天真,以为他爹是可以不死的,十八条人命的凶手,谁出面都救不了他。我放下筷子,朝楼上望了望说:"我可以见见你们的妈妈吗?"玛丽娅警觉地说:"干什么?她什么也不知道。"我说:"跟'皇族事件'没关系，我就是想问问，她为什么来中国，来了以后怎样生活？为什么不带你回自己的国家，中国有什么好？"玛丽娅说："不。她什么也不会告诉你。""那我就不问了，只给她打声招呼，说声'你好''再见'。""那也不行，你不能上去。"我发现我对玛丽娅的妈妈的好奇也是出于对爱伦老师的好奇，也许她跟爱伦老师一般年龄，也一般美丽。我得问问她认识不认识爱伦老师，做没做过日本人的俘虏，俘虏们到底经受了什么样的苦难，竟至于会被折磨致死？我给他们说起了爱伦老师，然后固执地站起来，朝楼梯走去。玛丽娅和王实诚同时站起，堵挡在了楼梯口，同时堵挡在前面的还有那只大白猫。"你走吧，谁也没有权利打扰妈妈。"玛丽娅的声音略带颤抖，清亮的眸子里泛滥着卑微的乞求，哀伤和不安过度明显地写在脸上，让她的美丽凄婉到动人，动人到可怜。她似乎立刻就要滴泪了。我突然有些懊悔：不幸是她唯一的表达，我又何必雪上加霜呢？我说："对不起，真对不起。"玛丽娅也说："对不起。"我走向了客厅一角的行李箱，大声说："今天的饭菜真好吃，谢谢。"

8

离开毕史马克街负一号时，我看到王实诚的脸色突然阴沉起来，望着我的眼光像是抽去了内容，死人一样的。他在想什么？玛丽娅把我送到院门外，苦笑着说："谢谢你告诉了我们他爹要去打捞尸体的事。"我心说：你应该问我为什么会告诉你。哦，玛丽娅，我并不了解你，却已经有了希望为你做点儿什么的冲动。想着，无意中望了一眼街对面，不禁一阵发怵："我可能又有麻烦了，怎么办？走不了啦！"

街对面的石墙根里立着两个人，一个是戴眼罩的独眼大汉，一个是歪戴礼帽的黑衣汉子。独眼大汉见我出来，忽地提起了戳在地上的木棍，神色冷峻，目光黯郁。黑衣汉子大步过去，骑上脚踏车，随时准备朝我追来的样子。我一眼就认出脚踏车是我从海滨旅馆租来的。追杀我的人一直不肯放弃。玛丽娅也看到了，问道："你认识他们？干什么的？"我说："仇恨'皇族资本'的人，也仇恨外国人和跟外国人有牵扯的人，也许跟王实诚他爹有关系吧？你也要小心点儿。"她望着那两个人，想了想说："我送送你吧！"然后大胆地朝前走去，突然又停下，搀住了我的胳膊。我提着行李箱，硬着头皮跟她走了一段，又听她冷冷地说："你可以对我亲热一点儿。"我搂住她的腰，感觉着她的气息和她的发丝飘过我的脸颊的酥痒，甚至还两次扭头亲了亲她的额角。我陶然欲醉，好像真的已经跟她恋爱了，骄傲地望着行人，搂她搂得越来越紧，还俏皮地用手指在她的腰际轻轻敲起了步伐的节奏。我们走过了半条街，来到一个十字路口，那儿停着几辆马车和洋车。玛丽娅说："你走吧，顶用不顶用，也就只能这样了。"我说："谢谢。"松开她，快步走向了一辆马车。踏进车厢的瞬间，我回了一下头，看到玛丽娅一直望着我，满眼都是对我的担忧。我突然觉得一个男人是不应该让女人为他担忧的，不论遇到什么，都不能像懦夫一样逃跑。我可以狼狈，但不能在玛丽娅面前狼狈。我扫了一眼跟踪而来的独眼大汉和黑衣汉子，咬咬牙，英雄赴难似的迎了过去，大声说："把我的脚踏车还给我。"他们愣了，没想到我会这样：搂了玛丽娅的腰就可以有恃无恐。我朝玛丽娅笑笑，挥挥手："你回去吧，没事。"然后抓住了脚踏车的车把。骑着脚踏车的黑衣汉子望着独眼大汉说："奶奶个熊，他来找死啊？"独眼大汉瞥了一眼满脸愠怒的玛丽娅，无奈地说："给他。"看那人不给，又吼一声，"给他！"

我骑着脚踏车、带着行李箱朝前走去。我是不想再回海滨旅馆了，试图朝夕欣赏优美的维多利亚海湾和仙境一样的维多利亚角的打算只能抛在脑后，我必须跟劳顿先生和马奇主教住在一起，以便得到更多关于"皇族事件"的信息。斐迭利街的夏日旅馆就像一座坚固的城堡迎面而来，我会心一笑：其实这里也不错，至少睡觉是安全的。尽管独眼大汉和黑衣汉子已经放弃了对我的跟踪，但我并不相信我的危险会这么容易被解除。我留意着旅馆门口一字儿排开的几辆马车和洋车，知道他们多数是政府派来的便衣，便讨好地朝他们招招手，像是说：拜托了，我的命。我把脚踏车靠在门边，走进红色的木格门，来到旅馆前台前，告诉服务生，我希望住在劳顿先生或马奇主教的隔壁。服务生望了一眼身后挂在房间示意图上的号牌说："可以。"

劳顿和马奇主教很晚才回来。我听到他们说着话走上了楼梯，又走向了房间。听口气劳顿有些生气，好像麦克斯以为，让凶犯王济良打捞尸体的事并没有经过"五人调查委员会"协商，劳顿不该单独向当地政府提出要求。政府满足需要的做法，说不定是想推卸责任。而劳顿认为，美籍华人米澜女士是位教授，意大利人奥特莱先生是位退役上校，瑞典人麦克斯在联合国从事难民救济工作，他们面对一桩引起国际社会关注的凶杀案并不在行。只有他，香港警察总部的高级警司劳顿，是长期跟罪犯打交道的行家里手，就算麦克斯是"五人调查委员会"的召集人，也应该虚心听取他的意见，而不应该在这件事上说三道四、横加指责。马奇主教劝说劳顿不要生气，正确和错误都由上帝来决定，那就是明天打捞的效果，要是那些尸体真的能告诉人们想知道的一切，麦克斯先生一定会向他道歉。我寻思他们吵架了，"五人调查委员会"的第一次全体会面就吵得不亦乐乎？又寻思委员会新到的成员其中一位是女的，多大年纪，漂亮不漂亮？我开门出去，向劳顿先生和马奇主教问好。他们很吃惊我也住在这里。我说："这是为了把记者的工作跟委员会的调查协调起来。"我又问他们去不去下面的酒吧喝一杯，劳顿说："好啊！"马奇主教说他累了，想休息。

早晨，天气晴朗。锯齿状的青岛港在斜射的阳光里又开始倒腾船舶，大概每天都这样，停的船开走了，走的船停下了，大部分是军舰。美国在这里驻扎了一个舰队，加上党国海军的舰船，港内的码头几乎不够用。军港是用来打仗的,但共产党的进攻目前只限于陆地,军舰够不着,就只能演习待命和运送军火。还有一个用途,就是把大批从北方跑来的党国军政要人及其家眷送往上海和广州,所以打眼一看,围绕着军舰的都是些长袍马褂和西装革履,上上下下的军人都是给他们搬运行李的。男的女的、老的少的、哭的喊的、叫的骂的,乱糟糟的一片。不用打听消息,若要分析局势,来港口望上几眼,就知道这场内战的结果是什么,或者已经有了结果。

凶犯王济良的抛尸现场在六号码头。六号码头是唯一可以停泊民用船只的地方,因为泊位拥挤,仓促加长的石桥一直延伸到防波堤跟前。"皇族资本"的"不来梅"号就停在码头和防波堤中间变得十分狭窄的水域里,从岸边望上去,像是一座旗帜招展的白色方塔。我八点钟就到了,在路边的商铺里寄存了脚踏车,来到码头前转来转去。我估计玛丽娅和王实诚也会早到,很想见到他们,尤其是玛丽娅。她跟王实诚的关系让我好奇:虽然可以肯定他们不是真正的夫妻,但也不是一般的男女关系。我告诉自己:这种时候冷静必须占据上风,我要娶妻,就一定不能娶一个不明不白、不三不四的妻,更不能娶别人的妻。不过,似乎也用不着格外担心,因为她居然可以向独眼大汉和黑衣汉子公开显示她跟我的亲热,说明她跟王实诚以外的男人保持关系在公众眼里有某种说得过去的合理性。很遗憾没看到他们,码头上的人越来越多,而他们的踪影却越来越渺茫。或者他们早来了,不想见我就躲在了一个我看不见的地方。

倒是另外两个熟悉的身影在我眼前出现了两次,有点儿诡秘,倏忽来倏忽去——独眼大汉和黑衣汉子不像是在跟踪,倒像是在躲避,躲避所有人的眼光,也包括我的眼光。

九点半刚到,一辆囚车和一辆布棚军用卡车驶进了不大的码头广场。卡车还没停稳,就从驾驶室跳出一个军官,看上去是个中尉,吆喝着:"快,快,快!"满车箱的士兵纷纷落地,驱赶着人群,把广场圈了起来。囚车打开了,两个士兵架着王济良下来。王济良戴着手铐脚镣,一点儿一点儿往前挪着。阳光洒在他身上,让他显得更黑更瘦,头发上带着泥土,可以想见牢房里没有床,他是睡在地上的。拉碴的胡子似乎骤然长了许多,遮掩着尖峭的下巴。眼里依然是野兽的惊惧,明亮得就像马口铁对阳光的反射。许多人过来围观,堵塞了广场边的马路,引出一片汽车的鸣笛声。王济良望了一眼人群,卑微地弯了弯腰,把眼光收敛到自己脚前,试图加快行走的速度,但很快被绊倒了。当两个士兵拉起他时,他惶恐得"嗷嗷"了两声,浑身一阵颤抖。

突然有人喊了一声"爹"。我循声望去,看到王实诚和玛丽娅正在人群里朝前挤去。我想挤过去跟他们会合,就见两辆黑色轿车鸣着喇叭驶来,豁开人群后,停在了广场上。从车上下来了一个风度翩翩的中国女人和两个外国男人。我想他们就是美籍华人米澜女士、意大利人奥特莱先生和瑞典人麦克斯了。陪同他们的是外事局局长张绪国和一个上校军官。很快,劳顿先生和马奇主教也来了。他们是坐着马车来的,试图象征性地保持调查委员会的独立性,但实际上"独立"是不存在的,连象征性也没有。跟他们同时到达的还有几辆马车,下来的全是保护他们的便衣。我来到劳顿和马奇主教身边,想跟着他们进入广场,但被士兵拦住了。我恳求道:"拜托了二位大人,带我进去。"劳顿哼哼一声说:"一切都得请示麦克斯先生,这是昨天他给我的指令。"我说:"也许我能证明发出指令的应该是你,而不是他。"劳顿摇摇头:"别对我溜须拍马,我太了解你们记者了,翻脸不认人。"我说:"这次不一样,这次是在青岛,你和我都来自香港,香港人应该互相关照。"劳顿不再理我,朝麦克斯走去。我又对马奇主教说:"看来只能由你带我进去了。"马奇说:"对不起,上帝不允许我不遵守规则。"说着同情地朝我招招手,"再见。"

9

我急躁地抓抓头发,突然大声说:"劳顿先生,你不会不想当警察总部的高级警司了吧?辱没联合国的使命不仅会让香港丢脸,也会让英国人感到不快。也许有人会说,你不该不听麦克斯先生的,他毕竟来自联合国。当地政府满足你的要求,很可能真的是推卸责任。"我是在威胁他了:别让我对你反感,同样一件事,我可以说白也可以说黑,紧接着又是奉迎,"谁能让外界知道正是因为有了你才让'皇族事件'这么快就水落石出了呢?调查结束以后你很可能不再是高级警司了。有一个记者做你的朋友有什么不好？"他当然比我更清楚警察总部的总警司正在竞选议员，为他退休后的出路做准备。劳顿骂了一句："狗屎。"头也不回地朝前走去。我以为他根本不吃这一套，失望地喊了一声："劳顿先生，你去死吧！"没想到几分钟后麦克斯出现在我面前："你是香港《华报》的记者？""是的，先生。""根据劳顿先生的提议，我们需要一个记者见证调查委员会的工作。""太好了先生，我来这里就是为了见证。"

我和调查委员会的人到达作案现场"不来梅"号时，士兵押解着王济良已经在甲板上等候了。带兵的中尉请示陪同来的上校要不要打开手铐和脚镣，上校又请示麦克斯。麦克斯说："劳顿先生，从现在开始，这里的一切由你负责。"劳顿答应着，看看无风湛蓝的天，指着垂入海底的锚链说："把它拉上来。"士兵们拽起锚链，卸掉沉重的铁锚，按照劳顿的吩咐，打开王济良一只脚上的镣铐，把锚链锁在了镣铐上，这样他就无法从海里逃跑了。之后他们卸掉了他的手铐。王济良摩挲着伤痕累累的手腕，举起双手极力伸向天空，使劲儿抓了抓，像是空气里有什么东西，然后来到甲板边沿，畏怯地看着下面，小心翼翼地走来走去。突然他朝海面吐了一口痰，像是定位，声音颤抖着告诉劳顿，他将从这里入海。劳顿看看手表说："那就开始吧，快点儿。"

王济良拽着锚链登踏着船帮下到了海里，仰到水面上望望刺眼的太阳，然后就不见了。随着他的潜入，搭在船舷上的锚链飞快地滑动着，直到全部拉直。没有氧气设备的潜水持续了大约三分钟，他冒上来喘了一阵气，"咕咚"一声又下去了。这样重复了几次后，第一具尸体终于出水。尸体用锚链缠绕着，几乎跟王济良捆在一起。他踩着水费了很大的劲儿才解开尸体，然后让士兵用绳子吊了上去。他说他需要一把刀子，用来割掉绑在尸体上的压舱石，还需要把起吊尸体的长绳子带入水里。劳顿同意了。之后的打捞变得容易起来，不到一个小时，甲板上就排列起了五具尸体。所有人都把注意力集中在水面上，都不怀疑第六具尸体马上就会出水。然而没有，十多分钟过去了，水面平静得如同凝冻的冰。就算没有找到尸体，王济良也该出来透透气了。

劳顿第一个意识到出了问题，喝令士兵赶快拽拉锚链。锚链蹭着船舷哗啦啦响，突然不响了，几个士兵怎么也拽不动。大家都觉得王济良被卡在了什么地方，除了我。我对独眼大汉和黑衣汉子的出现一直心存疑虑，他们不可能是来观望的，诡秘的行踪说明他们在掩饰什么，掩饰同伙的身份？或者打劫？我不禁打了个寒战：如果他们成功，问题很可能出在我身上，是我把王济良要来打捞尸体的事告诉了玛丽娅和王实诚。劳顿问上校："能不能派人下水去看看？"上校把命令传达给了中尉。很快，两个士兵脱光衣服，顺着锚链爬下了轮船。他们水性似乎一般，潜了几次都没有潜到底。上校又紧急调来几个据说是渔民出身的水兵，下去以后才搞明白，锚链绑在船底的大水轮上，也就是说王济良解开锚链逃跑了。这时候大家才意识到，王济良从人们视野中消失已经有两个多小时。劳顿望了望此刻没有船帆走动的海面，又望了望甲板上荷枪实弹的士兵说："不可能,绝对不可能。"没有人赞同。连我都觉得太有可能了,虽然王济良无法潜向大海,但码头上到处都停靠着船,他会以船体为掩护,从这条船潜向那条船,一段一段潜出港口,最后上岸逃跑。上校望着在场的所有外国人说:"最糟糕的并不是逃跑,而是凶手要继续杀人。你们要保护好自己。"张绪国说:"我也是这个意思。"

搜查开始了。上校报告绥靖区司令部之后,港口内所有的码头所有的军舰都派人投入了徒劳无益的搜寻。我想:一个怯懦胆小、瘦弱不堪的人,干什么都战战兢兢,却能够刀口上舔血,虎窝里逍遥,他是怎么装出来的?或者根本就不用装,他天生就这样:外在的表现永远是内心的反面。麦克斯对劳顿说:"让凶犯打捞尸体是你做出的一个错误决定,而且还会糟糕地蔓延,'五人调查委员会'不能替你承担责任。"劳顿铁青着脸不说话。米澜女士、奥特莱先生和马奇主教也都一脸懊丧。上校请示道:"要不要继续打捞?"麦克斯说:"不用了。"劳顿固执地说:"要的,别忘了我们的目的,是为了在尸体上找到'必须死亡的标记',以便了解凶手的意图。"麦克斯说:"你不觉得凶犯在撒谎吗?"劳顿说:"你说了,这里的一切由我负责,我宁肯受骗,也不愿意半途而废,结论最好让尸体告诉我们。"几个渔民出身的水兵又开始打捞尸体,但折腾了半天才发现,五具尸体是能够打捞的全部,其余的尸体已经被鲨鱼和其他近海的鱼吃掉,只剩下残肢了。

劳顿望着甲板上的一堆锚链,拿起锁着王济良脚镣的一头看了看，发现粗大的铁环是被拧开的。他使劲儿拧了拧说："除非用老虎钳，他哪儿来的老虎钳？"我说："很可能是有人送来的，从水下。"劳顿看了看停在四周的船，最近的离这里只有不到二十米："看来是我大意了。你是怎么想到的？"我一时难以回答。劳顿用刀子一样扎人的眼光盯着我："一定是有人提前知道王济良今天在这里打捞。麻烦你过来一下。"劳顿把我和"五人调查委员会"的全体人员叫到一起，一个个审视着，突然说："导致今天的结果是有人泄密。知道打捞尸体的人就我们几个。我作为打捞现场的负责人要一个个询问，请不要介意。"米澜女士点点头，表示理解。劳顿便首先问她："是你把消息透露给了别人？"米澜说："我没有。"接着麦克斯和奥特莱都用同样的语言严肃地回答了他。最后一个问到了我。我躲闪着他冷飕飕的眼光说："我能告诉谁呢？知道这件事的人可不止我们几个，还有政府和监狱。"我为我的撒谎感到脸红。劳顿说："让凶犯打捞尸体本身并没有错，在香港乃至英国经常有这样的事。只要我们没有泄密，我们就有理由质问政府和监狱。谁需要承担责任还不一定呢！"说着大步走向了张绪国和上校。他当然得不到他需要的回答，打捞尸体就这样结束了。但劳顿并没有泄气，他还想按照原计划，在尸体上寻找答案。

士兵扒了衣服后，赤条条的五具尸体变成了五堆被泡涨的腐肉，鱼虾已经吃了不少，很多地方暴着骨头。有一具尸体甚至露出了心脏，项链的坠子陷在里面就像那人长了一颗钢铁的心。大家强忍着恶心看了半天，也没看出"必须死亡的标记"，更不要说"凶手的意图"了。嘲弄是人人都能感觉到的,王济良的奸诈就像躲在阳光里的雨,说阴说晴都会让你觉得是上当受骗。麦克斯没好气地说:"走吧!"劳顿最后一个离开,他似乎并不懊悔,只是有些迷惘,不停地回头看着,好像有些不舍。我们走下"不来梅"号,走上码头,所有人都沉默着。我停下来等着劳顿,小声安慰道:"没有人能够不出意外。"又问他接下来打算怎么办。他叹口气说:"也许是继续丢脸吧!你是否很高兴我辱没了联合国的使命?"我说:"调查才刚刚开始,等水落石出时你才能决定是吐气还是叹气。放心吧,今天的事,我不会认为跟你有关系。"我知道我还会麻烦他关照我,我希望我的沉默能让他把我当成朋友。他说:"谢谢。"建议我们回夏日旅馆喝一杯。我说:"现在不行,我还有更重要的事。"

10

我走上已没有士兵把守的码头广场,在人群里寻找玛丽娅和王实诚,没找到,便从寄存的商铺里取了脚踏车,心情沉重地骑向了毕史马克街负一号,我想问问玛丽娅,是不是她把王济良打捞尸体的事告诉了独眼大汉?又一想,废话,他们都是自己人,不告诉就不对了。我事先其实已经意识到,只是没想到他们会帮助王济良逃跑,而且会如此成功。我按响了门铃,照例是玛丽娅出来开门。她用眼睛说：又是你？我说："王实诚他爹不见了。"仔细观察她的表情，发现并没有一丝庆幸爬上眼角眉梢，反而有更多的忧郁出现在深邃的眸子里。她点点头，表示已经知道。我又说："他很狡猾，不，很机智，表面上可怜，其实很凶残，不，很勇敢。"我想尽量让她听着顺耳，就磕磕巴巴的。她说："狡猾和凶残、机智和勇敢都是对的，我也说不清他是怎样一个人。""是吗？从你的角度，能不能告诉我，他为什么制造血案？他跟'皇族资本'有什么不共戴天的仇？""你最好去问他自己。""他在哪里？也许你能告诉我。"玛丽娅瞪大的眼睛似乎装着整个蓝天，透明到不掩饰任何杂质："你到底是什么人？记者还是密探？"我赶紧解释：我只不过是顺嘴一说，哪里会指望她透露给我。其实我主要是来看看她的，感谢她昨天让我化险为夷。说罢，看她没有让我进去坐坐的意思，也就告辞了。她说："我送送你，送你到街口。"我以为我又有危险了，四下里看看，没看到独眼大汉和黑衣汉子的影子，便有些莫名其妙，更有些受宠若惊。

我推着脚踏车，跟她并排朝前走去，谁也不说话。一街的风徐徐吹过，是来自海上的风，充满了原始的腥咸，没有被城市的气味混淆过的海风大概都是这样的吧！又想：我要是还有危险就好了，她又可以挎住我的胳膊，我又可以对她"亲热一点儿"：搂住她的腰，感觉她的呼吸像花圃里的香风走过，感觉她的发丝像固体的阳光抚慰我冰冷的脸颊，然后频繁地亲吻她的额角，十次，百次。想着，我用手碰碰她的手。她躲开了。还是不说话，两个人都像失语了。只有想入非非伴随我走过了半条街,来到昨天分手的十字路口。她突然说:"我本该远远地躲开你,但又想冒险相信你一次。"我这才意识到她有重要的事要对我说,却一直在犹豫。我说:"相信我是对的。"她歪过头来望着我:"你能劝劝他爹吗?不要再杀人了,外国人和中国人都不要再杀了。""当然可以,假如我能见到他。"她停了下来,依然是犹豫不决的神色:"要紧的是需要搞清楚他为什么杀人。""为什么?"她叹口气:"我不知道,真的不知道。我问过王实诚,他也不知道。所以……我才想到了你。你应该是公正的,如果你知道他有非杀不可的理由,或许能让人了解真相,就算他必须以命偿命,那还得顾及名声,他的名声、我们的名声,都得顾及,毕竟王实诚还很年轻,有很长很长的路要走。""这么说你打算告诉我王济良在哪里?"她咬咬牙说:"王哥庄。"

真该感谢她对我的信任,但我却高兴不起来。我问:"我不会有危险吧?"话一出口我就很后悔,好像自己是个胆小鬼。玛丽娅说:"我也不知道,你要是害怕,就别去了。"我当然会害怕,但更要紧的是我不能在玛丽娅面前丢脸。我说:"不能有危险就不去,记者嘛!"她似乎又反悔了:"我一点儿也不能保证你的安全,还是别去了吧!"我说:"要不我们一起去?"她摇头:"我要是能去,还告诉你干什么?王济良仇视外国人,尤其是德国人,我要是去了,要么你见不着他,要么你更危险。再说了,王实诚并不知道我会告诉你。""哦,是这样。但我不明白,既然王济良仇视德国人,怎么会允许王实诚跟你在一起?"她亮眸里升起一层忧郁,望着路边跑过去的一群孩子说:"他不跟我跟谁?我们很早就认识了。""一直是兄妹关系?""不,我比他大,是他姐姐。"我等着她继续说她跟王实诚的关系,她却又劝我不必再去了。我说:"放心吧,我去定了,什么也不怕,为了你的嘱托,也为了你的弟弟。"我把"弟弟"说得很重,仿佛是强调,是给自己打气:何必要缩手缩脚呢?

分手时我放倒脚踏车,大胆地拥抱了玛丽娅。她推开了我,但我没感觉到她的推搡是多么有力,绵软的拒绝里,更多的倒是女性的矜持和羞怯。她至少不讨厌我,也似乎正在意识到我的出现非同寻常:我走来,一个喜欢她的人走来。

但我毕竟过了莽撞行事的那个年龄,对危险的担忧并不会因为我喜欢玛丽娅以及她突然有了对我的信任而消失。晚上,我把劳顿先生约到夏日旅馆的酒吧,告诉他我明天要去王哥庄。劳顿说:"王哥庄?我想起来了,你说过的,在青岛,很多姓王的人都来自王哥庄。还说王哥庄在崂山,崂山的黄鼠狼是会成精的。"他没有提到"王济良",但我能感觉到他满脑子都是王济良。我说:"如果我三天后不回来,那就是被困在王哥庄了,你要去找我。"劳顿说:"明白。"我奇怪,劳顿为什么不追问我?我们喝酒,喝了很多,主要是他劝我,一杯又一杯。我发现他酒量很大,始终都很冷静。在我醉得说话颠三倒四时,他把我扶回了房间。

第二天我起得很晚,十点钟才走出房间。在门厅里遇到旅馆老板，向他打听去王哥庄的路。他说海路早就被美国舰队封锁了，肯定不通，只能走陆路，有公共汽车，但只能到达崂山口，再往里，就得雇当地的驴车了。我去了车站，等了两个小时才坐上公共汽车，摇摇晃晃，走走停停，至少有五次被路卡拦下来搜查：搜身和翻查行李，说是崂山有共产党，而公共汽车上多次抓到过通共的人。我想王济良是怎么过去的？难道没有一个士兵认出他来？但很快我就有了答案：每次搜查，那些士兵都有理由拿走一些旅客的东西，明显是在设卡发财，只要旅客舍得给东西，他们也就睁一眼闭一眼了。黄昏时到达崂山口，在一个小村落的马车店里落了脚。马车店里挤满了人，都是从青岛来的，有的睡在炕上，有的睡在地上，还有的睡在马棚里。翌晨，太阳还没出来，我就雇了一辆极便宜的驴车上路了。接着马车店的人也都纷纷起程。一路上松柏葳蕤，苍山含翠，加上大石叠加，险峰凸起，满眼都是好风景，我几乎忘了是来干什么的。走了一上午，来到了一个人稠狗密的地方。车夫说："这就是王哥庄。你来得正好，今天是集日。"我说："怪不得这么热闹。"

11

我在集市上到处走动着，逢人就打听王济良。虽然王哥庄是个大地方，有几千户人家，但男女老少没有人不知道他的。我问：

"见到他了吗？"都摇头。我说："他回家了吧？"都说他没有家。我说："也可能在亲戚家？"有人说王哥庄姓王的都是亲戚。我说："那也有远近吧？"有人说："要说近嘛，俺最近，俺跟他是叔伯兄弟，他王济良，我王善，说起来还比他大半岁。"王善是坐在石板上出售旱烟叶子的。不远处有个戏台，正在演戏，唱的是溜腔，板胡、皮鼓、手锣、呱哒板响成一片，看的人不少，多数是老人，有男有女。王善一边听戏一边做生意，不时地唱出几句戏词，摇头晃脑。我买了一把旱烟叶子，凑到他身边坐下来跟他说话。他说："听说王济良杀人了？"我说："杀了十八个人。""十八个？哦哟，比一窝猪还多。杀掉的都是什么人？""大多是外国人。"他"哼"了一声说："该杀。""为什么，人家惹他了？""惹了。"又说，"惹不惹都该杀。当年黄鼠狼也没惹他，该到他杀的时候他就得杀，他不杀，人家就得杀他。""他杀黄鼠狼干什么？"王善用下巴指指戏台："听戏。"然后便跟着唱起来：

河边杨柳坝上桥，

杨柳湾里度良宵；

鸾凤颠倒一夜忙，

花冠公鸡报春晓。

我听了一会儿，听不出名堂，就问："什么戏？"王善说："连《黄鼠狼吃鸡》都没听过？太少见了。""台上明明是人嘛，哪个是黄鼠狼哪个是鸡？"他不屑地扫我一眼："看你斯斯文文是

个念过书的,咋就听不出是打比方呢?"说着又跟着唱起来:

这一头百媚千娇,

那一头山呼海啸。

祠堂升起祖师座,

右手家法左手刀。

王善停下,问道:"听明白了吧?"我摇头。他说:"恁笨的人。"又唱起来:

众乡亲们别叨叨,

爹娘兄姊少聒噪。

偷鸡便是黄鼠狼,

梧桐难栖惊弓鸟。

王善喊一声:"谁去啊,快快看。"既是戏词,也是说给我的。

齐人田后胜燕赵,

百花凋尽俺花笑。

本家子弟好汉多,

砍头只当割牛草。

王善又喊起来:"谁去杀?你去,你去,你去?好好好,俺去,俺去,俺去。都不要去,骨瘦如柴的老大、吃饭拉稀的老大、缚鸡无力的老大、乳臭未干的老大,你给俺听着。"又是一阵陶然欲醉的跟唱:

你立下汗马功劳,

俺保你生有柴烧。

你依了祖规祖训，

俺保你身披龙袍。

"杀——"王善的一声喊，引来台上台下所有人的喊："杀——"台上，两个绿袍红氅的男女抱头鼠窜，一个紫靴皂衣的冠玉少年一手挺矛一手举剑，在后面追赶。台下，也有两个短衣长裤的青年男女在人群里挤来挤去地奔逃，一个长袍马褂的人一手举着木棍一手举着菜刀，在后面追杀。观众不时地抡起巴掌打向青年男女，也不时地为追赶的人喝彩。我瞪起眼睛看着，等长袍马褂跑近了，才认出他竟是跟我屡屡照面的独眼大汉。我有些紧张，又有些亢奋：是他把王济良救走了，他在这里，王济良定然也在这里。玛丽娅说得没错。我来对了。

台上台下的喊杀声渐渐平息。奔逃的人和追杀的人都累瘫在地上。没有人再唱，板胡、皮鼓、手锣、呱哒板也已经消停。王善这才顾及自己的生意，朝一个路过的老汉说："来一把吧？"我问："这里天天演戏？"王善说："哪里，每月有集，遇到双月集日才会演。""都演些什么戏？""就《黄鼠狼吃鸡》，一年到头全是它。"我想：也不厌倦，居然还有这么多人看。又说："我到了也没明白为什么要杀。"王善："黄鼠狼偷了鸡，该杀不该杀？""该杀。那另一个呢？""你说那个男的？那是鸡。"我诧异道："莫非黄鼠狼是女的？""对，是她吃了鸡。""她偷吃了鸡，为什么还要杀鸡？""不杀鸡杀谁？公鸡就干两件事，叫鸣和踩蛋。"我更糊涂了:"叫鸣和踩蛋就得杀?""黄鼠狼吃鸡,也是鸡吃黄鼠狼。""鸡怎么吃黄鼠狼?""你说怎么吃?鸡是男的,黄鼠狼是女的。"我有些明白了:"你说的原来是男女偷情啊?""俺们这里不叫偷情,叫黄鼠狼吃鸡。"我笑了:"整出戏演的不过是一对男女偷情后遭到了大家的惩罚?""不是大家的惩罚,是本家子弟的惩罚。""那就是本家人惩罚本家人喽?""对啊,进一座祠堂,供奉一个祖先,怎么能胡偷乱吃?"我恍然大悟:不仅是惩罚偷情,更是惩罚乱伦。王善又说:"祖上留下来的规矩,一旦发现,就得由本家人打死。"我想起来了,王济良说过,他那时只有十二岁,黄鼠狼吃了堂弟的鸡,族长说,按辈分算,须得本家老大处死黄鼠狼。而他就是那个杀死黄鼠狼的本家老大。我说:"这么说你兄弟王济良十二岁时就杀过人?"王善不耐烦地摆摆手:"俺们乡俗就是这样,你外路人不懂。"来了顾客,他也就不理我了。我丢下那把旱烟叶子,起身离开了他。

不远处,独眼大汉正在跟人说话。我来到一棵梨树后面,牢牢地盯着他。一会儿,他快步朝南走去。我赶紧跟上。他走过集市,走到没人的地方撒了一泡尿,又走进一片正要开花的桃树林,消失在一座土墙后面。我紧撵了几步,正要绕过土墙去,就见他突然冒出来,一把揪住了我。独眼大汉冷笑一声:"别欺负俺是一只眼,早看见你了。你来干什么?"他拧住我的衣领让我喘不过气来。我说:"松开我,我没有坏心,我来找王济良。""找良叔干什么?""想跟他谈谈。""有什么好谈的?""劝他不要再杀人,外国人也好,中国人也好,都不要再杀了,报应就在眼前。还想知道他为什么杀人。我是记者,'记者'知道吗?如果他有冤屈,有非杀不可的理由,我可以帮他说出去,不能就这样不明不白的。这也是玛丽娅的意思。"我突然觉得应该提到玛丽娅,毕竟在独眼大汉看到我跟玛丽娅的"亲热"后,把脚踏车还给了我,还取消了对我的追杀。果然他松手了,厉声说:"你怎么知道王济良回到了王哥庄?""不瞒你说,是玛丽娅让我来的。""这个骚娘们儿,没她的好果子吃。"我又说:"请带我去吧!只有我才会公正地对待王济良,尽可能地说出真相,让外界理解他。""他不需要。""可是他儿子需要。有英雄杀人,也有魔鬼杀人,王实诚希望他爹的名声给王家的子孙后代带来好处而不是坏处,还有玛丽娅。所以我必须见到他,让他把一切说出来。"独眼大汉沉默了,半晌,推了我一把说:"你回去,就在戏台前等俺,俺会再去找你。"说罢转身就走,迅速消失在晚霞的光晕里。

12

天黑以后独眼大汉才出现。集散了,人烟稀少,戏台前后一片寂静,王哥庄就像陷入了一个黑暗的深洞,没有一丝活跃的气息。我跟着他朝北走去,绕过村庄,穿过田野,很快听到了海浪的咆哮。一面陡壁出现在眼前,沿着小路绕壁而下是滩涂,走过荒凉的滩涂，能看到几条渔船泊在水湾的礁石边。独眼大汉带我登上靠边的一条船。黑衣汉子立在船上，忽地掀开了船舱的门帘。里面油灯闪烁，饭菜飘香，我早就饿了，加上鱼新虾鲜，忍不住咽了一下口水。独眼大汉推我一下："进去吧。"自己和黑衣汉子转身回到了岸上。我跨进船舱，看到王济良孤零零地坐在一张矮桌后面，油灯的昏黄让他愈显苍老憔悴，尽管他刮了胡子，剪短了头发，脸却更黑也更瘦了。一个亡命者不期然而然的惊恐的眼睛里，警惕危险的光比灯还要亮。还是那身有破洞的棉袄，里面新穿了白布衬衣，遮去了皮肤上岁月留下的暗淡和不幸带来的痕迹。他瞅了半响才开口："俺知道你不是来抓俺的，来抓俺的人不可能是一个人。坐。"我坐在了他对面的麦草垫子上："打搅你吃饭了。"王济良说："俺吃过了，饭菜是给你预备的，吃吧。"

我没有多余的客套，说声"谢谢"，拿起筷子就贪馋地吃起来。这时候我才像一个真正的中国青岛人，借着饥饿，从殖民地泼给我的泥水中捞出了我的灵魂，膜拜在一餐我曾经那么依赖又那么鄙视的老饭老菜面前。一盆黄鱼大虾，加上煎饼大葱，吃得我满头冒汗。饭间我说起了找他的目的。他说："你不找俺，俺也想找你。俺的事也该说说了。以前想说，青岛没有明白人，说给谁？就只能闭嘴。"我问："你怎么知道我是明白人？""俺只能认了，你明白算俺幸运，你不明白算俺倒霉。"我想从头听起，就说起了《黄鼠狼吃鸡》，问道："这种事多吗？""不多，但也没有绝迹，要不每个双月集日怎么还要演戏呢？""有了怎么办？""那不含糊，杀呗！""怎么杀？用刀还是用枪？"他不言语。我又问："你当初是怎么杀的？"他沉默了片刻说："族长把一族人叫进了祠堂，绑了两个男女，又问谁是本家老大。俺爹就把俺推了出去。俺吓得哭起来，以为俺也要被绑了。等到明白俺要杀人时，更害怕了，转身就往祠堂外面跑。可哪里能跑得掉，又被爹揪了回来。爹说：'这是好事，咱家的荣光，动手之前行刑手是要受礼的，一家送一绺子猪肉或是一条大寨花（鱼），孩儿，你今年有吃的了。'又说，'你见过爹杀鸡，他就是鸡；你见过爹踩死老鼠，她就是老鼠。'俺杀人是六天以后，两个男女已经饿得走不动了，亲戚把他们抬到海边的石崖上，让他们朝着太阳跪下。族长将一把杀猪刀丢在俺面前说，开始吧。爹说：'王济良你可不能给咱家丢脸，就跟这些日子俺让你在麦草人上捅刀子一样，千万不要手软。'说着把杀猪刀放在了俺手里。俺不敢看那男女的脸，来到他们背后，战战兢兢的，半天不动手。爹说：'你要死还是要活？快啊！'族里人也都催起来。不知催了多少遍，俺终于举起了刀，先戳了一下'鸡'，后戳了一下'黄鼠狼'。两个男女没有发出我想象中的撕心裂肺的叫声，甚至连呻吟都没有，好像他们是不疼的。爹大声说：'血出来了，血出来了。'族里人也喊：'看啊，血这么多，血这么多。'然后就七手八脚把一对男女推下了石崖，下面是翻滚的浪。"我问："他们的血真的流了很多？"王济良说："我没看见，戳完之后就昏过去了，吓的，我从小胆子小。""石崖有多高？""不知道，俺哪里敢往下看。""是不是可以这样理解：你戳的两下根本就不致命，他们并不是你杀死的，而是推下石崖摔死或掉进海里淹死的。"王济良断然说："不，大家都说是俺杀死的，那就是俺杀死的。俺吃各家各户送来的肉和鱼，并不觉得是白吃白喝。"他说着抹了一把脸，我看到他手腕上被手铐磨烂的痕迹就像一个紫色的镯子。我吃饱了，打着嗝儿："真好吃。"

片刻，我又问："以后呢？是不是又杀过人？""你已经知道了，还问？"我点点头："也就是说从十二岁你第一次杀人到发生'皇族事件'，这期间你再也没杀过人？""没有，俺为什么要杀人？""那为什么又开始杀了呢？而且一杀就是十八个。怎么想的，难道手就没软过？""没有。俺也奇怪，杀完了觉得力气没有使完，还想杀。人的心只要硬起来，杀人就像切豆腐。""在'不来梅'号上，你杀第一个人、动第一刀时，也像切豆腐？""俺用的不是刀，是船上的平安斧，一口气砍了十几下，不是心软一下两下砍不死，而是想把大块的豆腐砍成中块再砍成小块。""能想象出你的爆发是一种能让你舒畅的释放，蓄积得太久太久了。"他好像没明白我的意思，停顿了片刻才说："对，舒畅得很。恨就是一团绞在一起的绳子，塞在你心里，杀一个人就抽去了一股，抽去一股就舒畅一下。""现在抽完了？"他拍拍胸脯："没有，多着呢，还是一大团，夯在这里，估计这辈子是抽不完了。""这么说你还想杀人？""想，越来越想。"我停了一会儿，又说："现在我们谈正事。你杀人都杀疯了，到底为了什么？"王济良使劲儿抓抓短而密的头发，像是下定了一吐为快的决心："你是要听简单的,还是要听详细的?""当然是详细的。我从香港跑到青岛,又从青岛跑到王哥庄,不能就为了一个简单的结论:恨他们。为什么恨呢?怎么就恨成这样了?"他低头又抬头:"现在就说,你不累?"

我正要说"不累",就听"咚"的一声响,船猛地摇晃了一下。独眼大汉一头闯进来说:"快跑。"然后一把揪住了我。王济良起身来到门口,撩起了门帘。我们看到滩涂上许多黑影在活动,更远处的陡壁前,突然亮起了一只手电,接着水边也有了手电,光亮滑来滑去,几条渔船完全暴露了。王济良回身怒视着我:"俺看错人了。"我赶紧申辩:"不是我领来的,我发誓……"但我的话虚假得连我都不相信。一些人朝渔船跑来,震耳欲聋地喊着:"活捉王济良,活捉王济良!"王济良跑过去拿起了船桨,意识到划船离开已经来不及了,就脱了棉袄要跳海。独眼大汉问道:"这个人怎么办?扔到海里?"王济良不吭声。独眼大汉拉着我来到船舱外面。我看到黑衣汉子正在岸边跟人说话,口气平和,一点儿也没有即将被抓的紧张,看到整个水湾已经被船包围,靠近我们的几条渔船上都站满了人,心说:不应该啊,就算有人跟着我,也不应该这么快就占领海域。我说:"不干我的事,我没有能力挖这么大个陷阱。""废话少说,害了良叔,你就得偿命。"独眼大汉一手抓住我的衣领,一手揪住我的裤带,就要拎起来往海里扔去。王济良突然喊一声:"放了他!"喊罢,纵身跳进了海里。一群庄稼人打扮的士兵跳到船上,朝海面打了几枪。王济良"咕咚"一声冒出水面,喊起来:"别打了,俺上来!"说着,朝岸边游了过去。几秒钟后,他束手就擒。

绑走王济良的瞬间,他冲我喊道:"别忘了来找俺,俺还没给你说呢!"我愣了一下,这才明白王济良为什么没让独眼大汉把我扔到海里淹死,为什么逃跑以后又回到了岸上。他倾吐的欲望比我询问的欲望似乎还要强烈。我冲他喊道:"忘不了,等着我!"独眼大汉和黑衣汉子跟上了他。他愤怒地说:"还跟着干什么?快走。"

13

我想我应该在士兵密布的滩涂上见到劳顿先生,但是没有。直到我坐着驴车离开王哥庄,到达崂山口那个小村落的马车店时,才看到他从一辆军用吉普车里走了出来。我怒气冲冲地走过去,真想臭骂他一通,他却友好地说:"上车吧,我一直在等你。""等我干什么?""喝一杯。"他带来了一瓶白兰地,打开后要我嘴对着瓶口喝第一口:"谢谢你帮我,丢失的又找回来了。"我突然意识到,我告诉劳顿我要去王哥庄,也许就是为了抓住王济良,如果劳顿无动于衷,我反而应该奇怪。我现在变成了这样一个人:因为多嘴,导致了王济良的逃脱;又因为多嘴,导致了王济良的再次被抓。我有什么理由去谴责劳顿?他只不过是尽了一个警察的本分。

何况他还是调查委员会的成员,将功补过的愿望促使他鹰鹫一样盘算着猎物,而我却无意中做了他的线人。我一连喝了好几口,喷着酒气说:"接下来,你得帮我的忙,让我见到王济良。"劳顿说:"这个好办,我也想见见他。"

回到青岛后我没有回旅馆,而是直接去了负一号。玛丽娅拒绝给我开门。我们就隔着院门说起来。我说:"对不起,真对不起。"她说:"用不着,本来就不该信任你。""那为什么还要告诉我呢?"她忧悒地说:"我也不知道。""是不是你也希望……"她果断地打断了我:"不。""我只想告诉你,也许跟我有关,也许没有。"她喃喃自语:"这也是王济良的命,谁让他做下了不可饶恕的事。"我说:"这么快你就知道了,是独眼大汉告诉你的吧?"她说:"你什么也别问,我不会再告诉你了。"我说:"可我要告诉你,我还会是公正的,还会追问到底:他为什么杀人?就像你说的,我感觉他一定有非杀不可的理由。我跟你一样,期待着真相能让他和王实诚都有一个好名声。"我没有提到她,她不过是"姐姐",异姓姐姐,王济良的名声跟她毫无关系。她沉默了片刻说:"我已经无法再信任你了,再见。"

两天后的上午,我再次见到了王济良,还是在欧人监狱,那间光线暗淡、四壁写满标语的审讯室里,还是劳顿、马奇主教、我三个人坐在桌子后面。前面的王济良不仅戴着手铐和脚镣,还被一根铁链拦腰固定在了椅子上。他的罪行越来越严重,制约自然越来越严厉。我说:"我来了,是你约我来的。"他蜷缩着身子,低着头,朝我撩了撩眼皮,黑瘦的脸上,是万般无奈的可怜。我又说:"我知道你恨我,因为我的不慎,引来了抓你的人,对不起。"他突然仰起头,用英语说:"不说这些了,反正俺是要死的,在这里死和在外头死都一样。谢谢你们的到来,不然死前恐怕连说话的机会都没有。"我说:"那就敞开了说吧,他们二位代表联合国,我代表报纸,你尽可以信任我们。"他自语道:"联合国?联合国也能管俺的事?"

我们等了几乎半个小时他才开口,一开口就颤抖,好像每一句话都是抖出来的。为了让劳顿和马奇先生听懂,他一直在用英语说,听多了我发现,他的英语虽然流畅但不标准,不时地夹杂着一些苏格兰方言,可以想见,他曾经跟一些苏格兰人生活在一起。劳顿大感兴趣,小声说:"我好像回到了家乡。"原来他也是一个苏格兰人。王济良越说越兴奋,混浊的眼睛不断挤出一丝智慧的光来,像是黑暗中的野兽在深洞里搜寻着出路。我警告劳顿:"他想扯多远就扯多远,你务必不要打断他。"劳顿说:"好。"时间过得真快,一上午不知不觉过去了。

1897年,德国人登陆胶州湾不久,王济良他爹离开王哥庄来到了青岛。一起来的还有很多乡亲。他们背着铺盖卷,好奇地东张西望:到处都是苦力,到处都在挖掘和隆起。挖掘的是土,隆起的是石头。德国人建起的漂亮的石头房子让他们恍然入梦。他们来到正在铺设的柏油马路上惊讶莫名：俺的天，外国人把这里当成自己的家了。而在已经建成的街道上，那些戴着高筒礼帽，拄着文明棍的外国人，有牵着狗的，有挽着洋女人的，还有拉着或抱着孩子的，一看就知道，人家把家都搬来了。一伙人正在逛来逛去，突然有人过来，问他们是不是来做工的。他们说："是啊，是啊！"

如同乡间传说的那样，只要肯卖力气，在青岛，活路好找得很。王济良他爹先是挖壕沟，埋管道，再去海边修路，嫌工钱少，就又去了"总督官署"工地做了一名架子工，一天三角钱。他是打鱼出身，从小赤脚在船上晃来晃去，脚大，有抓力，看天不眩，看海不晕，搭脚手架再合适不过。但不幸还是发生了，不是他摔了下来，是整个脚手架塌了下来。砸死了一个，摔死了四个，他是幸存者之一，从此就再也不敢在那些木头杆子上爬上爬下了。还能干什么？想来想去觉得做一个石匠不错，虽然苦大，但工钱给得多，手艺也好学，还能一直干下去——青岛多山，大多是石头山，材料源源不断，最主要的是他听说德国人规划的建筑只起来了百分之一，还有数不清的公楼私墅要盖。他离开"总督官署"工地去了德国人开办的浮山石料厂，憋着劲儿在石头上下功夫。俗话说"打鱼无师父，石匠不带徒"，指的是只要用心，看也能看会。三年后他成了一名能打造无纹饰的粗石，也能雕琢有简单纹饰的细石的优秀石匠。又过了两年，就在德国人开始营建领事馆、警察局、东亚海军野战医院、专门为欧洲人服务的福柏医院、水师饭店、俾斯麦兵营和基督教堂，需要大量石匠时，他把儿子王济良带到了身边，还给他剪了辫子："青岛的年轻人都剪了，你得学他们的样子。"

王济良起初不愿意。活儿太苦太累了，还不能自由自在地下海摸鱼、上岸捞菜。最重要的是，他的天性里有一种对屈辱的敏感，像有一根感应歧视的神经搭在他的眸子里，一瞅到德国监工鄙夷苦力的眼色，浑身就难受，心也会阵阵作疼。如果遇到监工的呵斥和踢打，他会好几天不说话，见了人就躲开。被轻贱，是他最不能容忍的，也是最容易打败他的。他不止一次地说："爹，我要回王哥庄。"爹说："回去干什么？光靠打鱼你连饭都吃不饱，更别说盖房、穿衣、娶媳妇儿了。王哥庄是好，有你娘，有亲戚邻舍，有一帮孩儿跟你疯，但再好也是偏远的渔村，这里再孬也是城市，而且是洋人的城市。你做了石匠你就是城里人，城里人是什么人，知道吗？就是做叫花子也比渔民高一等的人。没出息货，听爹的。"他不听，自个儿跑了，跑几次被爹逮回来几次，万般无奈，只好苦着脸默默接受现实。这么着，王济良的生活便发生了变化，一名比爹更优秀的石匠不知不觉成长起来。规划中的建筑越来越多，石料厂一直都很红火。凭着他跟石头天生就亲热的缘分，也凭着他的好学，他成了石料厂数一数二的能人。他身体不壮，力气不大，石块大一点儿就搬不动，破料时大锤抡不到十下就得歇着。但他有一双敏锐的眼睛，能从隐隐约约的晶斑里看到石头纹脉的走向，对他来说那就是一道别人无法了解的天然裂口。他会先用錾子挖个坑，再把铁楔子放进去，抡起大锤三两下就开了。干得莽不如干得巧，谁都得请教他："良子，帮咱看看，楔子打在哪里好？"更让他出彩的是石面上的花饰,他雕什么像什么,不仅细腻精致,惟妙惟肖,出手也快,别人三天才能做完的活儿,他最多一天半就够了。他完成了别的石匠不敢想象的德国人的象征——巨大而复杂的鹰徽图案,完成了基督教堂的耶稣受难像和一系列宗教浮雕,完成了总督官邸、德华银行和许多高等别墅设计繁芜的石雕。他好像不是打凿,而是抟捏,坚硬的花岗岩在他手下变得格外绵软听话,石料由固体变成了倒进模子的液体,怎么想怎么来。同行们说他是娘胎里的石匠,德国监工说他是个能干的苦力,石料厂经理亨利希的妹妹说他是天才、了不起的艺术家、石头的上帝。技艺高,挣得就多。爹说:"两个人都在外面不好,俺得回家去了。"但爹每月还来一趟,送些娘做的咸鱼煎饼,也从他这里拿走沉甸甸的一摞银圆。

一天,经理亨利希来到王济良面前,用流利的汉语随便说了一会儿话,突然问:"你想不想挣更多的钱?"他如今每月三十多块银圆,已经是华人民工里的顶级收入了,更多的钱去哪里挣?亨利希说:"去我们德国吧,我设计了一座绝无仅有的建筑,打算请你做石匠技师。"原来亨利希还是个建筑设计师。王济良断然回绝:"不。""真的不?""真的。""年轻人,好好想一想,回去问问你爹。我认识你爹,当初把你招进石料厂,还是他找的我。我觉得他是一个开明的中国人。"王济良想,爹再开明也不会把儿子打发到外国去,何况是天涯海角几乎跟月亮一样远的德国。果然如此,爹说:"就凭你在石料厂学的几句德语就想去德国挣钱,别让德国人把你卖了,回不来怎么办?"王济良说:"俺等的就是这句话,俺不会去的。"但王济良的决定在某一时刻突然发生了动摇,亨利希的妹妹出现了。

14

亨利希的妹妹亨利希·吉娜非常喜欢她眼里的这个"石雕艺术家",不止一次地称赞过他的"作品",也不止一次地走进工棚观看他如何在那些青色或赭色的石头上施展才能。她一来就会问这问那,王济良自然有问必答,他最初会说的那些德语就是跟她学的。有一次她突然惊呼起来:"我,我,这不是我吗?"这一声惊呼让他抬起了头,不由得自己也惊呼了一声,这才意识到,多少次他都是在低着头跟她说话,他根本没看清过她的容貌,就连背影也没看清过,每次只要远远地看到她走来的影子,他就会低下头,离开时,"再见"过去了半天,才会抬起头来。惊呼发生时,他正在一块大石料上雕凿圣母马利亚,发现这个跟自己交谈过许多次的德国姑娘几乎跟教堂给他的图形一模一样。他说:"真的,真的就是你。"这是他第一次直面她,那种平凡又脱俗、善良又高贵的美让他怦然心动。他心说:自己就像个瞎子,跟她说了那么多话,学了那么多德语,居然能做到从来不看她。他那时还不知道,作为一个从乡村和贫困中走来的中国人,潜意识里早就种下了不如人的种子,骨髓里的自卑带着遗传的贫血和天然的委顿,让他只会俯首屈从,不敢正眼直面。如此接近地面对一个漂亮而华贵的外国姑娘,该有多大的勇气?后来他意识到,低头不看就对了,看一眼就拔不出来了。

从此,只要望着圣母马利亚他就会想到她。后来发展到只要面对石头他就会发呆,呆痴地凝视里,她的容颜和姿影就像出水的仙姑、天上的神女,带着一种无法具体描述的抽象的美丽和能让人神魂颠倒的魅惑。他一个石匠,天天都跟石头打交道,也就天天都在醉心地想她。有时望着天空或大海也会想到她,想着想着,她就浮现了,以云朵或波浪的形式。然后就是激动,就会情不自禁地拿起錾子和锤子,"咚咚咚"地敲起来。他期待她的出现,一旦出现就会目不转睛地看她,尽管自卑依旧,畏怯照常。

那些日子,他控制不住地用极快的速度一口气雕了二十尊一模一样的圣母像浮雕。教堂的人惊呆了:"这么多?可我们只预订了一尊。莫非你得到了神的召唤,石匠先生?"他无话,对自己的行为莫名其妙,以为自己疯了。"不过,我们让你雕刻的圣母马利亚胸前并没有项链。"他没说这是因为吉娜戴着项链,只希望他们能接受他给圣母像添加的项链。他们接受了,甚至认为让圣母戴上有十字架胸坠的项链是一种高尚的创造,表达了创造者王济良对神的爱戴与赞美。后来吉娜告诉他:"你是天赋异禀的艺术家,你对美包括项链有一种凡人不及的敏感,常常会让你陷入无意识的压抑、向往和创造之中,这就叫艺术冲动。"

现在，冲动再次出现了，但不是雕凿，而是跟随。吉娜说："哥哥和我都希望你去，尤其是我，我觉得只有你能帮助哥哥成就他日思夜想的设计。"王济良说："俺吃不惯德国人的饭。""没关系，同去的还有别的中国人，你们可以一起开伙。"他又说："俺听不懂德国人的话。"吉娜说："这个也不难，我可以继续教你。"他惊讶地问："你也要回德国？"她使劲儿点点头。他心说：她要是回了德国，他就再也见不着她了。她又说："实现设计后你就可以回来，最多两年，我保证。"他还是想拒绝，却没有说出口。吉娜追问道："你到底去不去？你不去我就不理你了。"他看到她眼里的期待就像一股倒卷的浪潮，马上就要把自己卷进去，便恐慌地朝后缩了一下。她又说："你害怕什么？我问你害怕什么？"眼睛又像月光一样柔和明亮了，那是一种献给他的熨帖和信任。他说："不怕什么。""那你就答应我嘛，求求你答应我。"他半晌不语，直到她拉住他的手，才嗫嚅道："好吧。""你答应了？"她高兴得跳起来拥抱了他。他害怕得尖叫一声，像要把他杀了一样，又感觉自己半个身子僵硬半个身子酥麻，胸腔里满满的都是潮热和激荡，禁不住浑身颤抖起来。尽管他也知道，这只不过是个普通的礼节，没有任何特殊的含义，但毕竟她的脸贴住了他的脸，他感觉到了她前胸的饱满和气息的芳香，他对异性的真实触摸就在那个瞬间骤然转化成了热爱与骚动。他傻愣着，意识到仅仅出于对这个拥抱的感激和享受，他也不能反悔了。这一年，他十八岁。

王济良回了一趟王哥庄，看了看爹和娘，留下了身上所有的钱，他用不着，吉娜告诉他，很快就要登船，启程之后是免费供应食物，用不着花钱。他没有告诉爹娘自己要去德国，怕娘哭，怕爹死活不让去。他心说：两年后就回来了，一眨眼的工夫。那时候他会把一大包钱（银圆或者外钞）放在他们面前，问爹打算置多少地，盖多少房，要不要造一条带风帆的渔船。这些年家景渐渐好起来，吃饱了，穿暖了，买了一亩地，翻修了老屋，盖了一间新房，箍了一条小船。但是还不够。爹说靠海吃海，要想当财主，家里至少得有三条大渔船。鱼虾是捞不尽的，雇两个人，打鱼卖鱼最划算也最保险。他回到石料厂，把行李卷起来，又把一些用不着的杂物收集到一起，托工友交给爹。爹过一会儿就会来，一来一看：儿子远走高飞了。他怎么办，哭？

出发的这天夜黑如墨，像是倒扣了天锅，又扬撒了锅烟子。王济良寻思：怎么会是晚上呢？要是白天出发，还可以看看青岛和青岛的人。坐上了来厂里拉人的封闭式卡车，才发现石料厂的石匠多数都要去，原来大家都在保密，都以为要去的只有自己。卡车在石料厂停了两个多小时才上够人。王济良上去得早，尿憋得想下去方便一下都不成。领队的亨利希怕石匠们反悔跑掉，只要进到铁屋子式的车厢里就不准再下去。好不容易等到开车，又摇摇晃晃到了上船的地方，王济良才把一泡焐烫的尿撒向大海。他发现这里是新造的码头，一个他没来过的地方。两艘黑森森的山脉一样的大船停泊在码头一端。他听亨利希问一个身形魁梧的人："都是

'皇族'的船吗?""都是。""我们上哪条船?""'不来梅'号。""哦,德意志最大的船。船长在哪里?""我就是。"

就要上船时王济良不停地回头看着。吉娜告诉他,她因为别的事要推迟几天,不能跟他坐一艘船走。他当然不指望吉娜来送他,但吉娜说不定会来送她哥哥。这么想着,果然听到吉娜在不远处说话,像是在问:"王济良在哪里?"亨利希严厉地说:"这种时候你来这里是不合适的。"吉娜说:"哥哥你别干涉我,我一定要见到他。"他立着不动,就见一个黑影迅速过来,差点儿撞到他身上。他喜出望外,又有点儿受宠若惊:居然,吉娜是专门来送他的。虽然是暗夜,他那双能看透石头的眼睛很容易就捕捉到了她的迷茫和忧伤,复杂的表情里好像还有别的,一时拿不准。她说:"对不起,我、我、我……"他发现她好像不敢看他,如同当初他不敢看她那样,眼光始终是下视的。他用生硬的德语说:"你没有对不起。"她说:"我是说,我恐怕不能教你德语了,你得等很久才能见到我。"他愣了一下问:"多久?""你是个诚实的人,我不想骗你……"亨利希过来,催王济良快上船:"你是最后一个了。"又催吉娜快回去。王济良转身要走,吉娜说:"等等。"扑过来抱住了他。他本能地张开了双臂,不知道该不该同时也抱住她。他觉得她把嘴唇的坚定、柔软和温润雕刻在了他的脸上,她额头上有汗,她是潮湿的,她浑身抖个不停,一直在说话。等她突然松手,退后两步转身离开时,他才意识到她说的还是"对不起",一连串的"对不起",发现自己依然是自卑而胆小的——他一直没有拥抱她，始终都是她在单方面地拥抱他。他想这就对了，她的拥抱如同熟人间的行礼，而他要是拥抱她，那就是别的了。他不能也不敢有别的企图，很担心这拥抱、这嘴贴脸的举动也是歧视和轻贱的一部分。

15

"不来梅"号午夜启航，驶向茫茫海域。作为石匠技师，王济良被分配在一间七人卧舱里，算是照顾，而别人都是几十个人一间卧舱，十分拥挤。他睡了一会儿，天亮后来到甲板上，看到四周除了水，什么也没有，没有岛屿、海鸟和其他船舶，空气的味道也变了，变得更加新鲜、清凉。天蓝水也蓝，云彩就像淘洗过了，白净得如同丝绵。风柔柔的，像吉娜的抚摩，更像她的金发从肌肤上撩过。甲板上全是人，三五一堆，都在看海，一片从未见过的海，辽阔得难以想象。很多人边看边聊，让他无意中知道了许多：虽然这是艘大船，但也只有三百多个舱位，来到船上的却有五百多个劳工，大都来自青岛周边乃至胶东半岛的乡村，多数是石匠和铁匠，只有少数什么也不会，是纯粹的苦力。石料厂的人在里面，连十分之一都不到。可以想见亨利希设计的那个绝无仅有的建筑规模有多大，竟需要这么多匠人。他听到肚子咕咕叫，正要打听什么时候吃饭，就听有人喊："开饭了。"

机灵的人一起床就拿着盛饭的家什站在饭舱门前,门一开就往里挤,抢先打到了饭:一个小烧饼、一碗包谷糁子稀饭。这哪里够啊?三下五除二进了肚,就再去打。后面的人看着那些人都吃两回了,自己离窗口还那么远,拼了命往前挤。两个拿着鞭子的德国人出现了,噼里啪啦抽打着,用中国话喊:"排队,排队!"又跑去前面,把那些碗里有盛饭痕迹的人赶离了饭舱。王济良体单力薄,哪里敢往前挤,老老实实端着空饭碗,一点儿一点儿往前挪,似乎永远挪不到跟前,巴望了半天才发现,不是更近了,而是更远了。突然人群一阵骚动,有人打起来,起先是一个人揪住另一个人,说他都吃得打嗝儿了还往前挤。那人说:"你算老几,管毬的多。"两个都是壮汉,谁服气谁啊?他们的打引来了亲朋好友的参与,于是一帮人跟一帮人打成了一片。两个德国人扑过去,抢起鞭子没头没脑地抽,骂着:"猪猡,猪猡!"这时有人喊王济良,他才发现其中一帮竟是石料厂的,便挤过去帮忙。打呀,豁出命来打呀,满肚子气本来是冲着德国人的,但受伤沥血的却是自己的同胞。王济良打掉了一个人的门牙,他自己也是满头淌血。亨利希出现了,吼一声:"你掺和什么?"一把抓住王济良的胳膊,将他从人群里拉出来,拉到饭舱的后门前,敲开门推他走了进去。又说:"一百个劳工也顶不了你一个,被打死了怎么办?"王济良发现全船劳工只有自己在伙房里,吃多少都行。他蹲下来"呼噜呼噜"吃着,饱胀了才感觉到伤口一阵阵疼痛。

　　这天他从饭舱出来后,受到了许多人的关注,有羡慕乃至巴结的，有嫉妒乃至仇恨的：你凭什么呀？他心说：凭俺的手艺。又觉得不尽然，恐怕更主要的是吉娜的托付。就凭吉娜会专门去码头送他的关系，她不会不给她哥哥说。他多少有些骄傲，好像自己一下子成了人上人，至少他可以混饱饭吃，可以从数百劳工中单拎出来拥有一种受人尊重的身份。但很快他就觉得这是很难的，也是不该的，他根本就做不到只顾自己吃喝，不顾别人死活。德国人不打算多开几个打饭的窗口以便疏散人群，他们只相信鞭子能够带来秩序，相信只有一开始就体现严酷的管理和绝对的权威，才能保证将来的工程顺利进行。这天，许多人没吃上饭。更糟糕的是，德国人宣布：船上一天只供应一顿饭。所有人都感到意外：上船之前的许诺可不是这样，免费供应食物之外，还有保证吃饱吃好。没吃上饭的有好几个是石料厂的，王济良不能不管。他以为靠了自己的面子，亨利希或许能够通融，哪怕两个人发一个烧饼让他们掰开塞塞牙缝呢！亨利希断然拒绝，他在自己的办公室指着挂起的军服和手枪说："中国人有句话叫'军令如山'，任何人都不能推翻自己的山，尤其是德意志帝国的军人。"王济良十分诧异：亨利希什么时候变成一个冷酷的军官了？接着又看到，在亨利希的办公室到船长室之间的高等卧舱里，住的全是军人。这便是亨利希的底气，劳工们不得不听他的。

  第二天，饭舱门前依然是争抢，依然是皮鞭的爆响。亨利希派了几个士兵在甲板上巡逻。劳工们勉强排成了一条很粗的队。王济良照例进了饭舱的后门，在里面饱餐一顿。好在没有眼睛监视他，他揣了几个烧饼出来，送给了这天没吃上饭的石料厂的工友。一个工友又把舍不得吃的烧饼送给了他的一个亲戚。这亲戚是从平度县招来的铁匠，带着神秘的微笑来到王济良面前说："我叫张起。"两个人说了半天悄悄话，最后王济良说："俺只能试试，不一定成功。"再去饭舱吃饭时，王济良瞅机会在厨师脱下的外衣里摸到钥匙，使劲儿摁在了烧饼上。铁匠张起便从船舱的缝隙里剪下一块小铁片，用自带的工具在卧舱里敲打起来。他们成功了。有一天，张起告诉王济良，他们半夜溜进饭舱，不仅偷到了烧饼，还偷到了卤好的牛肉，牛肉显然是供给德国人的。说着他摸出一块喷香的牛肉塞到王济良手里："留给你的。"王济良看左右没别人，放进嘴里好一阵狼吞虎咽。王济良叮嘱道："一次不能拿太多，小心被发现。"张起说："这个不用你说。"

但偷窃只持续了两个晚上就被发现了。毕竟牛肉有限，厨师心里是有数的：原本可以供给半个月的肉量，怎么眼看着缺了许多？第三个晚上，张起带着五个人刚开锁进去，就听一声呐喊，灯亮了，士兵的枪几乎就指在鼻子尖上。吊打是必然的，招供也是必然的，王济良被扯了进来。亨利希亲自审讯，对他说了一番自以为推心置腹的话："不要以为我妹妹吉娜爱上了你，你就可以随心所欲。她是傻到透顶的姑娘，我不会允许她跟雅利安种族之外的任何人有感情纠葛，更不要说是一个做石匠的中国人了。我爱惜你是因为你的手艺，它可以为我和神圣的德意志帝国服务，而你得到的将是一大笔金钱。对你来说金钱重要，还是结交一些狐朋狗友重要，你自己考虑。我需要告诉你的是，只要踏上这艘船，任何人都有可能因为不听话而突然消失，也包括你。你是一个聪明的人，应该明白你除了忠诚于我没有别的选择。"王济良第一次听说吉娜爱上了自己，有点儿不敢相信：我有什么？一个女人尤其是漂亮女人看重的仪表和财富我都不具备，虽说有一身不知怎么就开始出类拔萃了的石匠技术，但说透了也还是个出卖力气的苦力。他问道："吉娜什么时候回德国？"亨利希挥了一下手说："她不可能回去。"愣了一下又说："她回不回德国跟你没什么关系，不要再想她了。"他说："俺不想，俺为什么要想？"

王济良开始替自己和张起他们求情。亨利希说："放弃惩罚就意味着纵容，纵容犯罪就等于自己犯罪。我不会愚蠢到因为宽容而蒙受耻辱，必须把一个偷窃者丢进大海，这个人由你来指定。"王济良一脸畏葸："俺？俺指定？"亨利希又说，如果王济良不指定，那下海喂鱼的就是包括张起在内的两个人。"你选择吧，是让两个人死，还是让一个人死。"王济良咬着牙不吭声，他怎么可以指定一个人去死呢？又不是阎王爷。亨利希把王济良带到甲板上，让士兵绑了张起、张起的亲戚——那个石料厂的工友，推到了船舷边。许多劳工都在观看。亨利希说："请决定吧，你还有一分钟的时间。"王济良意识到不指定是不行了，张起和工友都用哀求的眼光望着他：救救我，救救我。他躲开他们的眼光思考着，突然转身，指着一个年老体弱的偷窃者说："他。"亨利希立刻命令士兵："照王济良说的办。"一声惨叫顺着船帮落入海中。

这天黄昏，在甲板上，王济良遭到了一个叫王强的年轻铁匠的毒打。王强边打边哭喊："你还俺爹，你还俺爹。俺也是王哥庄的人，往前推一百年，俺祖宗也是你祖宗，没见过你这号六亲不认的杂种。"他心说：坏了，自己结下仇人了，而且是乡亲，是杀父之仇。报复时时存在，暗算就在眼前，他得小心防备。怎么防备？在被王强和他的同伙追打了三四次之后，他意识到自己只能依靠德国人了。他去向亨利希告状。亨利希毫不迟疑，立刻派士兵狠狠惩罚了王强和所有揍过王济良的人，还让他们瘸着腿来向王济良赔礼。王济良站在升降梯上，居高临下地望着他们，威胁道："再敢动俺，就没这么便宜了，还是活命要紧啊！"劳工们都说：他是德国人的爪牙、害人的精。亨利希就这样离间了王济良跟其他劳工的关系。

但王济良和亨利希都没有想到，惩罚之后，报复反而变本加厉。午夜，几个劳工冲进王济良的卧舱，蒙住他的头，抬起来就跑。王济良被扔进了大海。而这时王强和所有揍过王济良的人都在睡觉。站岗的士兵可以证明他们并没有走出卧舱。

16

王济良被扔进大海的瞬间就意识到，自己不可能马上就死，因为有浪，是北风卷起的轻浪，而他在船的南边，风从头顶和船的两侧吹过，在近船的水域里形成了一片和轮船同一方向的波角。他就在波角里落水，浮上来后，船左他左，船右他右，始终没有离开船很远。他一会儿踩水，一会儿仰在水面上划水，使出了一个渔民后代亲近海水的全部本领。"不来梅"号不知为什么走得很慢，甚至大部分时间是不走的，船体和水的摩擦引不起冲漩的激流。后半夜他干脆游向船帮扳住了铁皮衔接处的缝隙。他活到了天亮，活到了可以用喊声让士兵发现自己的一刻。他被救上来了。

他说是自己不小心掉进海里的。鬼才相信呢，船边的栏杆有半人高，很结实，不小心翻下去的机会几乎没有。亨利希的追查是严厉的，虽然有士兵证明王强和所有揍过王济良的人一夜都在睡觉，但还是遭到了鞭挞，一个个血肉模糊。同时所有那天晚上起过夜的劳工都受到了盘问。盘问时亨利希让王济良在场，很客气地跟他小声说话，好像在商量谁值得怀疑，谁应该吃鞭子、遭耳光。亨利希说："记住，你是我们的人，你跟所有的劳工不一样。"王济良记住了，却比先前更加迷茫，意识到依靠德国人的下场只能是一次次面临暗算，虽然这次没有死掉，但如果今后的每一天他都将在仇恨与威胁的逼迫中发抖，还不如一死了之。

果然就像预想到的那样，接下来的几天里，王济良几乎不敢跟劳工们照面，每一束眼光都带着寒彻的锋锐，刺得他浑身疼痛。眼睛下面的嘴巴也不会歇着，恶狠狠的诅咒会带着咬牙切齿的表情迸然而出："畜生，你不是人养的。""阎王爷跟前的鬼，还是回到阎王殿里去。""这里人人有一把刀，都是用来宰你的。"诸如此类，让他不寒而栗。突然有一天，诅咒和咬牙切齿瞬间消失了，一片宁静。所有的眼光都不看他，所有的声音都与他无关，无论在饭舱、在甲板、在过道、在卧舱，连他救过命的张起和石料厂的工友也都对他视而不见了。他知道这是因为劳工们的胁迫：警告他们"不准跟王济良来往"，张起和工友起先不听，便很快遭到了报复——白刀子进，红刀子出，都在屁股上。谁干的？两个人根本就来不及看清楚，就被劳工的人潮淹没了。更糟糕的是，士兵和亨利希都看见了洒在甲板上的血，却不管不问，明摆着是让劳工们得逞。得逞干什么？孤立他？用不着德国人掺和，不知不觉他已经是失群的孤雁、离水的船了。无意中看到的年轻铁匠王强的一个动作让王济良明白了许多：王强朝东方长揖跪拜，口中念念有词：无极太上，四海为乡，有福同享，有难同当。这是老君会祭祀太上老君的祷词。太上老君是铁匠的祖师，老君会是铁匠的帮会。显然船上有帮会，王强和那个因王济良的指定而被处死的年老的偷窃者都是帮会中的人。帮会在迅速发展它的成员，也在迅速蔓延它的情绪：一个人的爱是所有人的爱，一个人的恨是所有人的恨。

　　无视和冷淡持续了三天后，王强自杀了。他很难说清楚做出自杀决定的具体原因，就像混杂在空气中的毒物，是一种看不见的存在。他意识到了在劳工们面前迅速消失的必要，意识到老君会就像拧成一股的粗大缆绳，而他只不过是落在缆绳上的一只苍蝇，另类到根本就不是东西。无形的孤立是巨大的嘴，无言的诅咒是错动的牙，他被咬噬得浑身疼痛，却还要加上悔恨和负疚的折磨。亨利希让他指定死者的做法多么高明啊！他活着就永远是死者及其同伙的敌人。他没有跳海，渔民跳海跟鱼虾跳海差不多。他选择了割腕，因为那样就可以用刀，而刀是铁匠打造的，也算是铁匠间接杀死了他。刀是从甲板上捡来的，是别人的丢失，又像是意味深长的给予，当他握在手里时，发现上面刻着太上老君的炼丹炉。

但是他没有死成，因为他选择了白天，选择了一个靠近亨利希的地方。当所有的劳工面对他的自杀而纷纷躲开时，一个士兵大步走来。可见，在深处的深处，他依然有着对生的留恋，对爹娘的思念，对故乡的眷恋，对吉娜的幻想。

他死了两回，一回是他杀，一回是自杀，总该扯平了吧？和那个因逼迫而被他指定的亡魂相比，难道还不够？还需要他继续迎接死亡的到来？不，他再也不死了。他已经死够了。被亨利希派医生救活之后，他决定踏踏实实投靠德国人。即便昧着良心卑微地活着，也要在劳工们面前直起腰来，让太上老君的徒子徒孙明白：他们可以制裁他，他也可以制裁他们。他大步穿过人群走进了饭舱，又打着饱嗝儿旁若无人地出来。有人骂他一句"猪"，他一个耳光扇红了那人的脸。所有人都惊呆了，面面相觑：他也会反抗？他铁青着脸继续往前走，人们很不情愿地让开了道。

饥饿与争食、聚仇与泄恨，让劳工们似乎忘了自己在船上，船在海上。现在大风要来提醒他们了。开始是悠悠的、缓缓的，船的摆动轻微如梦，感觉不到这是猛虎睡醒后的哈欠。突然一声吼，是浪吼，扑向船体的水浪并不见高大，却撞击出了一声轰鸣。人们从睡梦中惊醒，互相询问怎么了。回答他们的是船体的大幅度摇晃。接着轰鸣接二连三地响起，摇晃变成了常态，越来越剧烈。人们跑出了卧舱，又被甲板上的士兵赶了进去。风像是一些从四面八方伸过来的手，撕扯着"不来梅"号，哪儿都是"嘎吱嘎吱"就要断裂的响声。有不少劳工是渔民出身，比别的人更有经验地俯低了身子，或趴在了地上，也比别人更敏锐地预感到了这场海上风浪的危害到底有多大。他们告诉身边的人：随时都有沉船的可能。已经好几天没望见陆岸了，一旦沉船，不可能有人来救。几个年轻后生哭起来。

王济良跌跌撞撞走出卧舱，来到甲板上，看到几个水手正在转动绞盘，把缠起的缆绳抽出来放进海里。他知道这是为了增加船头的重量，免得在风浪中船头翘得更高，说明船长已经做了最坏的打算，因为放下去的缆绳也可以是沉船过程中溜下去逃生的途径。可是，如果没有救生圈或救生服，溜到海面上又有什么用呢？至多会躲开沉船造成的旋涡，而不可能躲开死亡。少量的救生圈和救生服已经套在了水手和军人的身上，劳工们是捞不着的。放哨的士兵让王济良回卧舱去，他答应着，躲进黑暗又躬身走向了船腰。那儿的舱壁上插着一把平安斧，人们似乎还没有想起它。不远处的船舷边扭结着一些缆绳，缆绳悬吊着一只救生艇。平安斧就是用来砍断缆绳放下救生艇的。他把平安斧抽出来抱在怀里，靠着舱壁躲到升降梯下面，心说：我要守在这里，一旦沉船，就第一个跳上救生艇。

夜色更浓了，仿佛吹过来的不是风，是越积越厚的黑暗。咆哮的黑暗在空中水里变幻着各种姿影，像鬼物，又像劳工们的面容。突然响起一阵急促杂乱的脚步声，士兵出现了，是互相拉扯、摇三晃四的一队。其中一个人的身形特别高大，仔细瞄了瞄，竟是船长。船长说："放开我，放开我。"原来他被几个士兵前后左右撕扯着。亨利希的声音从黑暗中传来："向军人致敬，这是皇帝的命令，只要你服从命令，我们没有理由把你拉出船长室。"船长说："航船是帝国的骄傲，这也是皇帝的话。我不会让'帝国的骄傲'走向死地，转头靠岸现在还来得及。"亨利希说："这么说你要坚持到底了？""船是我的命，没有船我宁肯不要命。靠岸，靠岸，这么多人都将死掉，你们疯了？"亨利希说："是疯了，我们只能待在海上，不能靠岸，皇帝和军人都不愿意看到就要实现的计划前功尽弃。我再问一遍，你是要从命还是要靠岸？"船长愤怒地吼一声："靠岸！""这么说你是不可能为这件事保密了。"亨利希说罢，也吼了一声，"士兵们，开始吧！"忽一声响，风把船长吹向了空中，转眼不见了。王济良惊得差点儿喊出声来：高大魁梧的船长就这么被抬起来扔进了大海？船长尚且如此，劳工们就更不用说了。服从，服从。王济良刻骨铭心地记住了服从，哪怕把全世界的屈辱和歧视都强加在你一个人身上，你都得咬紧牙关服从。

17

浪水吼叫着,翻上了甲板,人都湿了。船的摇晃变成了频繁的颠簸,蓦然停了一下,又开始大起大落,士兵们顿时七歪八倒。亨利希在士兵的帮扶下走向舱壁,四处摸了摸,喊道:"斧头呢?""咣当"一声,平安斧从王济良怀里掉在了甲板上。王济良赶紧又抱起来。几个士兵把王济良从升降梯下面拉出来,推倒在亨利希面前。亨利希俯身看了看,吸了一口冷气问:"你都看到了?那你就不能活着了。"命令士兵,"扔下去。"王济良从一片水渍里跪起来说:"俺没看见,什么也没看见。"亨利希一把揪起他:"说实话。"死过两回的王济良突然觉得自己怎么这么傻呀,对方不就是担心说出去吗?俺不让他担心就是了。他说:"是的,俺看见了,但俺的眼睛跟士兵们的眼睛是一样的,看见了就当没看见。大人,你会让每一个你的人都死在你面前吗?""我的人?""对,俺已经是你的人了,你的嘴巴就是俺的嘴巴,你怎么说俺就怎么说。""我什么也不会说。""那俺的嘴就是你的屁股眼儿,只会放屁不会说话。"

还行,他成功了。亨利希从他怀里夺过平安斧,又还给他说:"砍断缆绳,放下救生艇。""现在就逃?""不,谁也别想逃。"王济良不明白：难道亨利希和士兵们也不想活了，都愿意跟劳工们同归于尽？他犹豫了一下，举着平安斧走到了船边，又回头看了看黑暗中的黑影，一斧头抡了下去。石匠的抡锤技巧让他即便看不清也不会有任何偏差，每一斧都抡在一个茬口上，一个茬口三板斧，两个茬口六板斧。救生艇朝下滑去，又随着大风飘向远方，掉进了海里。大浪冲上来几乎将王济良卷进海里，他连连后退，一下子撞到亨利希身上。亨利希拉住他说："现在，就连这些德国士兵也要恨你了，石匠先生。你可要小心点儿，我需要你。"

天亮了，还是风浪，能看清船几乎要翻又没翻，浪几乎要淹又没淹。劳工中死了一个人，是吐死的，他从未坐过船，对颠簸摇晃有严重过敏，吐干了食物，又吐干了胃液，最后吐得气都上不来了，永远上不来了。王强把尸体背到亨利希跟前，问对方怎么办。他觉得对没犯任何错误就死去的劳工，雇主应该赔偿点儿什么。亨利希踢了尸体一脚说："你是要我把他扔到海里吗？要是我亲自动手，就会连你一起扔下去。"王强假装没听懂，还想说赔偿的事，亨利希便吩咐士兵把王强抬起来。王强赶紧说："别别别，俺扔俺扔。俺是想让大人明白，又死了一个好手艺的铁匠，多可惜啊！"亨利希说："对这种连上帝都挽救不了的人，我有什么办法？"王强当着亨利希的面儿，抱起尸体，搭在船舷上，掀进了大海。

又死了一个人，就是那个张起的亲戚，石料厂的工友。他钻进军人的卧舱从一个睡觉的士兵身上扒了一件救生服，套在了自己身上,尽管救生服上罩着外衣,但还是被发现了。那士兵猎鹰一样来到卧舱,捉住工友就打,然后拖到甲板上,脸朝下摁到了积水中,是流血过多还是气憋而死,谁知道呢?显然有人出卖了他。王强逢人就说:"不是王济良,我就把头割掉。"亨利希叫来打死人的士兵问:"是王济良告的密?"士兵说他也不知道,告密的人用衣服蒙住了头。亨利希又叫来王济良:"是你告的密?"王济良说:"不是,俺怎么能干这种事?""这种事不好吗?"他磨蹭了一会儿说:"如果是好事,那就算是俺吧。"亨利希竖了竖大拇指:"很好,你就担起来吧,只要是大家认定的,不是你也是你。"这天晚上,王济良跟张起在卧舱过道里相逢,张起小声说:"你救过俺的命,俺也想救你一命。小心提防,老君会要杀死所有的石匠。"王济良问:"为什么?"张起说:"不知道,太上老君在梦里要俺们行动起来,还说风暴明天结束。"王济良又问:"船会翻吗?"张起说:"会。"

王济良一夜未眠,任何响动都会被他认为是老君会的人前来谋杀自己。风大浪大,响动不止,谋杀也就时刻存在。他想不明白:既然船会翻,都得死,为什么还要"杀死所有的石匠"?好不容易天亮了,"不来梅"号在偌大而汹涌的水域里变得更加轻巧,好几次都飞升到浪尖,接着就跌入深深的水谷,在被黑暗吞没的瞬间又神奇地回到了水面。所有的人——劳工们、水手们、士兵们,都在经历无法控制自己的起落,心脏移动着位置,一会儿在喉咙上,一会儿在肚子里。眩晕的、呕吐的、四肢无力的、饥渴难忍的、被撞得这儿那儿疼痛的，没有谁是正常的。死亡就要来临，马上就要来临。这是集体的意念，单纯而固执。大部分人闭上了眼睛，等待着某个瞬间船跌入深谷后再也起不来，淹没、黑暗、窒息、张大的鱼嘴、白花花的牙齿，血肉粉碎。王济良绝望着，心说：铁匠们的太上老君真灵。照理，石匠们也有自己的祖师，就是造房造屋的鲁班，怎么就不起作用呢？是没有朝拜的缘故吧？是没有组织起老君会一样的鲁班会的缘故吧？铁匠们有老君会，石匠们为什么不能有鲁班会？老君会要杀死所有的石匠，谁抗得住？只能是鲁班神保佑的鲁班会。遗憾的是，马上要死了，老君会和鲁班会都不起作用了。他昏昏沉沉地闭上眼睛，渐渐睡着了，噩梦不期而至，有神有鬼，让他提前结束了生的留恋和死的恐惧。

等王济良醒来时，风浪已经停息，四周静得出奇，好像狂风本身并不是灾难，而是一种送走灾难的力量，在它依然吹来吹去时，浪却不再上蹿下跳。他走出卧舱，奇怪地看着甲板上的人，有劳工、有士兵和水手，都表情松弛地望着大海。海累了，需要睡觉了，不再张牙舞爪了。遥远的地方，出现了一道似有似无的海岸线。人们一再地瞩望，却发现船并没有朝海岸线驶去。王济良看到张起在远处冲他笑了一下，心想：太上老君说对了，风暴已经结束。但为什么没有翻船呢？

亨利希开恩了，在接下来的几天里，他把一天一顿饭改成了一天两顿，而且尽饱吃。从死亡线上走来的劳工们一面庆幸自己还活着，一面持续着互相间的倾轧。一天，开饭的时候，王强蛮横地推开了一个好不容易挤到打饭窗口的石匠。石匠不服，再次挤过去，却遭到了一伙铁匠的拳打脚踢。王济良出现了，从地上扶起石匠，横挡在一个还要扑过来厮打的铁匠面前说："不死你着急啊？就不能安分一点儿？"老君会的人没敢再动手，都知道惹了王济良会遭到亨利希的惩罚。王济良拉着那石匠，挤向窗口，打了饭又挤出来，问他叫什么。石匠说："栗子。"

又有一天，饭食增加到了三顿，而且顿顿有肉汤。肉虽然臭了，肚里没有丁点儿油腥的劳工们还是吃得津津有味。王济良想，船上有多少食物？这样吃下去，几天就吃光了，往后怎么办？但没过几个小时，他就明白自己的担忧纯属多余，已经不需要了。半个多月的航行就要结束，暗夜和陆岸一起到来。没有星星，没有月亮，漆黑得睁眼和闭眼差不多。士兵们吆喝劳工赶紧出舱，排着队登陆。登陆的地方没有码头，只能从船舷上放下铁梯，下到摆渡船上。摆渡船仅有两艘，一次运送二十个劳工。缓慢的运送持续到凌晨，天就要亮了，才运送了不到一半。亨利希留下一队士兵守护已经上岸的劳工，又命令开船。轮船载着剩下的数百劳工，再次驶向远海，很快消失在迷雾里。好像这是一次秘密登陆，不让人看见，非要等到夜黑人静。王济良是第二批登陆的，亨利希生怕他被人暗算，把他留在了身边。还是漆黑一片，有几颗眨巴眼睛的星星，窥伺秘密似的在云层里探头探脑，突然响亮起来的水浪诡谲地掩饰着人的说话声和脚步声。王济良跟亨利希同时上岸，迎接他的是一片鹅卵石铺成的滩涂，是一道把陆地和海水隔离起来的围墙。他听到亨利希长舒一口气,大声说:"德意志到了,你们踏上了帝国的土地。"一阵大风吹来,能听到不远处呼啦啦的林涛声。"不来梅"号迅速开走了。

18

王济良说得口干舌燥,突然打住,说他饿了。我的肚子也在咕咕叫。劳顿说:"我虽然很愿意听你讲过去的故事,但不知道是真是假,更不知道对我们的调查有没有用。还是希望你不要太烦琐,尽快告诉我们事情的真相——为什么杀人?"王济良说:"大人,你见过没有头的绳子吗?"我说:"劳顿先生,既然你答应帮我的忙,就不要干涉他跟我的谈话。"劳顿说:"我并不想干涉,但时间是有限的。"马奇主教说:"时间由上帝来决定,也许我会听到他忏悔的声音。"劳顿说:"你会的。"我说:"也许不会。"我们走出欧人监狱,看到玛丽娅和王实诚站在监狱对面的马路边,见我们出来,都有些诧异。我大步走了过去。玛丽娅似乎想回避,扭了一下身子,又改变了主意。我说:"你们好,怎么在这里?"王实诚带着敌意瞪着我不说话。玛丽娅说:"他想进去看他爹。""为什么不进去?"问完我就明白了:他们进不去。玛丽娅恳求道:"帮个忙吧!"我说:"我不行,看他们行不行。"劳顿傲慢地站在马路对面,不想过来跟玛丽娅和王实诚打招呼。马奇似乎想过来,看看劳顿又停下了,毕竟他有主教的矜持和有神论者的自负。我走过去给他们说了玛丽娅的恳求。劳顿断然摇头:"这不是我们权限内的事。"我说:"有时候同情会扩大你的权限。"劳顿望了一眼马奇主教,好像是商量:"我们有必要同情他们吗?我看没有。"马奇主教沉思着,决定不把陶锦章委托的关照跟同情罪犯亲属混为一谈。他说:"我看不出这对拯救王济良的灵魂有什么好处。你应该告诉他们,我们都要服从规矩。"我说:"难道上帝制定了不让亲属探监的规矩?"劳顿催促道:"走吧!"

监狱门口只有一辆洋车,劳顿和马奇主教挤了上去。他们的身体比一般中国人都要高大肥胖,车夫吃力地迈开了腿。劳顿说:"快点儿。"我知道他们要去德国领事别墅,在那里用餐不仅免费,而且可口,是正宗的西餐,更重要的是,他们要向调查委员会的其他成员通报跟王济良的谈话。我想我也应该跟他们去,听听麦克斯先生、米澜女士和奥特莱先生怎么说——"五人调查委员会"的真实意图和联合国的目的。我隔着马路,对玛丽娅耸耸肩,摇摇头,想转身走开,看她失望得有些不知所措,便又不忍地走了过去。我说:"等着,我试试,我去给他们说。"

我没能说服门卫放王实诚进去,一再地纠缠之后,门卫不耐烦地说:"我就是个站岗的,不是我说了算,你去找监狱长。"几分钟后我走进了监狱长办公室。监狱长说:"我们接到的命令是,除了调查委员会,任何人不准接近王济良。你得让上边同意,我才能答应你。"我回到玛丽娅身边，彼此传递着失望。王实诚瞪起眼睛说："你走吧，俺早就知道你干不了什么好事。"我觉得我即便立刻走掉，也不能因为是他的驱赶。尊严让我定定地立着，突然意识到，我对不起他们，尽管王济良作为杀人凶手，应该绳之以法，但后辈却没有理由因此而深受伤害，尤其是来自我的伤害——我，一个迷恋着玛丽娅的长相和气质的未婚男人。我说："你们等着，别离开，我再去试试。"我骑着靠在监狱门边的脚踏车飞驰而去。

市政府外事局离监狱不远。我见到外事局局长张绪国时，他刚吃过午饭回到办公室。我的请求让他低着头半晌不语，突然问："你是调查委员会的人吗？"他这是明知故问了。我说："不是，但我们的目标是一致的。香港《华报》差不多就是'皇族'的报纸，报馆派我来就等于'皇族'派我来。'皇族'以及代表'皇族'的联邦德国都不希望在调查结束以后，受到任何有关'不公正'的指责。也就是说，我们希望当地政府能够证明调查是秉公的，法律是健全的，当事人的权利得到了保证，包括他接受亲人探视的权利。"张绪国说："这个自然。不过，王济良迄今并没有交代杀人动机，我们想尽量避免他跟外界的串通。"我说："根本就不存在第二个参与犯罪的人，他有必要串通吗？再说重要的是证据，不是口供。王济良的结局只能是处死，他的动机和国民政府的动机会不会是一致的呢？"张绪国说："你从哪里了解到国民政府也有动机？没有吧？""我想也没有。但如果连一个记者的面子也要驳回，国民政府没有动机的说法又有谁来证明呢？你应该明白，谁更有资格说黑说白，是事件本身还是新闻记者？我是代表外国势力的记者，我觉得来自外国势力的任何威胁，中国当地政府都会在乎。"张绪国冷然一笑："你为什么要给他们说情？我并不相信是为了什么公正。""你是说我另有原因？也许吧。""你不如老老实实说出来，很可能私人的意图更好商量。"我说起玛丽娅，说起上海朋友的委托，还把马奇主教拉了出来，撒谎道，马奇比我更希望满足玛丽娅的请求，只不过主教的身份让他不便出面。张绪国说："玛丽娅？就是那个跟王济良的儿子不清不白的女人吗？"我没有回答。他又说："这不就得了，何必绕那么远？如果是你个人的事，我倒是愿意帮忙。"我有些诧异："这是为什么？公事公办不是更合理吗？"张绪国"唰"地拉下脸说："党国无公事，都他妈为了结党营私。"我一愣：他怎么这么说？张绪国转眼又笑了，从衣架上拿起礼帽说："走。"

我把脚踏车丢在外事局门口，坐着张绪国的灰色轿车，去了胶州湾畔的绥靖区司令部，在一间墙上挂着一排美式卡宾枪的办公室里，见到了那个曾经陪同调查委员会去六号码头监督王济良打捞尸体的上校军官。张绪国在车上告诉我，上校叫李云飞，是代表绥靖区司令部协助调查的，有关罪犯的一切都由他说了算。不过作为军人他并不霸道，反而显得过度谦虚了些，凡事都愿意跟张绪国商量。果然，他不仅温和而且热情，一见我们就又是让座又是沏茶。说起允许王实诚探视他爹的事，张绪国抢先表态："若缺记者也是受人之托，做朋友，为朋友，不得不如此。关于'皇族事件'，我们今后还会仰仗他许多。依我看，没什么问题吧？儿子探视老子，也是情理之中的事。"李云飞沉吟了片刻说："就怕有意外，部队都去前线了，监狱的守兵不是很多。"我说："守兵再少，王实诚一个瘦不拉叽的人，又能怎么样？"李云飞说："他当然不可能背起他爹逃跑，但谁又能保证他不是为劫狱来侦察地形的呢？"我又是摆手又是摇头："不可能，我看王实诚又傻又蠢，没这个机灵劲儿。"李云飞说："我不过是从最坏处着想，可能性的确不大，毕竟青岛还是党国的天下，就算共产党再有能耐，也不可能虎口里拔牙。"我一愣，问道："听你这么说，好像王济良杀人有共产党的背景？"李云飞说："一定有，不可能没有。"我问："有证据吗？"李云飞说："目前还没有，不过……快了吧！"我说："上校先生好像胸有成竹？"李云飞挥挥手说："扯远了，还是说眼前的事，不就是让儿子进去看看他老子嘛，我听绪国兄的。"张绪国说："云飞兄总是这么客气，那就谢谢了。"我也赶紧道谢。李云飞又说："不过今天不行，明天上午怎么样？"我说："当然可以。"就这么定了，我们起身告辞。李云飞把我们送出大门，送到车上，一直在招手。我寻思，这个军人还不错，通情达理，比较容易打交道。

张绪国的灰色轿车把我送到了外事局门口。我又骑上脚踏车去了欧人监狱。玛丽娅和王实诚还在马路对面等着。一阵青雾奔驰而来，遮去了四周的建筑，包括塔楼高耸的监狱。我看到王实诚的眼光柔和了些,看到玛丽娅在说声"谢谢"的同时,嘴角微微一抽,眼睛也随之轻轻一合,虽然还不算是快意的笑,却也不能否认已有丝丝潜在的温柔在面容上游走。我心里有了些微的舒畅:总算为玛丽娅做了点儿事。

19

离开玛丽娅和王实诚后,我看时间尚早,便骑着脚踏车,直奔德国领事别墅。院门口的几个警卫不让我进去。我说是劳顿先生让我来的。警卫就去把劳顿叫了出来。劳顿说:"尽管我没有叫他来,但我依然欢迎他来。"又小声对我说,"我们正在吵架,最好你也能听听。我怀疑麦克斯先生正在跟国民政府做交易。"我很高兴劳顿能对我这样说,证明他跟我比较接近,立场是中立的,虽然我现在还无法确定到底是他跟麦克斯的矛盾导致了他的中立,还是他的中立导致了他跟麦克斯的矛盾。领事别墅可以举办舞会的大客厅里,四围有沙发的一角,"五人调查委员会"的人正在开会,我的到来让会议中断了。我说:"对不起,我来得不是时候。"麦克斯冷冷地问:"你找谁?"他没有站起来迎接我,想以此表明我应该马上离开。劳顿也问:"你是找我,找麦克斯先生,还是找大家?"我明白劳顿的提醒,赶紧说:"我找大家,没想到大家都在,真是机会难得。"麦克斯无奈地说:"坐吧!"一个穿旗袍的姑娘过来给我上茶。我瞅了一眼，心说：她个子真高。

我说："不介意的话，你们继续开会，我听听。"劳顿抢先道："很介意，因为你也在调查，我们不希望你比我们知道的更多。"麦克斯瞪了他一眼，又对我说："没关系，调查委员会的所有问题都应该是透明的，我们也想通过记者尽快向世界传达我们的看法。"米澜女士和奥特莱先生也都友善地冲我点了点头。我意识到劳顿是故意那样说的，莫非是这样的：只要是他坚持的，麦克斯就必然会反对，为什么？劳顿说："没有证据的支持，我们不能仓促下结论。"麦克斯说："这就是政治和法律的区别，政治根据需要断定事件的性质，而法律却要求排除'需要'带来的所有干扰。我要说服大家的是，联合国是个政治机构，不是一个司法机构；调查委员会的行动一定会带有政治目的，而不仅仅是搞清楚真相和拿到证据。"劳顿说："可我只是一个警察，我曾向上帝宣誓，忠于事实高于一切。对我来说破案是唯一的目的。"麦克斯说："已经破案了，抓住凶手是我们来青岛的最好结果。"劳顿说："不，搞清楚动机比抓住凶手更重要，好比面对一个射击者，我们不能只关注子弹不关注枪。"麦克斯说："正是这样，枪比子弹更重要。"劳顿说："但你是想让高射炮射出手枪的子弹，或者相反，让手枪打出五十磅一枚的炮弹。"我听得莫名其妙，插了一句："我想知道联合国'需要'的是什么，难道不是事实？"

没有人回答我。沉默了片刻，意大利人奥特莱先生说："我曾是一名军人，打死过人，也差点儿被人打死。对战争来说，动机并不重要,重要的是事实。目前凶手有了,被杀的人数也已经证实,就需要一个并不重要的合理解释,何必要争吵不休呢?麦克斯先生代表联合国,我们听他的就是了。"劳顿不服气地说:"退役的上校好比骟了的公马,动机'并不重要',是吗?"奥特莱忽地站起:"你敢侮辱我?"马奇主教说:"先生们,请不要这样,把一切善良的动机交给上帝,把一切罪恶的动机交给撒旦,人类没有什么可争吵的。调查需要心平气和。"劳顿说:"王济良杀死的人跟你无关,你当然会心平气和。"马奇主教申辩道:"所有的生命都在上帝的关怀之中。"又对奥特莱和蔼地摆摆手,"坐下,坐下。"麦克斯转向米澜女士:"为什么不说说你的看法?"所有人都把眼光对准了她,好像这位美籍华人一直在沉默,没有人知道她在想什么。米澜撩了一下头发,露出遮住的一只眼睛,平静地望着麦克斯,说:"毫无疑问,我觉得劳顿先生是正确的。"她没有说出理由,但就这么一句话,让劳顿立刻两眼放光,盯着她频频点头。麦克斯扫视着在座的人说:"我跟奥特莱先生一致,劳顿先生跟米澜女士一致。现在就看马奇主教了,也许你能代表上帝做个决断。"马奇说:"我早就说过,只要确定凶手的身份,就能明白一切。现在大家都不知道王济良到底是干什么的。"米澜说:"的确如此。"麦克斯说:"这件事很简单,当地政府会向王济良问清楚。"劳顿说:"恐怕没那么简单。尽管王济良知道他必死无疑,但也不会轻易承认自己犯了杀头之罪,如果他否认跟共产党有牵连呢?很可能王济良说出来的并不是你需要的,何况他也许跟共产党本来就毫无关系。"麦克斯说："那只能等到问过以后才知道，我这就去打电话催催他们。"

我算是听明白了：所谓"并不重要的合理解释"、政治的需要，就是想得出这样一个结论：共产党是"皇族事件"的后台，王济良受了共产党的指使，或者他就是共产党。如此一来，王济良的杀人动机就再合理不过，天下人都知道：共产党仇视来中国烧杀抢掠的侵略者。在国民党节节败退无力保护外国人的局面下，王济良奉命在敌占区"替天行道"不算什么意外。可问题是：证据呢？劳顿是惯于办案的警察，他的职业水准要求他摒弃一切合理推断。米澜女士是大学教授，严谨和诚实应该是她一贯的追求。那么我呢？《华报》是"皇族"的附庸，我是《华报》记者，自然应该坚持"皇族"的立场，可"皇族"的立场又是什么？《华报》主编弗兰斯并没有给我任何明确的指示，连暗示都没有。我现在只明白，代表党国军队的李云飞一口咬定王济良杀人有共产党的背景，代表联合国的"五人调查委员会"的召集人麦克斯及其成员奥特莱根据政治需要与合理推断，准备认同李云飞的说法。劳顿说他怀疑麦克斯正在跟国民政府做交易，并不是没有道理。

我望着打电话回来的麦克斯问道："你把电话打给了外事局局长张绪国？"麦克斯说："不，这种事应该由绥靖区司令部负责。""那就是李云飞上校了？""正是。"我又问："联合国的真实意图是搞清杀人的真相，还是为了拿到共产党指使谋杀的证据？"麦克斯说："两者不一样吗？""当然不一样，真相有多种可能性,或许跟共产党无关呢?"麦克斯沉思片刻说:"当然是拿到证据。""如果没有证据呢?""不可能。""怎么不可能?你不会把意图当事实吧?"麦克斯"哼哼"一笑,说:"对一切冲突,包括目前中国两派愈演愈烈的冲突,联合国唯一能够采取的办法就是政治解决,明白吗?"我说:"不明白,难道政治解决就是认定'皇族事件'有共产党的背景?"意大利人奥特莱突然插了进来:"王济良杀人是富有启示性的,也许它仅仅是个开头。在中国,随着共产党的胜利,大批外国人将遭遇同样的命运。"我吓了一跳:"你怎么知道?"奥特莱说:"这么明显的预兆,难道你们看不出来?"劳顿挖苦道:"原来你还是个精通星占术的神巫,墨索里尼先生。"奥特莱挥了一下拳头:"我真想掐断你的脖子。"劳顿说:"那就来吧,骟马。"奥特莱扑了过去。

退役上校奥特莱显然不是现役警官劳顿的对手,被打得爬下再起来,起来再爬下。麦克斯喝止道:"都给我住手,你们不知道这是在给联合国丢脸吗?"起身过去,推了劳顿一把,"警察先生,看来你得立刻离开这里回香港了。"劳顿喘着气,怒视着捂起脸的奥特莱说:"我也这么想。"麦克斯说:"那么香港政府会怎样对待一个不肯与联合国合作的警官呢?"劳顿"哼"了一声,一屁股坐到沙发上。他知道如果自己就这样被打发回去,面临的局面一定很尴尬,十有八九是会被解职的。他泄了口气,愤愤地说:"对不起。"麦克斯望望窗外就要黑下去的天色说:"今天的讨论就到此为止吧!等着看王济良怎么说,也许明天就会有结果。"

20

我在德国领事别墅跟调查委员会的人一起用过了晚餐。免费的西餐果然可口，是我小时候在爱伦老师家吃过的那种味道，用料是最新鲜的牛肉和最考究的作料。我坐在劳顿旁边，他的另一边是米澜女士。我听劳顿说："为什么你要住在这里？是对正宗的口味有爱好，还是对免费用餐感兴趣？为什么不搬出去跟我们一起住？"米澜说："我喜欢早晨起床后拉开窗帘就能看到海，喜欢这里的巴洛克装饰，也喜欢你说的西餐和周到的服务。你不喜欢吗？"劳顿说："喜欢，但要是你讨厌一个人，又必须天天跟这个人在一间酒吧里喝酒，那就意味着喝酒是为了打架。我不想揍扁那个意大利佬。"米澜说："你为什么讨厌他？""我讨厌所有的马屁精。""他只不过是想维护联合国和麦克斯先生的权威罢了。""在'皇族事件'面前，只有事实，没有权威。"米澜流露出欣赏的目光："也对，我同意你的观点。"

晚餐后，劳顿和马奇主教坐着一辆为调查委员会服务的黑色轿车回夏日旅馆去了。我骑着脚踏车，沿着海边走向了毕史马克街。黑夜不黑，军车不断驶过，有巡逻的，也有运送兵力的，还有从前线归来的伤员车。看军人们忙忙碌碌的样子，就知道战争的空气越来越紧张,枪林弹雨离青岛已经不远了。春月依然白亮,如同半个冰镜残损在烟雾的弥漫里。黑色的铁铸的电线杆把一束束橙色的灯光打在路面上,拉长或缩短着行人的影子。行人很少,默默走路的都是老人和男人,好像这个城市已经没有青年和女人了。流浪狗若无其事地穿过马路,不肯消失的背影会持续很久。一只夜鸟飞过头顶,沿着马路轻翔而去,我认出那是一只追逐老鼠的猫头鹰。我使劲儿蹬踏着脚踏车,经过"负一号"时,突然停了下来。那座玲珑的建筑在木门里半睁着惺忪睡眼,灯光勉强挤出窗户,推搡着黑夜的压迫,木芙蓉细密的枝子"唰啦啦"地抖下半天的光絮,仿佛光絮一落地,就变成了院墙上的爬山虎。我一只脚踩到马路牙上,等了一会儿,仿佛事先有约,玛丽娅立刻就会出来。半晌,灯光熄灭了。

我回到夏日旅馆时已经很晚。劳顿还在酒吧,一边打电话一边喝酒。我也去喝了一杯,然后回房间洗洗就睡了。第二天上午,我去酒吧给《华报》主编弗兰斯打电话,说了"五人调查委员会"的事,问他关于"皇族事件"的报道有没有倾向。他说一如既往,还说尽量不要跟联合国派去的人发生冲突。我说:"现在就等着凶手招供了,只要他承认跟共产党有关系,调查就算完成了一半。"弗兰斯说:"你会相信招供吗?"我打了个愣怔:"有时会,有时不会。"弗兰斯说:"我对你是抱了很大希望的,你从来没做过令人失望的报道。"

打了电话,回到房间,正想躺一会儿,准备下午再去欧人监狱,听王济良继续说他的经历。服务生敲开门说,有人找我。我下楼来到大堂,吃惊地看到玛丽娅立在柜台边。她一脸愤怒,说起王实诚上午去欧人监狱探视他爹的事:见倒是见了,却差不多已经不认识了,两眼肿胀,满脸血迹,手臂上全是伤口,还有些瘸。我吃惊道:"什么时候打的,谁?"话一出口,就觉得问得很可笑,想一想就知道:为什么李云飞要把探视的时间安排在今天上午?因为昨天下午或晚上他们将对王济良严刑拷打。麦克斯昨天给李云飞打电话,催他问清楚王济良的身份,也就是催他赶紧用刑。他们肯定早就商量好了。玛丽娅问:"他们为什么拷打他,为什么?"我说"不知道",立刻又说:"问王济良是不是共产党,谁指使了他。"玛丽娅说:"他不是,绝对不是。""你怎么知道不是?""我就是知道。""我也觉得不是,共产党在节节胜利时犯不着制造这种不利于自己的事端吧?"我发现"皇族事件"的背景越来越复杂了:如果共产党是策划者,那不就是给国际社会提供了一个反对自己的理由?国民党巴不得这样,它肯定不会真心阻止暴徒杀害外国人,反而希望杀得越多越好。还有一种可能:国民党策划了这起事件,目的就是嫁祸于人。我把玛丽娅带进了酒吧,问她喝什么,她说水。她一口气喝干了服务生端来的一大杯水,几乎流着泪说:"先生,请说说情吧,不要再拷打他爹了,王实诚和我都受不了。"我说:"你别着急,我们下午还要去见王济良,我会全力制止他们再次用刑。"她说:"他们不会不听吧?""我可以提出抗议,告诉他们我会如实报道关于王济良的一切,包括他们的逼供。"玛丽娅用手帕擦着汗匆匆离去。我送她出门,目光痴呆地望着,感觉她的背影跟面容一样凄哀动人。背影是女人更有动感的美,摆动的线条令人遐想不已。我在香港只见过选美大赛中的"世界小姐"才会有如此健美绰约的身姿。

我回身直奔楼上,"咚咚咚"地敲开了劳顿先生的门。我说:"如果王济良的口供是严刑逼供的结果,又有多少是真实可信的呢?"作为警察,劳顿对拷打并不吃惊:"就看王济良招供了什么。据我的经验,百分之七十的用刑是可以逼出真话来的,屈打成招的只有百分之三十。""香港警察也这样吗?""我告诉你,全世界都如此。""可是劳顿先生,我找你是为了制止这种野蛮行为。""为什么?"我不回答。他又说:"我刚才看见你和玛丽娅在一起。""不行吗,为了她?"劳顿哼一声:"行,当然行。"我又去敲开马奇主教的门,告诉他,玛丽娅来过了,请求我们制止毒打王济良。"别忘了,我们都答应陶锦章要照顾玛丽娅的。"马奇主教天真地说:"当然需要制止。耶稣已经承担了人类所有的酷刑,对任何人的毒打都是不对的。"

午饭后,我们再次来到欧人监狱。监狱长说:"今天不方便见王济良。"我直截了当地问:"为什么?是他被打坏了吗?"监狱长毫无愧色地说:"也是他自找的,谁让他不听话呢!"劳顿问:"就是说他不承认自己跟共产党有关系?"监狱长说:"是的。"我又说:"那就更不能再打他了。"劳顿说:"这也是我们的一个私人请求,为了一个姑娘。"监狱长说:"我得听上级的。"马奇主教问:"你信仰耶稣吗?"监狱长说:"耶稣是谁?""那么上帝呢?""没信过。""你的上级信吗?""跟我一样。"马奇主教失望地说:"怪不得。告诉你的上级,罪恶的行径并不能拯救罪人,只有仁慈……"劳顿抢过了话头:"你们的用刑也许会让王济良诚实起来,我们必须见见他。"在劳顿和我的一再坚持下,监狱长把我们带到了审讯室。

我们等了半天,才见王济良一瘸一拐地被押进来。他脸上显然刚刚清洗过,血迹不见了,但青肿是无法消除的,手臂上的伤口也赫然在目,手铐和脚镣依旧。押他的人摁他坐下,又要用一根铁链拦腰固定在椅子上。我说:"不需要了吧?"劳顿也说:"他对我们没有威胁。"押他的人把铁链扔到地上,出去了。劳顿用英语问:"听说你拒绝承认你跟共产党有关系?"王济良抬起下巴,蜷缩起身子,用肿胀得眯缝起来的眼睛望着我们,沉默着。我说:"是你不想说实话,还是说了实话他们不相信?"王济良哆哆嗦嗦地说:"他们不让俺说,什么也不让说。"我问:"那为什么挨打?"王济良说:"他们只想让俺摁手印。俺不摁,在没有说完俺自己之前,俺为什么要摁手印?摁完了就要枪毙,可俺的话还没说完。"劳顿说:"原来你是想多活几天,那也容易,我们可以为你争取,只要你说实话。"王济良说:"俺就是想说实话。听俺说,你们应该听俺说,听到最后你们就明白了。"我害怕劳顿拒绝,抢先说:"我们就是来听你说你自己的,越详细越好,我们有的是耐心。对吧,两位先生?"马奇主教点点头。劳顿没表态。王济良咳嗽了几声后说起来，尽管神态依旧是畏怯可怜的，口气却显得迫不及待，好像不一口气说出来，就再没时间了。

21

踏上德国土地后就再也不往前走了，劳工们的第一件事便是营造居住的房屋。亨利希让大家就地取材，无非是石头和木头，再加上泥巴，或者就在山根里掏窑洞。一个星期后全部竣工，虽然简陋低矮，但比风餐露宿好多了。之后又用两个月时间建起了由亨利希亲自设计的官邸，一座主体高三层、塔楼高四层的建筑，有阳台，有坡形的红色瓦顶和铁匠们奉献的绿色塔尖，有方形的石柱和拱形的木格门窗，还有一些模仿哥特式的外观装饰。作为石匠技师的王济良说："比在中国盖房复杂多了。"亨利希却说："这是最简朴的设计，比起我们德国的官员宅邸，它就像一个还没有来得及梳妆打扮的女人。不过简单结实正是我们的需要，这里是军事要塞，豪华与未来的炮台并不协调。"王济良这才知道，五百多劳工来到德国的目的，是要建造一座亨利希设计的炮台。这样的炮台因为德国人从未修建过而被亨利希称为"绝无仅有"。难道德国没有石匠和铁匠，修建炮台居然要万里迢迢从中国运来人手？王济良百思不得其解。他甚至问过亨利希。亨利希说："中国的石匠是第一流的。"

亨利希的官邸被他自己称作"巴赫别墅"。他说他的家族有巴赫的血统，他如果不是崇尚俾斯麦的铁血政策和尼采的权力意志从而成为一名军人，就一定是个了不起的音乐家。"等着瞧吧，我会运来一架钢琴安放在别墅的客厅里。"王济良说："大人，你是石料厂的经理，又是军人，还是建筑设计师和音乐家，你怎么这么能？"亨利希得意地说："当军人是为了征服你们，当经理是为了管住你们，当设计师是为了辛苦你们。我是德国'皇族'的成员，我们根据需要确定自己的身份。至于音乐嘛，它仅属于我自己，我是个天才，也是个超人。超人是什么？你懂个屁。"

巴赫别墅完工后，炮台的建造就开始了。基于修建巴赫别墅时的表现，王济良被亨利希任命为石匠统领。同样因为表现良好，王强被任命为铁匠统领。似乎修建别墅是一场选拔人才的预演。亨利希把王济良和王强叫到跟前说："你们不光技艺超群，还有指挥别人的能力和人群里的威望。今后我就靠你们二位了。"王济良笑着，为自己能成为别人的依靠而高兴。王强面无表情地点了点头。亨利希又说："德意志帝国的炮台一定要有钢铁和岩石的坚固。好好干，我不会亏待二位。"

王济良觉得功夫没有白费，连亨利希也看出，他已经是石匠们的核心了。这正是他希望达到的目的。登陆德国不久，他就造起一座"鲁公班神"的碑，立在山上开始祭吊。山上有柏树林，林里到处是干枯的柏叶，收起来晒干，便是最好的焚香材料。当香烟袅袅升起时，很多人前来围观。第一个追随王济良跪下来磕头的是被他保护过的栗子。栗子磕了头就大声喊:"都来啊,石匠们,祈求鲁班神保佑俺们,俺们漂洋过海来到这里,德国人肆意差遣不说,同是炎黄子孙的铁匠还要欺负俺。"王济良说:"太上老君托梦要老君会杀死所有的石匠。俺们这些可怜的石匠怎么办?"可以说让石匠们围绕在王济良身边的,还不是王济良有多么出色的笼络人的本领,而是老君会的屡屡欺负。那些铁匠们像是受了谁的怂恿,真有些肆无忌惮,伸手就打,张口就骂。报告给亨利希,亨利希不会像维护王济良那样去维护任何一个石匠,甚至还有些偏袒铁匠,说:"钢铁正在显示自己的能耐,它虽然来自石头却比石头硬。"石匠们不服,都说石头尽管没有钢铁硬,但我们手里攥的也是铁凿子、铁楔子、铁榔头。话虽这么说,但任何一个单枪匹马的石匠都没有胆量直面一呼百应的老君会。于是,炮台开建的这一日,鲁班会宣告诞生。王济良一身二任,既是石匠统领,又是公推的鲁班会的会首。

鲁班会诞生即日,下工后的傍晚,在王济良的许可下,栗子带着几个石匠,饱揍了一顿一个经常欺负他的铁匠,算是试探,也算是警告。那铁匠没敢还手,跑去向王强求救。王强伙同老君会的其他人跑来,看着石匠们突然抱成了团,徘徊了一阵儿,又撤退了。老君会另有会首,王强需要请示。会首金爸说:"反了他们了,决不能开这个头。"他带领老君会的全体来到了石匠们的房屋前,骂骂咧咧就要冲过去。但石匠人多,加上王济良有心,把一些既不是铁匠也不是石匠的纯粹苦力也拉进了鲁班会。两拨人对峙到天黑。

金爸说:"忍了,不是不报,时候没到,把账记下来。"如此公开的纷争发生在亨利希眼皮底下,他冷眼看着,并没有派兵阻拦。石匠们的胆子更大了。王济良有些奇怪:真要是打起来,对他有什么好处?

一天,亨利希把王济良和王强叫进了巴赫别墅,拉开罩起一面墙的布帘,露出一张图纸说:"虽然炮台的布局是帝国的军事机密,但对它的修建者,机密跟太阳和月亮一样清晰。我们打算用六年时间完成这张图纸显示的精致而庞大的设计,二位有什么看法?"王济良大吃一惊:"六年?不是说最多两年吗?吉娜告诉俺的。"亨利希说:"她没有骗你,是我骗了她。""可吉娜向俺保证过。""我的保证才算数。叫你们来,就是向你们保证,工程结束后二位得到的钱,将是一辈子用不完的。"王济良说:"可是六年太长,太长。俺有爹娘,他们在等俺。"亨利希点点头:"我知道,如果你们肯多多出力,也许用不了六年,五年,或者四年。"王济良又说:"还有钱,俺在石料厂拿的是月工资,来这里三个多月了,一分也没见。""这里管吃管住,你要钱干什么?发到你们手里,今天这个丢明天那个偷怎么办?工程结束后我把你们送回青岛再发钱,放心,一分少不了。"王济良激愤地说:"不行。""难道这里你说了算?""可是,大人……"亨利希转向王强:"你怎么一句不吭?"

其实王强想的跟王济良一样,但他似乎比王济良更聪明,知道命运掌握在人家手里,说了没用,不如不说。他说:"俺得回去告诉大家伙儿,看他们怎么说。"亨利希说:"大家怎么说不要紧,你怎么想最重要。听说铁匠有个老君会,会首为什么不是你呢?"王强说:"铁匠的本事都是一锤一锤打出来的,俺这么年轻怎么能当会首?"亨利希摇摇头:"那可不一定。"又指着图纸说,"这里有两座山头,是未来的东炮台和西炮台,必须清除上面茂密的植物,铁匠和石匠各领一座山头,期限三天,谁先完成谁有猪肉吃。"王济良和王强互相瞪了一眼。王强说:"害死俺爹的人,走着瞧。"就这么一句,两个人都忘了他们的对头是亨利希而不是对方。王济良也说:"走着瞧,铁多还是石头多,想想就知道。"亨利希说:"西山大一点儿,是石匠们的;东山小一点儿,是铁匠们的。不准提意见,去吧,我让厨房准备猪肉。"

来到这里后,无论造劳工房屋,还是建巴赫别墅,都不允许劳工们登上任何一座山头,所有的高丘低陵都有士兵把守,明显是禁止他们看到远处。现在,劳工们第一次被允许登上了山头。王济良走来走去地眺望着:一片从陆地延伸过来的半岛,巨大的绵延起伏的礁岬伸向海中,让这里三面临海,成了得天独厚的海上要塞。但近海是看不见的,只能看到浩渺的远海,即使登上山顶,也还是山外有山,依旧看不到山那边是什么。山与山连接的低洼处和滩涂上,都有高大的石头围墙,既能阻止行走,也能拦挡视线。整个炮台的营建区和劳工的生活区都处在一个森林茂密的台地上。台地的边缘缠绕着一条有重兵把守的路,路通往陆地深处,常有汽车往来,是运送给养、工具和建筑材料的。王济良发现天下的植物差不多，德国有的，青岛也有。他说："这是马尾松，这是雪松，这是耐冬，这是香柏，这是臭棘子，这是黄杨，瞧瞧，还有俺们王哥庄的桂花树。"气候也差不多，怪不得德国人要占领青岛，跟家乡一样嘛，用不着适应，就能习惯那里的寒暑冷热。

祭祀了鲁班神后，王济良说："都快干起来吧，现在不是看风景的时候，可别让老君会的人吃了猪肉。"砍树的、刈草的、挖土的、拔根的，鲁班神也是木匠的祖师，跟草木天然有缘，他的保佑让石匠们进展迅速。不到三天，西山就光秃秃的了，岩石裸露，都是赭色的花岗岩，跟青岛的石料差不多。造巴赫别墅时王济良就有些诧异，现在更吃惊了："看来所有山上的石料都跟青岛一样，俺们的用场大了，闭着眼睛也能干活儿。"完工了，亨利希看过后表示满意。他没有食言，这天晚上，石匠们的菜里果然有了猪肉。而铁匠们似乎天生干不动树木，远远望去，东山上还有绿色覆盖。厨房做了两样饭。铁匠们喝着咸萝卜汤，啃着杂合面饼子，沮丧得就像失了根的草，蔫头耷脑的。石匠栗子大声说："这么多肉，都腻了，咋吃得完？这里没有狗，喂谁呢？"气得王强扑上去就打。石匠们忽地过去围住了王强，七手八脚地揍起来。王强突围而去，埋怨同伴道："你们怎么不上啊？"会首金爸说："人家人多，好汉不吃眼前亏。兄弟，耐心点儿，看金爸怎样收拾这帮人的蛋蛋。"而在厨房背后，一片树林里，王济良正把自己没吃的肉端给铁匠张起："快，现在就吃，全都吃下去。"他觉得拉拢一个铁匠作为自己安插在老君会的密探也许是有用的。张起抓起来就吃:"馋死俺了。来到德国后就没吃过肉,你们真有福气。"

22

东炮台和西炮台几乎同时开建。因为暂时用不着打造铁器,铁匠们承担了东西炮台的地基挖掘。石匠则开始了紧张的取石备料。每天都有炮声,频繁而沉闷。尽管石头是取之不尽的,但出于石匠爱惜材料的本能,王济良要求石匠们尽量把炮眼往深处打,在石腰或石根里爆炸,炸开口子,炸离山体即可,严禁避免炸碎炸飞。亨利希发现,王济良还是个定向爆破的能手,哪儿打炮眼,用多少炸药,会在哪儿裂口子,多大面积的石料会朝哪个方向崩落,几乎每说必中。三个月后,东炮台的地基告竣,用于砌填地基的粗石料也已经备齐,作为奖励,亨利希承诺让大家吃到一次猪肉。但打菜的时候,还是只有石匠们的碗里有肉。老君会的人气疯了,在会首金爸的带领下,去巴赫别墅的门前质问亨利希。亨利希说:"你们是来造反的吗,谁是头?"立马调来一排士兵,用枪瞄准着,逼他们散去。他们不散,亨利希亲自动手,一枪打翻了站在最前面的一个铁匠。铁匠们撤了。亨利希指着金爸说:"你不觉得我们需要谈谈吗?留下。"留下的结果是用鞭子跟他交谈。亨利希说:"猪肉只有那么一点儿,难道是德国人剥夺了你们吃肉的权利?"

伤痕遍体的金爸回到住所的第一件事，就是找来王强商量："都怪俺，俺早就说过要收拾鲁班子孙的蛋蛋，怎么就一直忍着，忍着。"然后派王强去守候。铁匠房屋和石匠房屋是分开的，中间有一道沟壑，权当是共用的厕所。王强带人守候到半夜，终于看到一个石匠出来拉屎。一声惨叫，石匠的睾丸鸟儿一样飞到了树梢上。王济良报告给了亨利希，希望德国人撑腰。亨利希答应下来，却毫无行动。半个月后，一个石匠的蛋蛋再次飞起来，飞到了王济良的头上。王济良愤怒至极，倒不是因为那血糊糊的东西污脏了自己，而是这种公然的"骟举"带着一种祖不当祖、人不当人的侮辱。他带领鲁班会的人扑向了铁匠的房屋。铁匠们都去工地了，等他们回来时，所有家什都被砸得稀巴烂，并不结实的房屋也被捅得千疮百孔。王济良一夜未眠，带领鲁班会的人严阵以待，却没有等来预期中的报复。

报复发生在这一年的冬天。蓄谋已久的老君会在房屋前面的空地上朝东祭过祖师后，摸黑前往石匠们的住所，给所有的柴垛泼上了汽油。柴垛靠墙码在每间房屋的外面，汽油是从运送建筑材料的汽车上偷来的，一次偷一点儿，偷了好几个月才攒够这天晚上的用量。金爸一声吆喝，铁匠们同时点火，顿时燃起一片火海。鲁班会的人纷纷逃离，还算侥幸，只有烧伤的没有烧死的，但房屋和被褥大部分烧没了。寒风呼啸，刮在身上就像錾子扎人，石匠们无处可去，只好待在正在修建的炮台隐蔽指挥部里。指挥部在地下，又潮又闷，很多地方还在渗水，只过了两夜，人就受不了了。王济良叫来栗子等几个贴心的石匠，商量怎么办。都说应该杀过去抢占铁匠们的房屋和被褥。王济良说："也只有这一个办法了，除非亨利希出面解决，但这是不可能的，他只会拿猪肉馋我们的嘴。"一番动员之后，鲁班会的人有的拿起长凿子和短錾子，有的拿起小榔头和大铁锤，有的端着撬杠，捏着铁楔子，吆三喝四地朝铁匠们的老窝扑去。

但是铁匠们不怕，他们在打造炮塔零件时，也偷偷摸摸打造了两把护身的武器。当金爸和王强掏出枪对准来犯者时，王济良傻了，又有点儿狐疑：就算那东西黑乎乎、沉甸甸的像是枪的样子，但子弹在哪里，能不能射击呢？金爸很快解除了王济良的疑惑，他朝树上的一群乌鸦打了一枪，射出的散弹让树冠发抖，群鸦飞散，竟有两只掉了下来。王济良回身就跑，石匠们都跟着往回跑。老君会的人追上来，喊着吓人的口号："杀了石匠，灭了王济良！"就这么一个四围环山的地方，能往哪里跑呢？石匠们被拦住了，厮斗瞬间开始。咒骂声、惨叫声、器械的碰撞声响成一片。又有了一声枪响，这次可不是对准乌鸦吓唬人的，有个石匠倒下了。又是金爸开的枪。王强到现在还没有开枪，不是他不敢，而是不想浪费子弹，打别人有什么意思，打烂王济良的脑袋才算心满意足。他盯着王济良追东追西。王济良也知道他危在旦夕，心想：自己决不能停下，一旦停下对方就有机会瞄准了。

傍晚的风变成了蘸着凉水抽人的鞭子，冷冰冰的夕阳孤悬于天，没有红霞，也没有金云，一声尖锐的鸟叫凌空而过。王济良跑不动了,王强也追不动了,距离只有十米,瞄准完全来得及。但是大起大落的喘气妨碍了射击,加上跑得腰酸腿疼浑身绵软,王强举枪瞄准的手颤抖不止。王济良回头恐惧地看着,又本能地朝前挪了几步,挪到一片红树林后面。王强看是下坡,躺在地上,朝前滚了几下,蹲起来举枪寻找目标。摇曳的树枝昭示着他,他吼道:"王济良,你出来。"王济良露出了头,想说几句求饶的话,还没说出口,王强就扣动了扳机。自造的手枪零件粗糙,本来就不精准,五米处的目标居然只打在了右臂上。那是打一枪装一发子弹的枪,王济良趁机朝前爬去,爬上了一片人工修建的高地。前面就是巴赫别墅,一阵钢琴声从里面传来。王济良跌跌撞撞走过去,一头撞进了门里。

琴声没有停止,亨利希正陶醉在巴赫的《耶稣受难乐》的弹奏中。一个星期以来,他几乎天天都在弹奏这首气势恢宏、编排复杂的曲子。新近运来的钢琴按照他的想法安放在客厅靠窗的一角,离钢琴不远是一排也是新近运来的棕色皮质沙发。有个姑娘正坐在沙发上欣赏音乐,听到门响,扭头一看,不禁尖叫一声。弹奏还是没有停止,亨利希已经从钢琴盖的反光中看到了王济良,也知道老君会和鲁班会正在打架。但他以为比起如此美妙的音乐,劳工们的任何事都可以搁在脑后。姑娘小心翼翼地走向门口,看着倒地的人,惊讶地喊起来:"王济良?哥哥,是王济良!"王济良显得同样吃惊,蠕动着嘴唇:"吉娜?"亨利希的弹奏戛然而止。

王强不可能追进巴赫别墅射杀目标。但王济良的枪伤足以说明铁匠居然制造了能够威胁到德国人的武器。亨利希立刻传令:"包围铁匠,没收全部武器。"他以为铁匠们人人都有一支枪。领命的军官问:"人怎么办?"他说:"不用管,让石匠们去对付。"又对王济良说,"除了王强,任何人你们都可以除掉,但只能是一个人,死多了会影响工程。"这等于指明,鲁班会应该尽快除掉老君会的会首金爸。三天后,金爸死在厨房的门口——有人把一根锋利的錾子攮进了他的喉咙。拥挤的石匠们围拢着金爸死去的现场,老君会的铁匠没看清是谁动的手。消息传到巴赫别墅,吉娜问:"谁杀的?"王济良说:"俺。""不可能,你一直在这里养伤。""俺使的人,就算是俺杀的。"吉娜固执地说:"不,不是你杀的。"

金爸死后,王强自然成了老君会的会首。他带领铁匠来向亨利希请愿:法办凶手,惩罚石匠。亨利希不可能照此办理,听中国人的话,严重不符合他的习性。但他却让铁匠们第一次吃到了猪肉,而且是想吃多少有多少,吃得那些肚里早就没了油水的铁匠个个拉稀不止。这对闻着熟肉的香味不断咽口水的石匠来说,也算是惩罚了。不过石匠们现在还顾不上陷在被惩罚的悲哀里诅咒老君会,重新搭建起避寒的房屋才是最重要的,毕竟是冬天,又下了一场雪。

一天,亨利希亲自宣布:晚上有猪肉,铁匠和石匠都可以吃到,因为东西炮台上的旋转式炮塔和隐蔽指挥部已经建成,所有的砌石和铸铁的安装都符合标准。就这样,虽然打斗耗费了不少精力,清汤寡水的饭食让劳工们营养严重缺乏,但偶尔的猪肉诱惑却让他们充满了期待，工程的进展不仅没有滞缓，反而比预期快了些。之后，汽车从外面运来了熔炼的大锅炉、一些车床和两个德国军工技师，铁匠们的造炮开始了。石匠们开始清理另一座山头的植被，准备修建北炮台。亨利希说：东西炮台是永久性海防炮台，北炮台是永久性陆防炮台。王济良不明白：海防炮台是为了打击海上来的侵略者，陆防炮台干什么？难道德国人还要轰炸德国人？

23

　　王济良和吉娜相遇了。在吉娜的一再请求下，亨利希允许王济良待在巴赫别墅养伤。王济良有些别扭，不习惯跟亨利希待在一个屋檐下，更不习惯吉娜无微不至的关照，因为他并不知道自己该怎样看待吉娜。他已经习惯了被歧视、受屈辱的境遇，对自己的定位始终是一个卑微的石匠，跟所有做苦力的中国石匠没什么区别。而吉娜，一个遥远的外国姑娘，一个属于统治阶层的上等人，高贵而美丽得就像画出来的天使，怎么可能跟他有一种连想象一下都觉得可笑的关系呢？他跟她以往的接触，仅仅是因为她的善良和开朗，别的不会有，也不应该有。尽管亨利希曾经给他透露过"我妹妹吉娜爱上了你"，但有什么证据呢？或者，人们对"爱"的理解不一样，他们所说的"爱"不过是喜欢，喜欢跟你说说话、吃吃饭而已。他右臂的枪伤并不重，还没有一个石匠经常遇到的飞石的伤害严重，但吉娜却看得很重："不行，你不能再去干活儿了。"王济良说："石匠是养活别人的，不是别人养活的。"吉娜说："我养活你。"王济良不相信，如同不相信她以往的话。她说过，到了德国她可以继续教他说德语。可这么长时间了，她却没来找过他。王济良问："你是什么时候回德国的？"吉娜不回答，突然说："幸亏我来了。"她好像在掩饰什么，用一个拥抱回答了他的全部疑惑。

拥抱来得既突然又自然，像是一次唤醒，他又一次有了半个身子僵硬半个身子酥麻的体验，又一次决堤似的让满满的潮热和激荡回旋在了胸腔里。怎么这么久啊？怎么一抱就不松手了呢？那种仅属于女性的无形的力量和有形的绵软他都感觉到了。不会仅仅是普通的礼节吧？不，不是，因为已不再是用她的嘴贴贴他的脸，而是吻，是温润的嘴唇不管不顾的表达。他没有愣着，先是感激，感激她的拥抱和热吻，甚至他都想到了跪下：谢谢，谢谢。然后磕头：谢谢，谢谢。似乎她的拥吻转眼扫除了他的全部屈辱和被歧视的疼痛，他是个人了，第一次感觉到自己是个人了。接着是回报，他的回报是青春激荡的胡来：搂紧她，贴着她的胸，再摸她的腰肢、臀部、大腿，直摸得她喘气不迭。突然他推开了她。他意识到了自己不可遏制的勃起，如此丑陋而下流的本能，简直就是畜生，是对她的亵渎，千万不能让她发现，她会生气的，会瞧不起他的。他在两极中迅速摇摆，吉娜的冲动让他尊严倍增，自己的冲动又让他卑贱到底。他满脸通红，被咬了一口似的转身就走。吉娜喊一声："你回来！"追他追出了巴赫别墅。他落荒而逃。依然是顽疾似的自卑，是不由自主的自轻自贱，在时刻提防外国人的羞辱，仇恨别人的歧视的同时，王济良却毫不客气地侮蔑了自己。

对妹妹吉娜跟一个中国石匠的来往，亨利希一直想阻止。过去的阻止是成功的，让他们分手，并且这么长时间没有让他们见面。吉娜也不再提起，像是已经把王济良忘掉了。所以当吉娜提出要来巴赫别墅住些日子时，他并没有拒绝，只是告诉她：不准到炮台工地去，不准到劳工们居住的地方去。却没想到，吉娜来这里的第二天，王济良就破门而入。吉娜说："这就叫天缘凑巧，上帝开眼。"亨利希说："我看你是蓄谋已久。""哥哥，你冤枉我了。""那你就不要管他。""不，决不。"亨利希想继续阻止，却发现没有更好的办法。禁止吉娜来这里，或者干脆让王济良销声匿迹，几乎是不可能的。吉娜说："如果你要不择手段地拆散我们，我就把秘密说出去，我发誓。"到底是什么秘密，竟然成了吉娜和哥哥交换的条件？

亨利希不敢贸然采取行动，只能苦口婆心地说服："吉娜，听我的，他不过是个石匠、下贱的苦力、中国猪猡。""不，他是个天才的艺术家。""中国人里不会有艺术家，相信我。""我已经看到了他创造的艺术，我怎么相信你？哥哥，请不要把无知和愚蠢强加给我。""我们是德国人，是雅利安人的后裔。""那又怎么样？我们首先是人，人和人是可以相爱的，我爱他。""那就好比一个人爱上了一头驴。""哥哥，王济良跟你没什么区别，你有的他都有，你没有的他也有，比如健美和健康。你要是像多数人一样，认为一个男人粗得没有腰、胖得没有脖子不是一种美观的造型，你就不会说他是头驴。何况你也没有任何证据证明我和你就是纯正的雅利安人的后代。雅利安种族早就销声匿迹了，我们的祖先，日耳曼人的祖先，都有跟外族通婚的经历。"亨利希暴跳如雷："你胡说，胡说。你走吧！赶快离开炮台营地。""不，我要住在这里，一直住下去。"

在吉娜的照料下，王济良的伤口痊愈得很快。他不能不去工地了。吉娜说："你必须回来住。"他答应着，却没有付诸行动。吉娜便去石匠们居住的地方找他，硬是把他拽了回来："一个艺术家怎么可以住在那种地方呢？"这样重复了几次后，亨利希发话了，对王济良说："你就听她的吧，不要让她再跑来跑去的。"他觉得让劳工们看到自己的妹妹追着王济良的屁股走，太丢人现眼了。但让王济良长期住在巴赫别墅，就不丢人现眼了吗？有一次栗子问王济良："你不会让她给你生孩儿吧？"他无语。"那样你就可以不回中国了。"他心说：不可能，俺爹娘咋办？"还是生一个吧，让大家伙儿看看到底是中国人的模样还是德国人的模样。"马上有人插进来说："王济良下的种还能是别的模样？""那就快一点儿，修完炮台后回国，孩儿就能走了。"

其实，王济良跟吉娜的关系并不符合石匠们的胡猜乱想，至少有两个月，他们还都保持着让亨利希放心的距离，拥抱和亲吻再也没有发生，好像吉娜又犹豫了。的确如此，亨利希的干涉不能不使她瞻前顾后："我向上帝发誓你们不会有好结果,是他变成德国人,还是你变成中国人?不如现在就分手。"吉娜思虑重重,一再地告诫自己："我不能害了他,他也不能害了我。"但犹豫的结果却是更加疯狂地靠近,靠近后才知道,原来爱情的距离是为了助跑。

又是晚饭,又是猪肉。自从吉娜出现,只要在巴赫别墅吃晚饭,就都会有猪肉。别墅的厨师既会做德国式的猪排,也会做中国式的红烧肉和白煮肉。王济良寻思:明明我闻到从厨房里飘来了鱼的香味,怎么端上来的还是猪肉?他笑着告诉吉娜："自从来到德国,一次也没有吃到过鱼。俺们离海这么近,鱼肉一定比猪肉更贱吧?渔民出身的人,其实更喜欢吃鱼。"吉娜不吭声,王济良就不好再说什么,但疑惑却让他闷闷不乐:为什么?就因为俺在这里,他们要做两样饭?吉娜看出来了,解释道："我是想让你吃胖一点儿。刚见你时,你那么瘦,差不多皮包骨了。"他说："鱼肉也可以吃胖人的。"吉娜又不吭声了。王济良累了一天,吃饱了肚子,就想去睡觉。吉娜说："你应该陪我去散步。"这是她第一次这么请求。他犹豫着,却被她一把攥住了手。

他们来到别墅外的树林里。天还没有黑,鸟儿却已经归巢,寂静的氛围里,一男一女一前一后悄悄地走。突然她停下了,回头说："我知道你想吃鱼,但我不能让你吃到鱼,对不起,真的对不起。"他有些奇怪:不给吃就不给吃呗,有什么对不起的?他说:"一个做苦力的,能吃到肉就不错了,怎么还能挑三拣四?跟那些石匠和铁匠比，俺就是神仙了。对不起的话应该由俺说。"她一下变得十分激烈："你不能跟那些苦力比，你没做错什么，为什么要说对不起？"他说："俺们这种人，不管对错，都是要说对不起的。""不行。""为什么不行？"她不回答，朝他靠过来，似乎觉得行动比语言更直接。他下意识地躲了一下，却引来了她的蹦跳。她扑到他身上，搂着他的脖子说："吻我，吻我，吻我。"他没有吻，不知道那意味着什么，但愿是礼节，不，是爱，是她说过的"爱"。他靠在树干上，呆呆的，感觉一种真实的挑逗正在逼近自己，感觉她饱满的胸脯和芳香的气息让他处在一种即将窒息而又不会窒息的夹缝里。他很难受，却又偏偏希望自己沉浸在难受里，任由坚硬的肉体透过衣服去感觉一个姑娘的丰腴和柔软，感觉她那带着香汗的项链在陷进她的肌肤的同时也陷进了他的肌肤。他发现她的眼睛依然笼罩着月光般的柔和明亮，比过去愈加坚定地给了他熨帖与信任。他正在丧失控制力，无可挽救的勃起让他又一次感到了自己的肮脏与下流，只是没想到这样的下流正是吉娜的需要。吉娜是敏感的，也知道是什么东西硌着了她。她一把攥过去，用世上最温柔的声音叫了一声："济良哥哥。"他触电似的一阵战栗，惊慌失措地推开她，转身就跑。

　　王济良跑出树林后才意识到，他没有亵渎，她也没有生气。相反，在她的举动和声音里充满了呼喊与渴求，就跟自己的渴求一样，带动着心中所有的感动和体内全部的爱意。一瞬间他想返回去，重复刚才的拥抱，但腿脚却执拗地带动他走向了远处。他还是不敢，不敢啊；还是没有自信，也没有勇气。因为他清楚，即便他有手艺，他被她另眼看待，也改变不了什么，在别人眼里，他永远都是一个自卑透顶的苦力、一个怯懦不堪的石匠、一个备受欺凌的中国人，而本能和冲动只会加剧他的悲哀处境，只会更加彻底地暴露他也许原本就有的低贱和肮脏。对他来说，爱情只是一种对屈辱和损害的强调，是冰天雪地里寒风的吹打，而不是春天的来临。

24

金爸死后，老君会和鲁班会的战争暂时消停了。春天随之而来，残雪已经消尽，树芽渐渐多起来，草正在变色，一天比一天深浓地给遍山涂上了一层青绿。但冷风依然料峭，气温一直很低。王济良发现德国的春天跟青岛差不多，特别长，直到五月才有了夏天的感觉。铁匠们的造炮有了成果，两门口径280毫米的榴弹炮和两门口径210毫米的加农炮试打成功，让这帮太上老君的徒子徒孙再一次尝到了猪肉的味道。亨利希说："尽管精细的零件都是从外面运来的，但主体部分的炮筒、炮座、炮架均出自铁匠们的手，你们有理由吃到一次猪肉，而且不是白煮是红烧。红烧肉香不香？"老君会的人齐声回答："香。"而在石匠这边，工程也在如期进展：北炮台旋转式炮塔的砌石部分和隐蔽指挥部已经完成，他们即将转入弹药库、给养库和瞭望塔的修建。但他们却没有吃到猪肉。亨利希的意思大概是：王济良想什么有什么，不能让他太得意，打击一下鲁班会是有必要的。

不久，又开始了工程设计要求的细石打造。亨利希给了王济良一些图，要他照着图纸雕刻造型。王济良作为天才艺术家的素质这才显示出来。他如鱼得水，一双手变魔术似的雕刻出了一系列让吉娜和亨利希赞赏不已的石像，有立体的鹰徽图案，有德国皇帝威廉一世和二世的半身像，有曾经的宰相、铁血政策的象征俾斯麦的全身像，还有亨利希崇拜的一些音乐家的头像：巴赫、海顿、莫扎特、贝多芬、瓦格纳、勃拉姆斯，有他奉为精神导师的黑格尔、歌德、尼采的头像。更让吉娜和亨利希惊叹的还是一些根据绘画打造的浮雕：《1866年普鲁士军队击败奥地利军队》《1871年德意志帝国在凡尔赛宫宣告成立》《皇帝阅兵式》《帝国军舰"普鲁士"号》《1871年普鲁士和战败国法国签订法兰克福和约》《俾斯麦时代的国际中心——柏林》《1878年象征德国胜利的柏林会议闭幕》《1900年八国联军总司令冯·瓦德西将军在中国镇压义和团》。按照亨利希的想法，这些石雕艺术品将安放和镶嵌在指挥部、瞭望塔、兵营、炮塔内和炮台上，以便让坚守炮台的军队和瞻仰炮台的后代明白：德意志的历史是炮舰的历史，德意志的胜利是炮舰的胜利。建成后的炮台将不仅是一处军事要塞，更是一座以军事和艺术为主导的"德国精神"的博物馆。亨利希把他的设计称之为"绝无仅有"，就在于他所赋予炮台的德意志的象征意义和精神价值。

吉娜和亨利希的惊叹让王济良很激动。尤其是吉娜，几乎奉献了所有她掌握的王济良能听懂的美好词汇,还说:"你这样的人整个德国也不会有几个。你让我崇拜,就像亨利希崇拜巴赫,就像德国军人崇拜俾斯麦。"王济良谦逊地笑笑,什么也不说。但在心里,他的骄傲就像夏天雨后的花草,疯狂地长起来。他开始有了自信,也有了勇气,感觉自己不再仅仅是一个只会出力流汗的苦力了,他还有吉娜说的"超人的智慧"和"高明的造诣"。他沾沾自喜,竟至于忘乎所以地有了吃鱼的冲动。那个黄昏他饥肠辘辘,回到巴赫别墅后又闻到了炖煮鱼虾的香味,于是便走进了从来不允许他进入的厨房。厨师尖叫起来:"你出去!"他笑笑,以艺术家的胆量和自信走向了盛着一条鱼的盘子,惊奇地说:"是鲅鱼啊?俺家乡也有。"厨师推了他一把,看他没有出去的意思,便喊叫着跑了出去:"大人,大人!"亨利希出现了,夺过王济良手里的盘子,呵斥道:"滚出去,你也配吃鱼?"他没有服从命令,讪着脸说:"俺是吃鱼长大的,小时候天天吃鱼。""没听明白吗?我说了滚出去,猪猡。"亨利希拿起炉灶旁的火铲朝他抡过来。他后退着,听亨利希的侮辱潮水一样滚滚而来:"你始终不明白你的地位,下贱的臭苦力,给了猪肉又想吃鱼,你以为有了吉娜对你的关照,你就可以跟我们一样了?我们管犹太人叫犹太猪,中国人是什么?还不如肮脏的猪。这就是你的地位,始终不变,知道吗?别再抱任何幻想了,放弃吉娜,放弃你在巴赫别墅的日子,滚回你的猪窝去。"王济良万分不解:俺不就是饿了想吃鱼吗?不给吃就算了,至于发这么大的火?火铲打在他身上,亨利希的话抽在他心里，他除了委屈还有愤怒，还有对尊严的维护、对羞辱与损害的抗衡，还有吉娜用热情和赞美培养起来的关于自身价值的重新认识，就像一块过于坚硬的石头，一旦被撬开，就一定不是一条缝，而是破碎，是判若阴阳的两半。他"哼"了一声，悄然离去。

王济良走出巴赫别墅，走向了吉娜。他知道吉娜在哪里。吉娜说，她建议亨利希在炮台区域增加一座教堂。亨利希大加赞赏，说："除了上帝我并不知道别的。让坚守炮台的士兵感到他们是在完成上帝的使命，上帝与他们同在，非常必要。教堂的十字架尖顶还可以作为掩饰，让敌人忽略这里是一处军事要塞。"还说，"在中国，信仰的殿堂里往往是千佛万佛。我要在我们的教堂里安放一千尊圣母马利亚。"他设计了教堂，吉娜提供了圣母像。两个人都对王济良说："自豪吧，你在为上帝工作。"王济良把雕刻的场地选在北炮台的炮塔内。炮塔已经由铁匠们封顶，宽敞而不侵风雨。现在，精选石料的工作刚刚结束，雕刻就要开始，吉娜想跟他学，他说："这不光要有技巧，还是个力气活儿，你干不了。你不是会画画吗？实在想帮忙，就把圣母像描在石料的平面上。"吉娜一下午都在那儿，专注而虔诚地描画着，突然看到王济良走了进来，起身指着描画问："你看怎么样？"

似乎是为了让吉娜赔偿她哥哥亨利希对自己的伤害，王济良一把抱住了她。这是第一次，他主动对她有了这样的行动。她不禁浑身一抖，"啊"了一声。他心说：你"啊"什么？你哥哥说俺是猪，猪就猪，猪是不做人事的。他板着脸撕扯她的衣裙，动作笨拙而粗野。她有些惊慌："你要干什么，干什么？"他恶狠狠地说："俺要×你。"她听懂了，推了他一下："你今天怎么了？""没怎么，就想×你。""可是，可是……"她脸上泛起姑娘的羞红，心说：他怎么变得如此直截了当？"可是你还没有吻我。"他想：×之前一定要吻吗？那就吻吧！他把嘴唇放在了她的脸上，磨蹭了几下，又放在了她的项链上，不知为什么，他对她的项链格外有感觉，好像那是一个神奇的见证，会让他跟她之间或有或无的坚冰迅速走向彻底的毫无阻滞的消融。最后，他的嘴唇来到了她的嘴上。她回应着他，轻轻地，轻轻地，像蜻蜓点水，突然热烈了，像鸥鸟捞鱼。他感到一种奇异的温软和潮热浸透了自己干枯的嘴唇，不由得吮吸起来，一吸就把她的舌头吸了进来。她的舌头来回活动着，他立刻意识到这是启示，是她继往开来的挑逗。他高兴起来：一头亨利希眼里的猪，正在亲吻他的妹妹。亨利希，亨利希，你为什么不来看看？他说："我是一个苦力。"她说："在上帝眼里，人人都在受苦。""我是个石匠。""一个伟大的石匠。欧洲那些最宏丽的建筑，都是石匠艺术的结晶。""我是中国人。""一个了不起的中国人。""我很下贱。""你是说爱吗？爱一定会让人变得下贱，比如我，我崇拜你就像崇拜上帝。""什么，什么，你说什么？""上帝啊，快来吧！""我来了。"接下来的事似乎变得很流畅，水到渠成而已。

吉娜始终有些莫名其妙，但她并不想搞清楚让王济良突然亢奋起来的原因。她带着迷惘的情愿接受了他的肢体表达。这样的事不也是自己渴望已久的吗?她可以控制自己的进攻,把冲动限制在最后一秒钟,却压根儿没有防御对方的能力,尤其是当他放倒她,摊开她的时候。爱情就是这样,混淆了所有好事和坏事、瞬间和永恒的界限。而对她来说,至少在今天,她遇到了好事。不然,她为什么会惊喜、会激动、会喷涌呢?进入她的身体的刹那,两个人都痛叫了一声。

她说:"我希望我们一万年都这样。"他说:"石头证明,这里是万年炮台。"

25

仿佛是为了向亨利希示威,这天晚上,王济良和吉娜互相搂着走进了巴赫别墅。晚餐照例是他们两个一起在餐厅用,亨利希一个人在厨房用——他决不让他喜欢的鱼被端到厨房外面去,除非它变成鱼刺。王济良说:"俺准备放弃你,放弃俺在巴赫别墅的日子,滚回俺的猪窝去。"吉娜瞪起眼睛威胁他:"你敢。""亨利希先生一直想让俺离开你。""他虽然是我哥哥,但从今天开始,你才是我最亲的人。"说着,抱住他就吻。王济良不仅没有离开,还从客房搬进了吉娜的房间,从此开始了他们朝夕相伴、同床共枕的日子。亨利希几次要撵走王济良,结束他带给自己的难堪,吉娜坚决不允许。她说如果王济良不来巴赫别墅,她就去炮塔跟他同居。她跟王济良一样，对占有对方的身体始终充满了期待，几乎每次做爱都会成为下次做爱的理由。喊叫、呻吟、呢喃、沉默与流泪。他们发现快乐的结果并不一定是笑，很多时候是龇牙咧嘴地忍受和痛快地哭。这样的日子持续了三年，是王济良一生中最快乐的时光。快乐得都让他忘了爹娘、忘了故乡，一口一个"我们的万年炮台"。有一天，吉娜告诉他：她一直没有怀孕，很担心她或他出了什么问题。但是现在，她又有了相反的担忧：她可能怀孕了。他没有在意，依然快乐地在她身上满足着自己，直到她的肚子明显地挺起来。他惊慌失措地说："真的有孩儿了？这可怎么办？"突然，他想起了爹娘，想起了遥远的祖国、迷人的青岛，不禁打了个激灵，冒出一身冷汗。

以后的日子对王济良来说惶恐而苦闷。他跟吉娜还没有结婚，怎么能抱着孩儿去见爹娘？跟外国人结合本来就与乡俗严重不符，再加上未婚先孕，整个王哥庄都会沸腾起来，乡亲们的唾沫淹不死自己，却能淹死爹娘。他抛下爹娘来德国挣钱已经不孝，怎么还能让爹娘因他蒙羞，为他受辱？他知道爹会怎么说："你还不如杀了俺们。"唯一的办法就是不要孩儿。他试探着问吉娜："也许你并不想生下一个中国人的孩儿？"吉娜说："为什么？不想生就得打胎，那跟杀人一样，我怎么会杀死我的孩子？"他又问："将来你会跟俺一起去中国吧？""当然，你到哪里我就跟到哪里。"他听了很感动，但苦闷又增加了一层。他说："俺到现在也没想明白，你为什么不顾哥哥的反对，愿意做俺的女人？"吉娜说："最初是因为我对不起你,后来觉得是上帝指引了我,我是那么喜欢你,情不自禁。""这么说,俺也得信仰上帝了。""应该的。"他提醒她:"最多还有一年俺们就要离开德国。"她说:"我已经准备好了,我不仅是中国人的妻子,还要一辈子生活在中国的青岛。"

炮台已经粗具规模,铁匠们打造并安装起了炮台设计要求的所有口径在88毫米以上的重炮,亨利希又从别处调来了几十门中型火炮和机关炮。武器全部具备。石匠们除了完成炮台的所有辅助性设施:隐蔽指挥部、给养库、弹药库和瞭望塔外,还完成了防御掩体、十五个坚固的地堡和设计之外的教堂。接下来的工程是修建永久性兵营,挖一条通往大陆深处的地道,环绕要塞拉起通电铁丝网。亨利希把铁匠和石匠集合起来,再一次以猪肉为诱饵,鼓动老君会和鲁班会互相竞争,加快速度。他说国际形势恶化,对抗越来越明显,该是德意志帝国证明自己永远强大的时候了。在亨利希的催逼下,干活儿越来越累了。虽然疲累总能让王济良逃脱苦闷,很快进入睡眠,无论白天,还是夜晚,但是只要醒着,他就会跟别的劳工一起焦虑地盘算:还有多少活儿,还有多少天。每次王济良都会愁眉苦脸地说:"快了吧?快了吧?"

一天,晚饭的时候,吉娜说:"我必须离开这里了,过两天就离开,正好有车要去拉炮弹。""为什么?"她摸着隆起的肚子说:"这个还用问?等着,我会带着孩子来找你。""可是……"她望着他等他说下去。他半晌才说:"俺们还没有举办婚礼呢。"吉娜笑了:"等我回来就举办,我要说服哥哥请所有的劳工吃猪肉，还要请来神甫为我们祝福。我们将是新建的炮台教堂里举办婚礼的第一对夫妻。"

吉娜走的这天，王济良去送她。上车前她说："你怎么了？好像很不高兴。你应该对我和你的孩子笑一笑，这样我们才能安心去医院。"他这才意识到这次分手让他不仅悲伤而且紧张，一种莫名其妙的预感搞得他连勉强微笑都不会了。她又说："我知道你很难过，不要紧，最多一个月我就回来了。"他们紧紧拥抱。他说："要是俺能跟你去就好了。""我也这么想，但是不行，将来也许你会知道为什么不行。"为了轻松一点儿，她在他耳边小声说，"我回来你就可以×我了。"他机械地点点头，扶她坐进了驾驶室。她突然取下自己的项链，戴在了他的脖子上。车开动了。他抚摩着项链上被她的肌肤磨亮的十字架胸坠儿，大声说："俺等着你，吉娜，你快回来啊！"她说："回来你就是爹了。"

让王济良后悔的是，有件事他想到了却没有去做，就是请求亨利希把医生请来，让吉娜在巴赫别墅生孩儿。就在吉娜走后半个月，亨利希派人通知铁匠和石匠：你们可以回中国了，明天晚上启程。王济良问：为什么这么突然？回答是：战争，知道吗？战争爆发了。劳工们大多是惊喜的，算一算，来到德国已经五年了，也该回去了。王强召集老君会的人商量后，带着几个铁匠来到巴赫别墅前，要求亨利希接见："工钱，俺们的工钱什么时候给？"亨利希说："钱已经从德国皇族银行转入青岛的德华银行，一回到青岛就发给你们。"王强又说："你向上帝保证。""当然，我会向上帝保证。但与此同时你们也得保证听我的话。"

临行前的最后一顿饭有猪肉，但能吃到的大部分是石匠，铁匠们只喝到了一点儿汤和啃到了几块剔过肉的骨头。王强质问亨利希为什么。亨利希阴险地说："你们也知道王济良跟我妹妹的关系，很多事我不得不听他的。他是鲁班会的会首，他不希望老君会的人跟他们一样品尝我们德国的美食。"王强恨得咬扁了牙齿："等着瞧啊，俺们已经受够了。"说着愤然离去。

其实王济良已是自顾不暇，哪有心思管猪肉的事。直到铁匠和石匠打起来，他才觉得不能只想着自己了。他参与了打斗，是石匠们的指挥。人的啸叫回归到原始，木器和铁器轮番交响，加上森林的遮蔽，简直就是群殴的野人、争雄的猿猴了。双方都打得疯狂至极，是最后的示威，也是最后的宣泄，无法抑制的仇恨不仅是对着同胞，更是对着诱惑他们艰苦劳作了五年之久的德国人。但成为牺牲品的却只能是同胞，又打死了人，铁匠死了四个，石匠死了一个，毕竟有张起告密，人多势众的石匠早有准备。眼看再打下去，铁匠会死得更多，王强跑进巴赫别墅，要求亨利希惩办鲁班会。亨利希赶他出来，表示自己不了解情况，不便插手劳工内部的矛盾。王强愤怒地说："打架是你挑起的，你是不是想让俺们铁匠全死掉？"亨利希冷笑一声："如果钢铁比石头还要容易粉碎，我有什么能力挽救呢？是那些石匠要让你们死的。"王强说："那俺们就不客气了。"他回到群殴的地方，对铁匠们说："撤，撤，报仇的事上了船再说。"铁匠们一撤，头破血流的王济良便直奔巴赫别墅。

王济良把手放到胸口的项链坠子上说:"俺要见见吉娜。"亨利希说:"不可能,来不及了。""来得及,你们有汽车,可以带俺去。""没有人知道她在哪个医院。""医院总是有数的,一个一个找。""马上就要打仗了,我们没有这个时间。"

眨眼到了晚上,有月亮,但在王济良眼里,那是被抹黑的月亮,照和不照都一样。黑森森的轮船已经在海上等候了,是一艘大船和一艘中型船,船体上都有"皇族"的字样。亨利希安排全体石匠和少部分铁匠上大船,大部分铁匠上中型船。不知从什么地方,驶来了五艘摆渡船,紧紧张张运送着五百多劳工。押船的人不停地催促着:"快,快。"栗子来到王济良身边小声说:"张起找你。"这几年,铁匠张起不敢公开跟王济良来往,有事就挑衅栗子,栗子总会扑上去跟他扭打,打着,话就传过去了。王济良退到没人处,转身跑向张起等他的西炮台。张起说:"俺看到王强把一包炸药带上了船,上船前跟亨利希说了半天话。""他们说什么了?""不知道。""你赶快上船,盯着王强,看他想干什么,尽快告诉俺。"张起拔腿就走,又问:"你什么时候上船?"他朗声说:"这就上。"

王济良来到鹅卵石的滩涂上,挤在劳工队伍里等候上船。亨利希走来说:"我刚才到处找你,你去哪里了?""有什么事?大人。""你可以不走,今晚我就派人带你去找吉娜。等找到吉娜,你们一起走。""那时候有船?""我们德意志的不来梅港是世界著名港口，去哪里的轮船都有，也有去青岛的。"王济良说："太好了。"但他马上又犹豫了，不，不仅仅是犹豫，是惶恐，沉重得就像亨利希把炮塔搁在了他心上：真的要带着吉娜和孩儿回国去见爹娘吗？在乡俗乡规上王哥庄可是一个说一不二的地方。突然意识到：自己刚才是多么轻松啊！自从亨利希拒绝派汽车带他去见吉娜后，他竟然如释重负。

他挺立在滩涂上，看着摆渡船正在靠岸，许多劳工拥了过去，争先恐后地生怕把自己落下。他心说：自己跟他们没什么两样，为什么还站着不动？他丢下亨利希朝前跑去，回头喊道："请告诉吉娜，对不起了，俺这就回国去了。"亨利希吃惊地望着他，激愤地挥着拳头说："忘恩负义的猪猡，你把吉娜毁了。"

26

王济良登上了大船。当他站在船舷边，望着黑乎乎的陆岸时，突然又想下去了：吉娜，吉娜，为俺去生孩儿的吉娜，不能就这样不管了吧？俺还是应该去找她，应该带着她和孩儿一起回国，不能因为担心爹娘不认，就让俺的吉娜失去男人，让俺的孩儿失去亲爹吧？他来回走动着，几次要下，又几次缩了回来，不时地摩挲着脖子上的项链。直到劳工们全部上船，摆渡船不再过来，他才消停，长长地叹口气，又一次如释重负了，似乎一切都是出于无奈。他踩着脚,用一句辱骂做了了解:王济良你不是人,你是个畜生。

一阵轰鸣突然响起,船正在启动。天还没有亮,好像永远不亮了。押船的士兵驱赶着甲板上的劳工,要他们回各自的卧舱睡觉,不要再张望了,不就是海嘛,有什么望头?还说从明天开始船上每天只供应一顿饭,而且只有听话的人才能吃到。眨眼之间,甲板上空了。轮船以最快的速度驶向了远海。等天大亮,劳工们醒来时,陆岸已经看不见了,四周都是茫茫海域,就跟来时一样,笼罩着飘零的孤独、无依无靠的恐怖。人们望着饭舱的门窗,看到丝毫没有开饭的迹象,就又去睡觉了。

押船的士兵欺骗了大家,不是每天供应一顿饭,而是三天供应一顿饭,包括淡水。渴极饿极的劳工们看到饭舱的门窗打开后,潮水般涌了过去,拥挤和拼抢开始了,你喊我叫,骂骂咧咧。王济良抢过去喊道:"鲁班会的人,都给我排队。"张起气喘吁吁地跑来,顾不上挑衅栗子再让他传话,直接来到王济良跟前说:"王强不见了,俺看见他进入轮机室后,再也没有出来。"王济良警觉地从人群里挤出来,带着张起去了轮机室。轮机室在底舱,他们沿着旋梯下去,看到里面管道纵横,蒸汽弥漫,悄悄地摸进去,又摸出来,没看到人影。王济良说:"王强来这里干什么?不会因为上面就是饭舱吧?"说着,不禁打了个寒战,"快走。"他们回到甲板上,到处寻找,发现船长室的下面,禁止劳工通行的地方,一个穿着救生服的德国人正从船舷边的缆绳上往下溜。他们跳过栅栏门跑向了那里,伸头朝下一看:救生艇放下去了,许多德国人和王强都已经在艇上。王济良大喊一声:"跑了,他们跑了!"他拉着张起朝船艄跑去。船艄还有一只救生艇,他一上船就注意到了。他们没找到砍断缆绳的平安斧,用手拽用牙咬着解开缆绳把救生艇放了下去,回头朝饭舱喊:"船要爆炸了,快过来,过来!"争抢饭食的劳工们还在那里你拥我挤,根本听不见,个别人听见了,也不当回事,还以为是王济良为了自己得到饭食的调虎离山呢!只有栗子跑了过来:"干什么,还不快去抢饭?"王济良朝远处看看,发现载着德国人和王强的救生艇正在迅速远去,意识到危险就要到来,来不及解释,说一声:"下去。"抱起栗子掀到了海里,然后自己翻过船舷,纵身跳了下去。接着是张起。三个人在海里扑腾着,爬上了救生艇。王济良和张起拿起桨来就划。栗子喊着:"回去,回去,俺还没抢到饭呢!"话音未落,一声爆响惊然而起。

救生艇剧烈地动荡着。王济良趴在上面大哭起来:"老天爷,你开开眼吧!"就跟他想到的一样,炸药炸毁了大船的轮机室和饭舱,当场炸死了许多劳工。被炸伤的似乎更惨,眼看着船底被炸出大洞的大船迅速朝下沉去,除了哭天抢地,毫无办法。不到半个小时,大船就不见了。水面上陆陆续续漂起一些尸体。王济良把救生艇划过去,穿行在尸体之间,看有没有活着的人。幸运的是,他们不仅找到了两个受伤的劳工,还捞起了一个大铁罐,里面装满了德国人爱吃的活蛤蜊。王济良知道蛤蜊虽然生长在高盐分的海水里,体内的水分却是不带盐的,吃它可以补充淡水。后来,他们又捞起了半截挂在一只用以靠岸的船帮轮胎上的缆绳。缆绳是许多股拧在一起的,他们一股股地拆开,编成了一张渔网,虽然粗糙,也不是很大,却也能将就,只要有耐心,不停地撒网,总有一网是有收获的。第三天,他们又救起了一个人,是从中型船上逃生的铁匠,人称老铁。老铁仇恨地瞪着王济良说:"鲁班会的人炸毁了俺们的船,所有的铁匠都死了。"王济良说:"俺们的人没上那艘船。"老铁说:"炸药是开船前就放好了的。""你怎么知道?""德国人发现了,让俺们搜查,俺们在蒸汽锅炉下找到了一些,但没想到还有藏在别处的,最后还是爆炸了。"王济良有些疑惑:虽然石匠们对付铁匠经常是见机行事,不一定得到他的允许,但安放炸药是件大事,怎么能不告诉他呢?哪个石匠敢这么做?王济良问:"德国人也死了?"老铁说:"一个个都提前跑了。"王济良吸了一口冷气:不会吧?不会是亨利希的阴谋吧?

　　劳工们都死了,只剩下他们六个人了。不,还有王强,他跟着德国人走了。五百多条人命转眼消失,躲在海风里呜呜呜叫的,裹在海浪里哗哗呐喊的,全是冤魂。每一朵浪花都是眼泪,所有的声音都是哭泣。六个人在海上漂泊了二十天,在一个东方天际如血的早晨,影影绰绰地看到了陆岸。他们逆着海流艰难地靠过去,终于停在了沙滩上。穿过沙滩是礁岬,爬上礁岬,就看到不远处有炊烟袅袅的村庄。有人朝他们走来,他们惊喜地看到,那人竟是个留着辫子的中国男人。王济良问:"这是什么地方?"没等到回答,他就仆倒在地。所有的人都仆倒在地,朝前蠕动着,没过多久,便一个个昏睡过去。

他们回到中国了，而且就是青岛，是青岛的崂山沙子口。

青岛让这几个青岛人吃惊不小：已经没有德国人了，就在一个星期前，日本人和英国人联手打败了德国人。除了战死的，活着的德国人有的被俘，有的撤离。从1897年到如今的1914年，德国人在占领并经营青岛17年后，蓦然消失了。现在这里是日本人的天下。飞扬跋扈的日本军队满街都是，见了穿着体面点儿的就搜身，说是搜查武器，其实是劫财抢钱；见了衣服破烂的就以"通德分子"抓起来，其实是在抓劳工。日军刚来，立脚不稳，生怕有人攻击，到处都在挖战壕，修工事，设置路障。栗子焦急地说："这可怎么办啊，俺们朝谁要工钱去？"王济良把脖子上的项链取下来放进衣服口袋，哼了一声说："你还想着工钱？船一爆炸俺就不想了。那么多人死了，就俺们活着，这是多大的福气？可不敢再想工钱了。好事想得越多，坏事来得越快。知足吧你。"栗子说："那俺们去德国五年，白干了？"王济良叹口气："可不白干了。"张起哭起来，大家都哭起来。最后王济良也哭了，他想起了爹娘，就要见到他们了，自己却两手空空；想起了吉娜，她在干什么？孩儿应该是生了，她已经是娘，而他已经是爹了。船炸人亡的事她会知道吗？她以为他死了，孩儿没爹，她没丈夫了。几个人站在城市中心的亨利亲王街（今广西路）上抹了好长时间眼泪，突然听到有人喊："八嘎。"揩掉眼泪看时，发现一圈都是日本兵，一个个举枪指着他们。

六个人被日本人抓去修碉堡。王济良心说：俺们怎么这么背啊，刚刚从德国修完炮台回来，又成了日本人修建碉堡的苦力。建好一个街头碉堡后，王济良说："俺们可以走了吧？"新来的统治者微笑着告诉他：他们打算在青岛修建几百个碉堡，工作刚刚开始，他哪儿也去不了。"你的手艺的大大的好。"王济良沮丧得一屁股坐在泥水里，半天没起来。日本人看守苦力就像看守犯人，从早到晚都用枪对着，晚上还要集体关押，就关押在德国人修建的欧人监狱。眼看就是冬天了，他们穿得很单薄，晚上冻得睡不着，而且还不给吃饱，善于精打细算的日本人总希望用最低的成本收获最丰厚的果实，何况他们还有海盗式的残忍，喜欢从饥馁别人的虐待中得到快乐。王济良说："怎么来中国的外国人一个比一个魔鬼？俺们只能逃，必须逃。"另外五个人都同意。王济良说，修碉堡时虽然有日本兵看押，但并不是两步一岗，有时日本兵多，有时少，少的时候只有两个，堆积石料的地方一个，砌墙的地方一个。如果六个人一声呐喊同时跑，他们顾得上追谁呢？

两天后他们在皇帝街（今馆陶路）的碉堡工地实施了计划：为了逃跑后尽快进入黑夜，他们选择了黄昏。王济良一声尖叫，六个人朝不同的方向狂奔而去。王济良跑向了海边，他是渔民出身，对海有本能的亲近，觉得即便找不到船，跳进海里也能脱险。他听到枪声不断响起，有远处的，也有近处的，还听到有追撵的脚步声和喊叫声，大概是"站住"的意思。他顾不上回头，也来不及往前看，低头狂奔，一见水就扎了进去，扑腾了两下，才发现只是一片积水，海还远着呢！他爬起来又跑，把鞋子都跑掉了。浪近了，一点儿一点儿靠近了，他一头扑了过去。这次是海，潜入水的瞬间，他碰到了前来迎接的鱼。鱼儿们同情地望着他，摇摇尾巴摇摇头，走了。他浮上来，拼命朝海心游去，游累了才停下来回望岸礁。夜幕已经降临，灯火一片，看不到海边有人。他踩着水休息了一会儿，绕过刚才下海的地方，回到岸边。他很想知道那五个人到底怎么样了，想偷偷折回去看看，没走几步，看到一队巡逻的日本兵从不远处经过，赶紧又回到了海边。日本人占领青岛后，严令禁渔，根本看不到渔船来往。但是午夜以后，偷偷打鱼的船出现了好几只。王济良帮着人家撒网拉网，然后搭乘一只船，于天亮前走向了日本人还来不及驻军的胶州湾阴岛。他在阴岛上岸，朝渔民讨了一双破鞋穿上，辗转走向了崂山深处的王哥庄。

27

王济良不说了，他累了。劳顿说："其实你也可以不讲漫长的故事，你只要承认是共产党指使了你，并拿出证据，也许就能解脱了。"王济良畏怯的眼神里充满了疑虑："解脱？你是指放了俺吗？"劳顿不吭声。我不诚实地点点头："对，争取放了你。"王济良说："俺不是傻子，俺要是赖给共产党，国民政府立刻就会枪毙俺。"他费力地扭了一下脖子，脸色变得更黑更难看了，"俺还是要说实话，不管是死是活，都要把实话说出来。你们不想听了？"劳顿赶紧说："不不，我们并不是为谎言而来。"王济良说："那为什么还要拷打俺？"我说："拷打与我们无关。"马奇主教说："耶稣被犹大出卖以后，谎言就覆盖了世界。喜欢说实话的人，你应该信仰上帝。"王济良说："俺很愿意信仰，也不止一次地乞求过，但上帝好像从来没有帮助过俺。"马奇主教说："上帝总是在人不知道的时候帮助人，感恩吧，别错过了机会。"劳顿说："也许机会还不到，等着瞧。"王济良一脸迷茫。我们起身要走。王济良问道："几位大人什么时候再来？"我说："等着，我们一定会再来。"劳顿点了点头，十分肯定地说："明天。"

麦克斯期待的结果并没有如期而来：王济良不承认自己受了别人的指使，更不承认跟共产党有瓜葛。德国领事别墅的大客厅里，麦克斯召集"五人调查委员会"再次开会。四围的沙发中间，茶几上的咖啡袅袅地冒着热气，弥漫的苦香给人一种错觉：似乎这是个为了消遣的聚会。照例，我没有被邀请，但也没有被驱赶。当我坐在沙发上跟他们一起品尝咖啡时，麦克斯讶异地望了我一眼，接着便认可地冲我点点头。他喝光了自己的咖啡，又拿起咖啡壶添满，这才说："看来我今天有必要多说几句了，关于此行的目的，你们知道多少？"他郑重地朝每个人投去询问的目光，看大家愣着，又说，"不瞒你们说，联合国、美国和所有西方国家、中国的国民政府、作为当事人的'皇族'机构以及联邦德国,都认为事态极有可能迅速扩大,'皇族事件'只是个开始。"他停顿了一下又说,"联合国的干预正在秘密协商之中,'五人调查委员会'的目的,就是为了给干预提供理由。"米澜女士问:"怎么干预?"麦克斯说:"世界上任何一个政治势力都不可能不顾及国际舆论,忽视它或反对它的结果不外乎三种:政治孤立、经济制裁、军事打击。"劳顿瞪起眼睛问:"你是说,联合国有可能派兵进入中国?干什么?难道要阻止共产党进攻青岛?"麦克斯说:"不是联合国,是西方国家;阻止进攻的也不仅仅是青岛,还有外国资本集中的上海和广州。我们的目的是极力促成以长江为界,国共两党南北分治的局面。"我倒吸一口冷气,幡然明白:怪不得联合国很少干预世界别处的杀人事件,却对发生在青岛的"皇族事件"另眼看待,特意派出了"五人调查委员会"。麦克斯接着说:"调查委员会的工作一结束,国民政府就会以'皇族事件'即将在中国多地上演为借口,请求联合国和国际社会的干预。美国和西方国家将发表声明,为干预制造舆论。然后……"劳顿大声说:"然后就是又一场战争。"米澜女士问:"为什么要这样?"麦克斯说:"作为一个西方人,难道你不希望改变中国目前的局面?让这么大的一片地域成为又一个苏联,是十分可怕的。"

大家都不说话了,没什么好争执的,因为问题不在于对事件本身的了解和各自的立场,而在于你是否清晰地理解联合国的意图和委员会的调查目的。不管你立场如何,理解之后就必须服从。也就是说，从这一刻起，"五人调查委员会"的所有成员，还有我这个调查事件真相的《华报》记者，跟联合国、西方国家、当事人"皇族"机构、国民政府一样，都希望"皇族事件"是共产党的一次精心策划，更希望依靠所谓的"真相"，推动西方的干预。劳顿说："既然已经确定了目标，我们的调查还有什么必要？"说着瞅了一眼米澜女士。米澜问："那么现在还等什么？"麦克斯和奥特莱几乎同时说："证据。确切地说，是王济良的口供。"我插了一句："如果王济良拒不承认他有政治背景呢？"大家沉默着。劳顿突然说："不外乎两种办法，利诱和毒打。"米澜吃惊地问："你准备这么干？"劳顿冷哼一声，朝着麦克斯翘翘下巴。我明白了：在维护世界既定秩序的同时，我们每个人都可能是骗子。

气氛有些沉闷。麦克斯不厌其烦地把他的话又重复了一遍。之后是午餐，特意上了小牛肉和葡萄酒，仿佛是一种庆祝：终于达成共识了。劳顿多喝了几杯，醉眼蒙眬地问米澜女士："我们是来干什么的？"又说，"这是我吃过的最好的小牛肉。还有没有沙拉？再来一盘。"米澜女士要回房间，他拉住她的手说："我跟你去，还是你跟我去？我们去海边，散步。"米澜女士说："先生，你最好回监狱去，继续提审那个犯人，让他按照你的要求招供。你不是有办法吗？利诱和毒打。"劳顿做了一个分不清晃头还是点头的动作，似乎突然清醒过来："你在挖苦我，挖苦一个警察。等着瞧，我会让你明白。"又喝了一大口酒，独自出门去了。我看到麦克斯和奥特莱挤在沙发上窃窃私语，偶尔飘过来的一两个词汇让我明白他们是在商量如何处置王济良，是交给国民政府，还是按照"皇族"的要求交给联邦德国？最后是奥特莱的建议、麦克斯的认可：中国的罪犯还是交给中国政府去处理，但必须得到"五人调查委员会"的同意。我心说：太早了点儿吧？调查还没结束呢！马奇主教起身要走。麦克斯问他去哪里，他说去基督教堂。麦克斯说："主教大人，代我们祈求上帝保佑委员会顺利圆满地完成调查。"马奇主教说："会的。不过上帝是知道真相的，上帝喜欢诚实。"麦克斯说："如果诚实的结果换来的不是上帝的期待，上帝会改变想法的。"马奇主教说："上帝自有上帝的想法，人不可以指挥他。不过，我可以问问上帝，或许真相恰好是我们的需要呢？""好，那就快去问吧！"

我离开德国领事别墅，看到劳顿朝欧人监狱的方向走去，便骑着脚踏车追了过去。我拦住他说："你还想去审讯？今天就算了吧！"劳顿说："已经给王济良说过是今天，他在等我们。""可是……"我说不出口，我想立马去"负一号"，告诉玛丽娅"五人调查委员会"开会的内容，想安慰她，让她知道有一个人时刻都在惦记着她。劳顿说："你不是很想听王济良讲故事吗？我知道你为什么又不想去了。我要是你，也会这样。"我怀疑他是在试探，他似乎又想起了王济良打捞尸体那次我的泄密，赶紧摇摇头："不要瞎猜，我还是跟你去吧！"劳顿说："你随便。我想说的是，你可以把你知道的一切告诉玛丽娅。""为什么？""骗她上床。"我打了劳顿一拳:"该死的英国佬,你就知道骗女人上床。"他哈哈大笑:"我还没骗,她就识破我了。""谁?""她在中国女人里算是大个子,她有一双笔挺的长腿,有一只浑圆的屁股,有一对海浪般耸起的乳房,她成熟、端庄、性感,她的黑眼睛就像天堂里的灯光,照耀着男人的欲望。于是欲望长出了翅膀,飞啊飞,飞到了天上,俯瞰着大地,大地辽阔,到处都是山的凹凸、海的起伏。欲望迷茫着,不知道在哪里落脚。"我知道他说的是米澜女士,半真半假地说:"原来劳顿先生还是个色狼。"

一阵凉风吹来,晴朗的天突然就阴了。飘来的雨丝有点儿娇弱,就像把盐撒在了脸上。我知道太阳无法把海里的盐分蒸发到天上,但雨怎么是咸的呢?我舔了舔,骑上脚踏车说:"你赶紧去坐马车吧,我们在监狱门口会合。"劳顿说:"难道你的车不能坐?"跑过来坐在了脚踏车的后盘上。我一阵摇晃,差一点儿摔倒。

不必期待、没有悬念的调查让我们对审讯王济良失去了很多兴趣。但王济良的诉说却一如既往地滔滔不绝,尽管他被打得伤痕累累,不时的喘息也说明他身心已经十分疲惫。我给王济良倒了杯水,让他润润嗓子,又用胳膊肘捅捅身边的劳顿:"你怎么睡着了?不如回旅馆去。"劳顿倏地睁开眼睛说:"我打鼾了吗?没打鼾怎么算睡觉?告诉你,我听得比你仔细。"接着就叙述起王济良的话来,居然是八九不离十的。我问:"还要继续吗?""继续。"劳顿把椅子拖到王济良跟前,像聊天儿那样,拍了拍对方的腿。我也照做了,搬过椅子去,打破了面对面审讯的局面。王济良突然问:"那个喜欢说上帝的人怎么没来?"我说:"他去教堂了。""去教堂干什么?""祈祷。""为谁祈祷?"我愣了一下说:"为你。"王济良怔怔地说:"这么说俺快了,他们就要枪毙俺了。"他缩起身子沮丧了一会儿,又抬头更加亢奋地说起来。我发现他的英语越来越流畅,就像一个地道的英国人,连我都没他说得好了。

28

回到王哥庄的王济良陷入悲痛之中。爹去世了,两年前就去世了,是病死的,也是想儿想死的。娘一见王济良就号起来:"孩儿啊,你是人是鬼,你还知道回来。"王济良跪下来连连给娘磕头。娘说:"你不要给俺磕头,俺还没死,要磕给你爹磕去。"他来到爹的坟前,在荒凉和寂静的掩饰下,哭出了对爹娘的愧疚和自己这些年的悲苦,哭出了五百劳工葬身鱼腹的心酸,也哭出了对吉娜的思念。哭得没了眼泪,就枯坐着想:往后的日子怎么过?断了他的收入,家已经破败不堪,吃没好吃的,穿没好穿的,仅有的一亩地也荒着,活命不活命了?他在地里烧焦了枯草,四处搜罗着堆了些肥,就去索要自家的船。娘说,咱家的小船生生被人抢走了。他找到抢了船的那户人家,瞪起眼睛想打架。对方说:"骗亲赔钱,没钱赔船,天经地义的事,你想咋着?"他愣怔着:怎么回事?谁骗亲了?争吵了半天,王济良才明白:爹自作主张托媒人把人家的闺女说给了他,他几年不归,无音无信,人家就说爹骗亲,带着亲戚大闹一场,把船抢走了。闺女的爹说:"要船可以,你把俺闺女也娶走。"王济良回到家给娘说起。娘说:"俺就是让你去相亲的,见到那闺女了?孩儿,娶了吧,她虽说是个哑巴,模样却不赖,听说人也勤快。"他说:"不娶,俺已经有人了。""有谁?你领回来让娘看看。娘已经是半个身子进黄土的人了,看着你有了媳妇儿,俺有了孙子,也好踏踏实实去找你爹了,你爹死前操心的就是这件事。"

王济良领不来人,娘就觉得在骗她,不停地唠叨:"娶了吧,哑巴有什么不好?不嚼舌头,没有是非,又不是不能干活儿,不能生孩儿。咱家穷成这样了,你还想娶个啥样的?你娶了她,还能把船要回来,打鱼总比种庄稼强。再说了,人家什么聘礼也不要,白送你一个闺女。"王济良固执得就是不娶,直到一年后娘一病不起。娘说:"俺去了怎么给你爹说,说你还没有娶到媳妇儿?你爹在阴间也要愁眉苦脸了,做鬼也是个哭腔鬼。娶了吧,好让俺不再挂记,安安心心地离开。"王济良还能说什么?爹娘生前死后的孬好就看自己了。他草草率率娶了哑巴媳妇儿,摆不起宴席,就请来几个亲戚一人喝了一碗鲅鱼萝卜汤,算是见证了人世间的这桩婚姻。女家也不计较:总算把哑巴闺女打发走了。娶进门,入了洞房的第二天，娘就撒手而去。王济良哭，哑巴媳妇儿也哭，哭得比王济良还要伤心。王济良说："你在俺家的生活就是从哭开始的，以后会有你哭的。你命不好，先是做了哑巴，再是做了俺的媳妇儿。"他心里想的还是吉娜和那个孩儿，越来越想了。媳妇儿不知道他说什么，还以为是安慰自己呢！有一天，哑巴媳妇儿指指他的脖子，又指指自己的脖子，意思是说：你一个男人戴什么项链，项链给俺戴吧？他使劲儿摆摆手，断然拒绝。

一年后，儿子王实诚出生。又过了一年，王济良翻船了。渔民总要远航，总要跟风浪对着干，翻船是常有的事。但王济良的翻船却有些蹊跷，没有风浪，也不是去了不可测知的远海，就在家门口，王哥庄的海域里。他在海里游了半个小时，坐别人的船回到村庄，逢人就说，是一条大怪鱼掀翻了俺的小船。人问是什么样的大怪鱼，怎么没吃了你？他家的小船已经很破了，就算不翻也用不了一年半载，倒没什么可惜的，只是他不能再靠海吃海了。他开始收拾行李准备去青岛，比比画画对媳妇儿说：俺是个石匠，俺得靠手艺养家糊口。哑巴媳妇儿哭了，她知道他不喜欢她，还知道翻船是他故意的，他制造了一个在乡亲们眼里说得过去的借口，就要远走高飞了。

王济良来到青岛，到处踅摸活路，除了不给日本人修碉堡，别的石匠活儿他都干。他先到了正金银行工地，又到了三井洋行工地和取引所工地，都是日本人聚敛财富的地方。后来他在街上意外地碰到张起，张起说："你为什么不去码头？我和栗子都在码头上干活儿。"还告诉他,当初他们六个人从皇帝街的碉堡工地逃跑后,老铁跑脱了,但不知去向,其他两个被追撵的日本兵开枪打死了。王济良说:"驴日的日本人。"日本人攻打青岛时,德国人炸毁了码头,加上日本从中国运走的粮食、牲畜、皮张等物资越来越多,急待重建和扩建码头,需要大量的石匠。

王济良在港口码头干了两年多,直到工程完毕。之后又来到兴亚株式会社所属的石艺行,天天给日本人雕刻天皇像、武士像和一些浮世绘作品。一次他嫌工钱给的少,就说:"在德国,有人会把俺当艺术家。"石艺行的经理说:"放什么屁?你不过是一只会穿裤子的猴子。"又解释道,"中国人都是还没有进化的猴子,你就是模仿能力比你的同胞强一点儿而已,算什么艺术家。"他听了很不舒服,就开始捣蛋了:在天皇像上留下许多麻点,再让眼球蒙翳,看上去像个瞎子。有时还会在武士像的衣服里面雕刻上阴道或骟掉的生殖器,会加胖浮世绘里的艺妓,并且给她们留下一排十几个奶头。经理问:"这是什么?"他说:"纽扣。"经理说:"我们的和服上没有这样的纽扣。""那俺就不知道了,照中国人的说法,'纽扣'越多孩子越多。"经理想不到,他这是打了一个"老母猪"的比方。有一天,张起来找他,说是来告别的,他要去一艘英国货轮上做水手。王济良问:"什么号?""'苏格兰'号。""那是要去法国和比利时的。""你怎么知道?"原来王济良在码头干活儿时就已经仔细打听过了,停泊青岛港的轮船能够远洋的只有英国船和日本船。英国轮船里,"苏格兰"号的航线他最感兴趣。张起又说:"我管它去哪里,反正是外国,对我都一样,只要能挣到钱。"王济良说:"那可不一样,法国和比利时离德国最近。""啥意思?"王济良问:"他们还要不要水手?""怎么,你也想去?太好了。不过得快,现在就去报名,他们就缺两个人,正好补上俺俩。"没有人知道,王济良表面上的平静里,酝酿着一个大计划,他要去德国寻找吉娜和孩儿。之所以现在才行动,是因为他需要积攒更多的钱,一方面安顿好哑巴媳妇儿和儿子的生活,一方面得筹措足够的路费。但如果做了水手,大部分路费就可以省下了。

张起带着王济良兴致勃勃地来到"苏格兰"号,却从水手长那里得到了一个令人沮丧的回答:"来晚了,半个小时前我们已经确定了最后一名水手。"王济良说:"俺可以少要些工钱。"水手长笑着摇摇头,用中国话说:"再少的话就可以不给了。"原来那人也是低价竞争上船的。王济良遗憾地告辞,走了几步又返回来说:"先生,那个新招的水手在哪里,也许俺能说服他让给俺。"王济良在码头上找到了这个矮墩墩的人,给他说起自己的经历,说起吉娜和孩儿,渴望得到同情。那人却说:"你有你的难,俺有俺的苦,说什么俺也不会让给你。"他们悻悻然离开。张起说:"这个王八蛋,上了船俺收拾他。"王济良沉默着,突然问:"栗子呢?"

栗子还在码头上混饭,不过已经不做苦力了。码头上盗贼出没,无论货在船上还是在岸上,都可能被盗。重建码头那会儿,栗子也是一个让人拉下水的贼，后来被日本人抓住，就要吊起来拷打时，他说："你们不就是想让俺招供同伙吗？同伙俺是不会招供的，但要是你们给俺和俺的同伙开工钱，让俺们帮你们抓贼，说不定码头上就没有贼了。"就这样，他和同伙又成了海岸执法队的人，在他们分管的三个专门停靠日本船的码头上，果然就再也没有发生过被偷被盗的事。

这天晚上，栗子带着执法队的人，找到那个矮墩墩的人说："你抢了俺哥哥的饭碗知道不？""不知道。""那现在俺就让你知道。"他们暴打了那人一顿，威胁道：如果他还敢跟王济良争抢"苏格兰"号上的水手位置，他就别想再在码头上端碗吃饭。那人哭着骂道："日本人，你们比日本人还日本人。"栗子说："说对了，老子吃的是日本人的饭，就要'日本人'一下给你看看。俺要是不坏，你还说日本人好呢！"在那个年代，青岛人的语言里，"日本人"是蛮不讲理的代名词。

王济良回了一趟王哥庄，把积攒的全部工钱交给了哑巴媳妇儿，说："这些钱你们娘俩慢慢花，要是不够，俺就对不起了。俺有重要的事，回不了家，什么时候回来，回来后怎样，都还不知道。"哑巴媳妇儿好像明白了，使劲儿摇头，表示他不应该丢下这个家不管。王济良说："你不明白，永远都不明白。"哑巴媳妇儿知道自己的挽留无济于事，就把儿子推到了他跟前。儿子王实诚快五岁了，会说话，但舌头有点儿大，有时还结巴。大概是爱屋及乌的缘故，王济良打心里喜欢那个遥遥远远的自己从未见过的吉娜生的孩儿,而不喜欢哑巴媳妇儿给他生的这个儿子。他摸着儿子羸弱的身子说:"你吃的也不少,怎么还这么瘦啊?人太瘦,就不能当石匠,也不能打鱼,连种庄稼都不行。唉,你以后能干什么?还没长大,爹就已经为你发愁了。"哑巴媳妇儿扑腾着眼睛,想了一会儿才搞懂,回身拿来一本不知从哪里得来的《鬼谷先师·命理前定》,拍拍它,又拍拍儿子的头。王济良明白了,媳妇的意思是:儿子将来要念书。他讥诮地笑笑:"念书干什么,能吃饱肚子?"

王济良第二天就离开了媳妇儿和儿子,来到青岛后,直奔码头。傍晚,火红的云霞染红了海,赤浪红波翻腾着,让鸥鸟失去了本色。从黑暗的深海里奋勇而上,来到浅水处朝拜太阳的鱼,都变成了金色的鱼。传来一声汽笛的长鸣,"苏格兰"号起锚开航了。

29

"苏格兰"号上的船员大都是苏格兰人,只有三个中国人:两个水手,一个中餐厨师。配备一个中餐厨师的原因是,船长亚瑟非常喜欢吃中国菜。王济良知道自己今后大部分时间要跟外国人打交道,便主动接近船上的人,想跟他们学语言。但那些苏格兰人对他都很冷漠,没有人欢迎他的搭讪,似乎跟他交谈是一件有失身份的事。他并不奇怪,外国人嘛,对中国人都这样,他早已习惯了。他每天勤勤恳恳地工作：把沉重的测深锤抛进海里，记住绳子上海平面的尺寸标记后，再拉上来；每到夜晚，爬上爬下地点亮前后桅杆上的航行灯；听从水手长的命令，拽拉帆桁上的绳索升帆降帆；靠岸或启航时带着缆绳上岸登船，或操纵笨重的绞盘把锚链放下收起。船上一共五个水手，除了王济良和张起，还有三个是苏格兰人，许多事都得合力而为，一个人做不了，不说话不磨合是不可能的。没过多久，王济良就听懂和学会了水手们常说的那些英语。遇到风平浪静、航行平稳时，水手长会让水手们用浸了油的棉纱擦净甲板。三个苏格兰水手擦着擦着就会倒在阴凉处睡觉，因为水手长只会骂着"懒猪"用皮靴踢中国人的屁股，对自己同胞的懒惰，他是视而不见的。

张起说："真倒霉，这趟回去，俺就再也不做水手了。"王济良说："那你做什么？你一个铁匠，在日本人的手底下，哪有什么心安理得的活路？"张起是不愿意被日本人抓进兵工厂打造武器，才放弃铁匠的手艺去码头上混的。他给德国人造过炮，但那是在德国，他们打谁他不知道。而日本人造武器，明显是要打中国人的。他一身力气没处使了，给日本人递送马刀再让他们杀了自己？放他姥姥的倭寇屁。张起叹口气说："也是，种田没地，打鱼没船，一个铁匠放弃打铁，还能干什么？好歹这里能吃饱饭。"王济良毫无怨言，趴伏着把整个甲板擦得闪闪发亮，这样就可以不生锈，也会减少腐蚀，生锈和海水的腐蚀是轮船的克星。船长不是雇来的，是自己驾驶自己的船，看到有个如此勤快的中国人像爱惜自己的船那样爱惜他的船,好奇地叫来水手长问:"他叫什么?"有一次,王济良沿着升降梯一直擦了上去,把饭舱、走廊、舱壁甚至舷门、舷栏都擦了一遍;又有一次,他擦着擦着就擦进了操舵室,大副没有驱赶。轮机长见了说:"你也来擦擦轮机室吧!"擦完轮机室后,他便敲开了船长室的门,揩着满头的汗说:"就剩下这里了,让俺都擦了吧!"亚瑟船长没表示反对。就这样,不知不觉间,他成了一个哪儿都能去,谁都愿意跟他说话的人。

语言再难学,也架不住重复。每天都说,跟这个人说完了,再跟那个人说。几个月以后,王济良的苦心得到了回报:亚瑟船长居然听懂了他用英语磕磕巴巴的叙说。"你来欧洲就是为了找你的爱人?一定是一位美丽超群的爱人,值得你去为她付出一切。我第一次见识了一个中国人的浪漫。你说你在德国修过炮台?我不明白为什么德国人会从中国运输劳工去修一个用于防御的军事设施,德国又不是没有做苦力的人,他们的劳动力在欧洲是最便宜的。""大人,俺也不明白。""你打算在哪里下船,这里还是比利时?"这时货轮已经进入英吉利海峡,停靠在圣彼得港。王济良说:"俺不知道,请大人指点。"亚瑟船长说:"你辛苦保养我的船,我不能欠你的。这样吧,我多给你一月的工钱,再把你介绍给我的朋友辛格船长,他的'泰晤士'号货轮常在比利时和德国之间来往。"王济良当即跪下磕了一个头。

一个星期后,"苏格兰"号到达了比利时的奥斯坦德港。王济良打起行李准备离开时,张起说:"你走了,俺怎么办?俺还不会说英语。""学，使劲儿学。""俺就说嘛，在青岛石艺行那么好的营生你不干，非要跑出来当水手，原来是打了找媳妇儿的算盘。你德国一个媳妇儿，中国一个媳妇儿，好福气啊！俺到现在连女人的滋味都没尝过。你要是顾不过来，就让一个给俺吧。"他笑笑："好，俺把中国的让给你，不过她是个哑巴。""哑巴就哑巴，只要是女人俺就不嫌弃。""你没开玩笑吧？""俺还想问你呢！"两个人说着，都似乎在开玩笑，又好像都没有。在张起，是光棍儿的嘴上过干瘾，说给一个就好像真的给了一个；在王济良，是心情激动时的不假思索。他在船长室看到过一卷套着帆布套的航海图，比利时距离德国还不到一寸。他背起行李，上上下下向所有船员告别，把个"古德拜"都说烂了，说成了"古拜"，又说成了"拜"。最后他来到船长室，想拿走多给的一个月工钱和亚瑟船长写给辛格船长的信。

他卑微地弯着腰说："大人，您好。按照您的吩咐，饭舱给俺做了中国饭，是肉包子，俺吃饱了肚子，还带了几个晚上吃。谢谢您，大人。在您的船上做水手真是一种幸运。"亚瑟船长笑着递给他工钱和一封信："祝你好运。你找到妻子以后打算怎么办？是留在德国还是回中国？""俺想带着她回中国，大人。""这么说也许我们还能见面。我们的目的地是英国，无论去中国还是回英国，都会在这里停靠。希望你来这里坐我的船。""一定的，大人。"说着便又是跪下磕头，然后带着感激的表情退了出去。他沿着升降梯来到甲板上。几步远的地方就是下船的舷门，一块木板搭在上面。张起等在这里跟他最后告别,眼泪汪汪的。王济良说:"等着,也许俺们还能见面,还能在一起。"突然听到有人喊:"站住!"水手长带着三个苏格兰水手跑了过来。王济良回头看看:说谁呢?还没弄明白,就被人按倒了。王济良说:"怎么了?怎么了?"水手长打了他一巴掌说:"你知道怎么了,搜!"

亚瑟船长的金表不见了。没有人不怀疑王济良,因为他是少数几个可以主动走进船长室的下等人(还有一个是中餐厨师,他被允许可以把烧好的菜送到船长室),且还有令人信服的动机:他要离开了,去找他的德国妻子,身上的钱肯定不够。搜查和盘问都没有结果,按理说应该排除了,但亚瑟船长却一声断喝:"吊起来,脱光了吊起来。"很快,王济良成了桅杆的一部分,两只胳膊叉开着绑在帆桁上,像耶稣受难那样,似乎在欧洲人眼里这个样子是最难堪的。船长怀疑他有同伙,很可能就是最后跟他在一起的张起。张起已经被控制起来盘问过了,毫无所获后,船长来到王济良跟前:"你把它交给谁了?""没有。""那就是藏到什么地方了?""也没有,俺就要下船,真要是俺偷了,只会带在身上。""你当然会带在身上,别以为我不能豁开你的肚子。"船长觉得他一定是把金表吞了下去,下船后再屙出来卖掉。他想起有一次在船长室,趴伏着擦地的王济良仰起脸讨好地说:"大人,你的手表真好看。"他炫耀地晃晃手腕:"金表,见过吗?""没有,大人,俺这是第一次见。像大人这样的上等人,也只有金子做的表才配得上。金表,啊,金表。"王济良重复着这个词,似乎都流出了贪馋的口水。还有一次，也是在船长室，他用浸油棉纱擦地的时候说："大人，您的肚子真大。"他拍着肚子说："跟我一比，你们中国人就没肚子了。"王济良说："是的，大人，大肚有福。中国人的肚子是饿小的，外国人的肚子是撑大的。肚子，啊，肚子。"王济良又重复着"肚子"。在亚瑟船长眼里，王济良是个多嘴的人，问这问那，但并不讨厌，因为他总是一副巴结奉迎的神态，总会把赞美送给对方，把贬抑留给自己。但他并不知道，王济良的"多嘴"也是挖空心思的，仅仅是为了跟船上的人学习语言。亚瑟船长把王济良说过的"金表"和"肚子"联系起来，就觉得金表笃定在王济良肚子里了。他冲甲板上围观的人说："谁能豁开他的肚子？"中餐厨师说："俺能，俺给猪开过膛。不过，大人，是不是也可以给他喂一点儿泻药，让他把金表屙出来。要是屙不出来，再开膛也不迟。"船长当即派人上岸去买泻药。泻药是中餐厨师端来水喂下去的，之后他一直守着，守了一个小时，王济良就开始稀里哗啦屙起来。

金表果然屙出来了，包括亚瑟船长在内，许多人眼看着厨师从一堆稀屎里捞出了金表。王济良瞪着中餐厨师喊起来："这是栽赃，你为什么要给俺栽赃？"眼见为实，谁能相信他的声辩？他被打得死去活来，却一直在否认，被激怒的亚瑟船长从中餐厨师手里夺过鞭子，亲自抽起来，抽累了，又让中餐厨师继续抽。船上的人没有谁同情他，就连张起也说："你真丢死人了，俺这个中国人的脸以后往哪里放？"最后实在吃不消了，王济良只好承认："是俺偷的,俺再也不敢了。"王济良天性里的怯懦、可怜、猥琐、紧张、隐忍、惶恐,一种在殖民地的环境里养成并扭曲的"被下贱"和"被侮辱"的人格,就在这个屈打成招的瞬间固定在了他的表情里,终生不去。他被绑在桅杆上过了一天一夜,之后几个水手放下他,把他抬到舷门那儿,顺着倾斜的木板推到了码头上。张起随后赶到,把他的行李和衣服扔在了他身边。王济良从昏厥中醒来,四下里寻找时,"苏格兰"号已经不见影子了。

30

几天过去了,王济良依然趴卧在码头上,哪儿也去不了。中餐厨师喂给他的泻药量太大,他一直在屙稀,几乎把肠子都屙出来了。没有吃的,只有几个发了霉的肉包子,吃了等于雪上加霜,屙得更厉害。夏天的阳光照耀着他,他浑身散发着恶臭,都熏跑了好几艘近旁的船。他所在的这个码头很大,差不多能同时停靠十艘大船,上船下船,来来往往的人很多。人们远远地躲着他,除了臭,还因为那些带血的鞭伤,就像无言的坦白:我不是什么好人,好人不会被打成这样。有个警察过来盘问,他想把一切说出来,发现船上学来的语言还不足以完全表达自己。警察听了似懂非懂,决定不把他送进医院,那是很麻烦的。他身上什么证件也没有,只能算是无国籍难民,但比利时不接受来自任何地方的难民。他给王济良拿来一桶淡水和一些面包，叫来港口的医生给他的伤口消了毒。医生离开时，又留下了一些止泻的药。王济良千恩万谢，挣扎着跪起，给警察和医生磕了头。对他来说，没有继续遭遇捆绑和吊打，已经非常侥幸，受到这样的对待，算是意外之喜了。

但他丝毫不能松懈，心情越来越紧张：以后怎么办？如何离开这里？尤其让他沮丧的是，吉娜送给他的项链不见了。项链是金质的，有精致漂亮的花纹，十字架的胸坠儿上还有基督耶稣的袖珍造型，看上去很贵重。不过贵重并不是他珍爱的理由。那是吉娜的临别留念，是她送给他的唯一信物。它的存在能证明他的生活中有过吉娜，有过一段令他和她都万分感激对方的日子。在那段日子里，她让他变成了一个真正的男人，而他却让她变成了一个真正的女人。他曾经无数地用德语和英语对项链说：亲爱的；无数次地亲吻它，就像亲吻她身体的任何一个部位。有天夜里，他梦见吉娜从海上走来，从他的行李上拿起项链就走。他醒来后惆怅了半天，突然翻开行李胡乱找起来。他从来没有翻找过，因而他一发现项链丢失，就认为是中餐厨师趁机偷走了。翻找的结果表明，他的想法是对的，项链的确已经不在了。但意外的收获却告诉他，翻找并没有错，吉娜在梦中的启示让他有了离开这里的可能：也许是张起的关照，也许是亚瑟船长并不想把他逼向绝路，在他以为绝对不可能继续存在而忘记翻口袋的时候，他积攒的全部工钱和亚瑟船长写给辛格船长的信却依然安静地躺在口袋里。昏暗的锚位灯照亮了它们，也霎时照亮了他的眼睛。

王济良渐渐好起来。一个星期后,他下海洗净了自己,然后在码头上四处走动着,打听来往于比利时和德国的"泰晤士"号货轮,打听辛格船长。终于有一天,有人告诉他,刚刚靠岸的那艘船就是。"泰晤士"号正在卸货,辛格船长来到码头上和货主一起清点货物。王济良二话没说就加入了卸货人的行列,等卸完了货,才满头大汗地来到了大胡子的辛格船长面前。船长以为这个十分卖力的人是来讨要工钱的,指着货主说:"钱由他付。"王济良赶紧弯腰弓背,连说"不不不",然后把信双手递了过去。辛格船长看了信,翘起胡子说:"你是中国人?"接着便问起青岛的港口,吃水的深浅、吞吐量、货物的类型、气候的变化等等。"我在这一带航行了十五年,真想去远方走一走。要是能发现新航线、新贸易就好了,让我的轮船航行在未经测量的汪洋大海里,那才叫不枉此生。对了,中国有没有航海图上还没有标出的岛屿?我要登上它然后以我的名字命名。"虽然对他的大部分问题,王济良的回答都是"不知道",但他还是在不停地问。突然,辛格船长不问了,审视着王济良说:"看来你的工钱得由我付了,亚瑟船长说你是个从来不知道偷懒的水手。"他赶紧表明他除了做水手还有别的目的,又絮絮叨叨说起他跟吉娜的事。他发现这种跨越国境、万里迢迢的爱情特别容易引起外国人的好奇和同情。辛格船长耐心听完说:"上船吧。"

因为等待装货,"泰晤士"号在奥斯坦德港停靠了五天才启程。其间王济良一直在干活儿,就像在"苏格兰"号上一样,他把甲板和所有允许他去的地方都用油棉纱擦得闪闪发亮。辛格船长说:"你只要擦净甲板,就等于付了坐船的费用。但你却擦净了几乎整个货船,就算我是一个刻薄的船长,也得免费给你提供食物了。"三天后的一个早晨,"泰晤士"号到达德国威廉港。激动得整夜未眠的王济良去向辛格船长告辞。辛格船长又向他打听中国的事,尤其是青岛和山东的物产,好像他已经决定要去了。问完了,船长从桌上拿过面包篮子说:"拿上,都拿上。"他连连鞠躬:"大人,您是天下最好的船长,连说话都给报酬。"他收起面包,背着行李卷,转身下船,一脚踏上德国的土地,头也不回地朝前走去。

  王济良快步来到进出港口的栅栏门边,满脸堆笑地望着头戴白色大檐帽的把门人,殷勤地问了声好。把门人说:"护照。""没有。"大概把门人经常遇到没有护照就想溜出港口的外国船员,摇摇头说:"不行,真的不行,尤其是你,你是一个东方人吧?""中国人,知道吧,遥远的中国人。俺知道没有护照不能过去,但你没听出俺说的是德语吗?俺跟德国姑娘结了婚,就是德国的女婿,算是半个德国人了。""半个德国人?那就更不能过来了。在德国生活的,都是完完整整的德国人。"王济良说起他跟吉娜的爱情,觉得这个带有德国殖民色彩的故事应该更容易感动把门人,没想到对方脸色越来越难看,突然用一阵呵斥打断了他:"吉娜真是个令人恶心的女人,居然跟一个中国人生孩子,这比跟犹太人生孩子更糟糕。回你的船上去吧,德国不欢迎你。"王济良愣怔着,似乎不相信对方的反应,等到人家把刚才的话又吼了一遍,才摇摇头往后退去。他想起了亨利希。在德国大概有许多"亨利希",他们活着的目的似乎就是为了歧视外族人。但他并不沮丧,既然已经来到德国,就没有轻易放弃的道理。他用中国话说:"你不让俺过去,俺就不过去了?哼。"他观察了一番,看到港口的围墙都是下半截红砖上半截铁栅,铁栅的顶端有菱形的矛,虽然密集,但并不锋利,防君子不防小人而已。他在码头上等到天黑,悄悄地摸了过去。

出了港口,往前没走多远,他就开始打听:"先生,请问在哪里能找到吉娜?"话一出口就觉得自己很傻,德国不是王哥庄,一问王济良,大家都知道。何况还有重名的,整个德国不知有多少"吉娜"。有人问:"你是要找卖水果的吉娜大婶?""不,她不是大婶,也不应该卖水果,她去过中国,有一个孩儿,他的哥哥叫亨利希。"说得越具体越没人知道。有人问:"她住在哪条街上?"一句话提醒了他:为什么不打听炮台?只要找到炮台就好办了。昏暗的路灯下,有人告诉他,炮台在西边,靠近荷兰的地方,离这里很远,步行的话大概得半天。他寻思:半天算什么,俺连夜出发,明天早晨就到了。"路怎么走?""没有路,穿过一片旷野,看到有森林的地方差不多就到了。森林边上有人家,你再打听。"他又问:"那里的森林是不是长在山上?""是。""山前面是不是海?""是。"王济良听着很激动,他修过的炮台,正是在群山密树的包围之中,在一个面朝大海的高处。他朝西走去,走了一个多小时就停下了，头顶刮起了大风，脚下出现了沼泽。嗨，心急吃不了热豆腐。他又往回走了一段，来到一堵刚才路过的残破的石墙下，靠着行李卷坐下，很快睡着了。

第二天醒来后他继续往前走，看到沼泽其实只有一点点，水也不深，很后悔昨晚停了下来。他从口袋里掏出一块面包吃起来。中午晚些时候，王济良看到了森林和几户人家。有人指给他炮台的位置，就在森林里面，一座临海的山崖上。他急急忙忙走过去，沿着小路翻了两座山，过了三条谷，炮台赫然出现了。他戛然止步，呆愣着，半晌才吐出一口气。不错，是炮台，但不是他要找的。一堵低矮的石墙上架着三门炮，都已是锈迹斑斑，残缺不全了。对他来说，石墙是有语言的，一看就知道它是历史的遗迹，年代多远不知道，但至少比他王济良的生命更久远。他灰心丧气地骑在炮筒上喘气，突然想：德国沿海有多少炮台，不可能数不过来，俺一座一座地找，总能找到吧？他起身来到有山泉的地方，喝饱了肚子，朝回走去。

31

回到威廉港的王济良再也没有打听到其他炮台的消息。有人建议他去不来梅市，那是一个人口稠密的地方，驻扎着军队。他问："是不是靠海？""当然，不来梅港比威廉港还要大。"王济良听了很兴奋，当年就是"不来梅"号送五百多石匠和铁匠来到了德国，"不来梅"号出自不来梅市天经地义；而且靠海，而且有军队，亨利希就是军队里的人。所有这些条件似乎都表明，吉娜就是在不来梅市生下了孩儿。他花一马克坐上了一辆长途公共汽车，从早晨走到下午，穿过一道很深、很长的峡谷，突然看到一片恢宏的建筑耸立在眼前。半个小时后，他出现在整洁的街道上，开始打听"炮台"。没有人知道炮台的事，连他去过的威廉港西边的炮台都不知道。后来又打听"吉娜"，更没有人知道，就连重名的也没有，好像这里的人都觉得叫这个名字是很奇怪的。"那么，亨利希呢？"有人指给他一户人家。他过去敲门，得到的回答是："78岁的亨利希先生上个周末去世了。"再次打听"亨利希"时，他加上了"军人"二字。回答说："那你就应该到参谋部和殖民部去找。"并指给他路线。"参谋部"是德意志陆军在不来梅的机构，"殖民部"是德意志海军在不来梅的机构，它们在同一条街上。等王济良来到那里时，天已经黑透，饥渴和疲累让他歪倒在了一座敞篷式门厅的立柱后面。他发现，在夏天的不来梅，许多露天的地方都可以睡觉，干净而舒适。

第二天他继续寻找。参谋部和殖民部门口的军人对他这个东方人一脸的不屑，根本不理他。只有一个军人回答了他的问题："不知道。"他安慰自己说：德意志帝国的人嘛，就应该牛一点儿，没关系，说不定亨利希就在里头。一连三天，他都是上午在参谋部门口晃悠，下午在殖民部门口徘徊，直到有个士兵过来主动跟他说话:"你是从中国来的?我知道有个叫亨利希的军官去了中国。"王济良说他就是在中国认识亨利希的,又说了炮台。"他带着你们来德意志修炮台?炮台在哪里,我怎么不知道?""炮台在海边。""哪里的海边?德国有漫长的海岸线。"王济良心里一惊:漫长到什么程度,不会走不到头吧?士兵又说:"你说你乘坐过'不来梅'号?它好像不是正规的军舰,跟我们海军没关系,你应该去'皇族'大楼找找。"

"皇族"大楼是一座装饰华美的五层建筑,那些围绕着窗户和门楣的人物雕塑和随处可见的浮雕让王济良有了一种本能的迷恋,手好像有些痒痒,要是脚下有石料,他立刻就会从行李卷里拿出雕刻工具模仿起来。有那么几分钟,他甚至都忘了自己是来干什么的,欣赏着,也回忆着。他有一学就会的本领,更有过目不忘的记忆。自从他踏上德国的土地,见得最多的就是建筑和雕刻,跟这些精致复杂的景观相比,德国人在青岛建造的各种房屋,都显得过于简陋、粗糙、随便,像是把许多德国人丢弃不要的拿去摆在了青岛,却依然让中国人看得目瞪口呆。王济良正看着,就见昨天见过的那个士兵朝他走来。他弯了一下腰,谄笑着迎过去。士兵突然喊一声:"就是他。"从大楼门口立刻跑过来几个戴着黑色礼帽的人,不由分说,拧住了他。

王济良被抓进了"皇族"大楼,准确地说,是抓进了大楼的地下室,因为不是从大门进去的,而是下到大门旁没有遮蔽的地下通道后,从一个小门进去的。进去是一条宽敞的走廊,走廊尽头便是关起他的房屋。没有窗户,没有任何摆设,雪亮的灯光下,只有空荡荡的墙壁和人的影子。那个士兵不见了,几个"黑色礼帽"站在他面前,勒令他坐到地上。他没有照办,而是坐在了被扔到墙角的自己的行李卷上。盘问很简单:"为什么来到德意志?"回答却很烦琐,前因后果一大堆,把什么都说了,只要是德语能表达的。又问:"谁派你来的?"回答依然啰唆:"不是谁派俺,是吉娜在等俺,俺想念吉娜和俺的孩儿,也想看看炮台,还想见到亨利希先生,向他磕头致敬。"又问:"听说当初修炮台的人都死了?""是的,死了五百多。""怎么死的?""这个嘛,不好说。""为什么?难道不是中国人互相残杀的结果?""好像吧。""你怎么还活着?""上帝保佑。""还有谁活着?""一起死里逃生的一共六个,回到青岛后又被日本人打死了两个。""剩下的四个都是谁?请说出来,德意志必须对每一个为它而死的人负责到底,我们准备发放抚恤金。"王济良"哦"了一声,说了栗子、张起和老铁。还提到了在海上跟德国人逃生的王强。几个"黑色礼帽"出去了,门从外面锁了起来。王济良呆坐着,心说:他们就是这样抚恤俺的?把俺当成了罪犯,关进了班房。但他没想到,这一关就是一个月。

一个月里,王济良哭号过,乞求过,也咒骂过,但都无济于事,人家就是不放他出去,没有任何理由。好在每天有饭吃、有水喝,还能上厕所。一天,他听到走廊里两个看守在说话。一个问:"这个中国人非法入境已经构成罪名了,为什么还不送他进监狱?"另一个说:"非法入境的结果只能是遣送回去,但这个人却必须死。""那就让他死呗,还留着干什么,浪费我们的时间。""不管是军方,还是'皇族',都必须遵守德意志的法律。""你是说我们毫无办法?""当然不是。已经写信告诉了亨利希先生,就等着他的回信。'皇族'和军方都希望把人交给他,他会在德国的法律之外想出更好的办法。"不来梅的对面就是大不列颠岛,这里的人跟英国人的交往很频繁,大都会说英语。但是他们并不知道王济良也会英语,对话几乎成了告密。王济良呆愣着,心里是恍惚的,眼里是迷茫的,手却在被子下面坚定地摸来摸去,那儿有一个布包,装着他的一整套雕刻工具。

估计已是晚上,不会再有人打开门了。他迅速行动起来,抚摸着石头,就像抚摸着一排听话的奴仆。他是石头的主宰,找出容易碎裂的纹脉,用凿子和榔头在石墙上开出一个口子并不困难,而且这里是走廊的尽头,出去就应该是外面了。午夜时分,万籁俱寂,一刻不停地抠挖了四个小时后,他实现了自己的想法。当他钻出墙洞,站在露天的地下通道里,看到头顶的星星正在灿烂地照耀,感觉久违了的风又从耳边呼呼走过时,不禁长叹一声:老天爷、上帝、吉娜,俺不会死了。他背起行李卷朝前摸去,摸上了楼梯,摸到了"皇族"大楼的大门边。"皇族"不是军事设施,没有岗哨,他大模大样地来到街上,朝前跑去。

天亮了。王济良向见到的第一个人打听:"去海边怎么走?"尽管没人告诉他不来梅的海边有炮台,但他还是想去看看,眼见为实，万一有呢？炮台是封闭的，当年修建时劳工们不能出来，外面的人不能进去，当地人压根儿不知道它的存在也是有可能的。他不敢坐车，也不敢走大路，行走在原野上或树林里，好几次都走错了方向。他走了整整一天也没看到海，饿得头昏眼花，再走就不是找海，而是找食物了。他追逐着灯光，来到一座小村庄里，溜进马棚偷了些饲料吃。出来时看到门口的石台上放了一个大面包，一个女人站在不远处的家门口怜悯地望着他，原来人家早就发现他了。他深深地鞠了一躬，拿起面包飞跑而去。在面包的支撑下，他终于走过了黑夜，走到了一个能听到阵阵海浪声的地方，疲倦得一屁股坐下来。一边是礁岬，一边是沙滩，面前是浩荡的海。海一进一退地向他召唤，有熟悉的浪形，也有熟悉的水花，就像回到了青岛。他躺在空旷的沙滩上睡了一会儿，吃完剩下的面包，就沿着海岸线朝北走去。

他晓行夜宿走了两天，也没发现期待中的森林，正在犹豫要不要再往前走时，看到一个渔夫跳下船朝他走来，大声问："买不买鱼？我这里有刚打上来的金枪鱼。"他摸摸口袋，拿出仅剩的一个半马克说："如果了你能帮我煮熟，我就花掉我的钱。"王济良饱餐了一顿水煮金枪鱼。渔夫说："你来找吉娜？是前面小镇上的吉娜？叫这个名字的人不多，我记得她。"王济良赶紧问："吉娜在小镇上？她年轻漂亮对吧？""对。""她有一个孩儿对吧？""对。""她有个哥哥是军人，叫亨利希对吧？"渔夫想了想说："好像是。"这几句对话让王济良的精神潮水一样暴涨。他继续往前走,走得很快,不到两个小时就看到了小镇。他停下来,兴奋得擦着汗,轻轻叫了一声:"吉娜。"这时,他听到身后传来一阵急骤的马蹄声,扭头一看,是一队头戴黄色圆盔帽的骑兵。有人冲他喊了一声,接着就是一声枪响,一颗子弹"嗤"的一声钻进了他面前的土地。他撒腿就跑。

32

王济良跑过了小镇,紧急中没忘了朝两边的房舍看看,希望看到吉娜,也希望吉娜看到自己。突然他大喊起来:"吉娜,吉娜!"他喊叫着跑过小镇,看到追兵离自己已经不远,赶紧拐向原野。一条河流奔腾而过,冲下来一些红色烂泥,堆积在他面前。他扔掉行李卷,跳进烂泥,连滚带爬地扑向了河水。水流很急,转眼就把他冲向了入海口。追兵停下了,烂泥与河水阻挡了他们。他们朝着那个迅速远去的小黑点儿放了一阵枪,回马走向海岸线,顺着海流的方向巡逻而去。逃跑的人只有两种可能:被海水淹死,或者顺流而下再爬上岸来。在没有看到他的尸体之前,他们不会放弃,这是命令。

王济良当然不会被淹死。他扑向水就是因为充满了对水的信任。水把他带到了子弹打不着的地方,又在他疲倦至极时将他送到了可以休息的岸边。他在一座礁崖下回过神儿来,想回到小镇继续寻找吉娜，但走了很久也没看到小镇，有些疑惑：是不是走错了方向？登上一座高岗眺望，却看到了一个帆樯林立的地方。他警惕地观察着四周走了过去，在一条两边都是房屋的街道上打听，才知道自己来到了不来梅港。

追杀他的人估计他会来这里，早就暗中埋伏等待着他。王济良也知道此地不可久留，想折回去，却发现已经来不及了，前后突然出现了许多人，有戴黄色圆盔帽的骑兵，也有戴黑色礼帽的"皇族"人。他忽一下钻进一条小巷，朝前跑去，前面是墙，墙下堆积着一些汽油桶。他踩上汽油桶，翻过墙去，一阵狂奔之后，发现自己来到了人群里，这群人正在朝码头走去。他伙在里头躲避着随时都会射过来的枪弹，左顾右盼，发现追他的"黑色礼帽"就在十来步远的地方，而唯一能够救他的也还是海。他跑起来，飞快地来到码头上，一头扎了下去。

然而，不来梅的海似乎并不想挽救他。直上直下的石砌的码头在入水之后突然横逸而出，他情有独钟的石头这一次却毫不留情地碰伤了他。他头破血流，一阵晕厥，浮在血红的水面上挣扎了几下，"咕咚"一声沉了下去。

王济良醒过来时，已是五天以后。他发现自己在船上，船在航行。有人进来，看他醒了，惊叫着跑了出去。片刻，又有人走了进来，居然是辛格船长。

原来"泰晤士"号货轮来到了不来梅港。辛格船长想去中国，但去中国必须到船籍港办理远洋手续。"泰晤士"号往来于比利时的奥斯坦德港和德国的威廉港之间,船籍港却在苏格兰的爱丁堡。爱丁堡港为了方便英国轮船,在英轮众多的德国不来梅港设有办事处办理相关手续。那天,已经办好手续的"泰晤士"号做着启航前的准备,几个水手正在绞动锚链缓缓地提起大铁锚,突然看到王济良跑来跳进了海里,下去后再没见他浮出水面,立刻报告给了辛格船长。船长说:"你们是要我亲自下水把他捞上来吗?"水手们赶紧顺着锚链溜下去潜入了海底。那些"黑色礼帽"眼看着他们把王济良救上了船,自己却不能随便上船。德国法律规定:靠岸后的外国轮船等同于外国的土地,拥有不被侵略的权利。要抓人就得持有写明犯罪事实并由警署盖章的逮捕令。就在他们派人飞速去办理逮捕令时,辛格船长下令开船,"泰晤士"号提前驶离了不来梅港。它将开往位于英吉利海峡的圣彼得港,那里的管事来电报说,有一批运往中国青岛港的钢铁和用于纺织的机器零件等待着它。

王济良不仅撞破了头,还撞坏了脊椎骨,躺了一个月才能起来走路。这时候,满载货物的"泰晤士"号已经驶过赤道,正在向好望角挺进。他已经无法再去德国继续寻找吉娜了,只能随船回国。就像上次乘坐"泰晤士"号一样,他勤快地做起了水手兼清洁工应该做的一切,每次见到辛格船长都会想:俺该怎么报答这个人呢?他救了俺的命,还收俺在船上供吃供喝。又走了一个多月,王济良从梦中被人吵醒。有人告诉他:已经看见了防波堤,青岛到了。他一骨碌爬了起来。

直到口干舌燥得无法开口,王济良才喘着气瘫软在椅子上。他的怯懦和可怜越来越夸张了,不是故意的那种,而是一种情不自禁的强调,颤抖的节奏也是说话的节奏,每个起伏都代表着伤痛和隐忍。我突然意识到,我不能再听下去了,如果我还想采取同情"皇族"的立场,还想跟麦克斯以及"五人调查委员会"保持一致,就应该告诉自己:记者,尤其是《华报》记者,不仅可以骗人,也可以置可怜与流血于不顾,冷漠地对待一个生命的悲剧。不错,是悲剧,一朵浪花在它未干枯之前可以回归大海,却不能回归激溅起它的那片水浪。仅靠一个人的力量,想在那么辽阔的德国找到一个名叫吉娜的女人,你傻不傻呀?没有永固的海,没有不变的浪。

我站起来说:"今天就到这里吧。"劳顿也站了起来,一句话不说,走向了审讯室的门外。但是他的神情就像一张一合的嘴巴正在表达一切:不满,不满。不知道对谁不满。我看到一个职业警察的眼睛搜寻着门外的走廊,走廊尽头的门厅和楼梯,还有顶棚、墙壁和地面。审讯室在一楼,上面和地下都是牢房,缺少光线的阴森里,出现在阶梯平台上的铁栅窗洞格外醒目。劳顿停下了,望了望窗外云遮雾罩的天空和身边旋转而上的楼梯,冲两个疾步走过的狱警"哈罗"了一声。狱警走向审讯室,把王济良押出来,朝地下牢房走去。劳顿朝我使了个眼色,跟了下去。我们从未到过牢房,第一次看到昏暗的走廊两边那些潮湿的充满霉腐气息的间隔里关满了人,每个间隔一至五人不等。王济良是单独关押的,在把头的拐角处,这里看不到别的囚犯,别的囚犯也看不到他。牢房十分简陋,除了铺着一些粘连在一起的发霉的麦草,几乎一无所有。屎尿的气息扑鼻而来。劳顿抚摩着铁栅门,摸了一手黑红色的锈灰,拍着手说:"人怎么能待在这种地方?走。"再次经过走廊时,两边牢房的铁栅门上扒满了人,一双双或凄楚或乞求、或愤怒或冷漠的眼睛就像一盏盏明暗不同的灯。突然有人喊:"外国人,我×你妈。"狱警佯装不知道是谁喊的,仰头寻找着,蓦地抡起警棍,狠狠砸在那人抓着铁栅的手上。那人惨叫一声说:"外国人的妈不能×吗?他都×你妈了,你还护着他!"我们快步走出监狱,冲着天空大口喘气。劳顿问:"那人刚才喊什么?"我说:"德国人占领青岛十七年,日本人占领青岛十六年,现在又有美国军队的驻扎,留下许多罪孽,他在控诉。"劳顿说:"又是来自殖民地的抗议,我见得多了。应该告诉他,世界史就是一部殖民史,落后国家的遭遇必然如此。"

落日的凄艳让天地变得格外深邃,海仿佛第一次展示了它遥远的寂绝,默默地在无可依凭的空幻里推波助澜。风的脚步有些疲倦,歪三倒四地走过马路、走过树冠。一只喜鹊喳喳叫着,飞到监狱圆形塔楼的尖顶上去了。劳顿期待地望着我说:"回夏日旅馆,我们喝一杯。"我感觉他好像有话要说,但我还是拒绝了:"不,今天中午刚喝过。"他拍了一下额头:"哦,我忘了,你是要去找玛丽娅。"我点点头,觉得如果我现在不能去见她,那就意味着我可以像忽视空气一样忽视她,我会有这种令自己寝食不安的忽视吗?劳顿又问:"那你知道我要去干什么?""不是说喝酒吗?""一个人有什么意思?我要去找米澜女士,知道我会对她怎么说?""不知道。""我会说你很性感,但如果性感不被人欣赏,那就跟海上没有航船一样。你猜她会怎么说?她会说我们不会是黄鼠狼吃鸡吧?""你连这个都知道?"劳顿哼哼一笑:"当然。中国人,不要自以为深奥难懂。我对你们的了解,你是意想不到的。"

33

我站到毕史马克街负一号的院门前,望着门铃正有些犹豫,玛丽娅从屋里走了出来,似乎她在窗前等着我。我望着依然敞开的屋门,矛盾地期待着王实诚的出现和不出现——多么想亲口告诉他王济良既定的结局,又多么想只跟玛丽娅单独说话,让她明白我仅仅是为了她才来到了这里。我说:"我就不进去了。"她打开院门,出来,又关死院门,不客气地说:"我也没想让你进去。"我又说:"你不会是要出去,恰好遇到了我吧?"她淡然一笑,朝前走去。我推着脚踏车,快步跟上了她。她今天更漂亮,一袭淡绿色的中式旗袍让她的高挑美到极致,线条的起伏能优雅到这种程度真是令人大开眼界。长长的金发从后面绾起,遮掩着白皙而修长的脖子,白色的高跟儿鞋默契地拉长了她的腿,且不说她的胸、腰、臀、腿有多么迷人,光这一头一脚的好看就让我有些难以自持。我跟她肩并肩往前走,抑制不住地聊起来。"也许""可能""好像",这些不确定的词汇表明,我只不过是想暗示她"皇族事件"的性质,王济良的结局不可能有任何转机,而且快了,快了,国民政府对敌手的处决向来都是雷厉风行。看她的反应并没有预想的强烈,就干脆变得直截了当:联合国、西方国家、国民政府、"皇族"机构的期待,"五人调查委员会"的结论,甚至开会的细节。"王济良有幕后,那就是共产党。"玛丽娅说:"他杀了那么多人,不管有没有幕后,结局都是一样的。"我说:"你这样想就好,王实诚呢,也会这样想?""他做梦都想杀人是诬陷,是别人的栽赃。""可惜王济良本人并不这么认为,他是个敢做敢当的人,已经做好了死的准备。""你问过他了?""我看出来了。"

说着到了海边。这里没有沙滩,没有海岬,石砌的堤岸上面就是公路。白色的浪沫在岸脚翻腾,正欲退潮的水失去了力量,把拍打变成了抚摩。凭着栏杆往下望,风立刻有了感应,抄底而来,浪忽地大了,托起高高的水珠溅了过来。远处,没有渔船的海面空旷得如同天空,红云从海里长出来,如同偌大的花朵在天际线上烂漫。我说起我们跟王济良的几次谈话,那个寻找爱人的故事。玛丽娅的眼皮突然一撩,眸子闪闪的。黑夜的降临恰到好处,星星如同她的眼睛闪出云雾背后的灿烂来。一刹那,她抓住了我的手,恳求道:"告诉我,你们想干什么?""这还用问,想知道真相。""知道了又怎么样,公布于众?可不可以不这样做?真相是可以编造的。"我望着她越来越朦胧的面孔,奇怪地问:"难道连你也不想尊重事实?""王济良反正是要死的,就不要再伤害别人了吧。""会伤害到谁?""我们——我和王实诚。"看我愣愣的,她又说,"其实我一直等着你再来,就是想告诉你,我不想让王实诚知道真相,他爹的杀人跟德国人没关系,王实诚不应该和他爹一样仇视德国人。"

我望着海,望着遥远的寂寥和黑暗。为什么,为什么会有这样的想法,难道必然会仇视德国人的王实诚,也会仇视她和她的母亲?或者另有隐情?我不知道,可我是多么想知道。我是记者,就算我已经打算违心地认同"五人调查委员会"毫无依据的结论,也依然无法消除我对真相的好奇和继续探求的本能。尤其是当玛丽娅也竟然希望"调查"成为"撒谎"的时候,我就更不想放弃了,而且还想知道玛丽娅到底是怎样一个人。我说:"你用什么理由说服我呢?我总不能因为喜欢一个女人的漂亮外表就改变我自己吧?"她思虑重重地低下头,忧郁地说:"也许我的经历就是我的理由吧!"说着后退了半步,像是要把漂亮隐藏在浓厚的夜色里。我诱使她说:"要使经历成为最好的理由,那就得毫无掩饰,就像王济良不掩饰自己那样。"她沉默着,似乎在犹豫,突然说:"我要回去了。"我大失所望,跟着她走向毕史马克街。

我们都不再说什么,似乎彼此都在揣测对方的心思。我真想问问她:你是不相信我,还是不相信所有的人?几辆军车疾驰而过。昏黄的路灯下,稀疏的人影都走得很快,再没有像我们这样慢腾腾轧马路的。战乱年月,人和心情都在收缩,天一黑就没有几个行人了。很快到了"负一号"跟前,她停下,招招手。我说:"再见。"就要骑车离去，又听她说："明天，上午或者下午。就在我们刚才到过的海边。"原来玛丽娅已经决定了。我高兴得几乎跳起来，为了她的邀约，也为了她的信任。我选择了上午，因为这样很快就会到吃午饭的时候。我说："九点我准时赶到。"

早晨，在夏日旅馆的富罗斯西餐店吃早餐时，劳顿说他上午想去欧人监狱继续审讯王济良（是聆听王济良的诉说吧）。我说："我去不了，怎么办？"他耸耸肩："太遗憾了。""我一直没有缺席过审讯，要是我不去，会不会影响王济良的情绪？"劳顿"哦"了一声，显然他没想过这个问题："你是说，我们两个之间他更信任你？""当然，因为我是中国人。等着我吧，也许玛丽娅会告诉我一些别人不知道的事。如果能找到王济良跟共产党有关联的证据，我们也就不必再有说假话的内疚了。"劳顿点点头："可是，如果不去审讯王济良，我还能干什么？"说着走向吧台。我听出他在给米澜女士打电话："我们还从来没有观赏过青岛的市容，还有漂亮的沿海风景，去兜兜风吧？什么，你要去维多利亚海湾？不错，那里的海水浴场是第一流的。为什么不邀请我呢？我的游泳技术在香港警察总部可是数一数二的。什么，海水有些凉？那有什么要紧，你欣赏风景，我下海游泳，别忘了我也是风景的一部分，你得目不转睛地欣赏。"我看了看表，走出西餐店，骑着脚踏车奔向海边。

九点的海正在涨潮，风很小，水浪无声的涌动就像暗地里的谋杀。有人在礁石上捡拾海鲜，突然感觉水淹没了脚面，赶紧往回走,发现礁石正在迅速沉底,他已经无法回到岸上了。显然是个不会游泳的人,紧张地喊起来:"救命,救命!"我正在犹豫,就见有人翻过公路边的栏杆,俯身溜下了堤岸。雾色涌来荡去,看不清是谁。我寻思既然有人去救了,我就算了吧,还是等着玛丽娅要紧。但很快我就发现这是一个糟糕透顶的想法,那人被救上来了,他千恩万谢的居然就是玛丽娅。玛丽娅离开那人走向我。我假装刚到,连声问:"怎么了,怎么了?"又万分后悔:她很可能早就看到我来了。我不仅怯懦而且虚伪。没等她回答,我赶紧又说:"你得回家换衣服。"她湿漉漉的旗袍紧贴着身子,就跟裸体似的,高跟儿鞋也掉了,浑身往下淌水。我翻过栏杆,从堤岸的斜坡上捡回她的鞋,又去路边叫来一辆封闭式单套马车,给车夫付了钱,要他送她回"负一号"。分手时我小心翼翼地问:"中午我请你吃饭可以吗?"她迟疑着:"我好像还没想好要跟你说什么,明天吧!""也好,明天中午我在聚福楼等你。"

我骑着脚踏车来到夏日旅馆的门前时,劳顿刚好从海水浴场回来。我问他下午干什么。他说米澜女士希望我们对王济良的审讯尽快结束,他正要去马奇主教的房间问问,是不是下午继续。我说:"那就继续吧,正好我也没事了。"我们三个人共进午餐,然后租了一辆双套马车直奔欧人监狱。马在奔跑,青岛的风吹着我们,就像我们吹着青岛的风,彼此的碰撞柔软而有力。风散了,我们也散了。我问劳顿:"王济良说到哪儿了?"劳顿想都没想就说:"他从睡梦中惊醒,看到了青岛的陆岸。"马奇主教皱着眉头想了一会儿说:"哦,好像是。"劳顿说:"什么好像是,上次的审讯你就没参加。"马奇主教说:"是吗?"大概是因为把一切托付给上帝的缘故,他总是有些心不在焉。

34

向辛格船长磕头告别之后,王济良跳上了青岛码头。已经是冬天了,寒风用力扇打着晴空,洁白的海鸥如同飞翔的冰,怯懦的阳光沉重地落在肮脏的地上。港口人来人往,到处堆积着货物,看上去依然繁忙。日本人运回本国去的物资好像越来越多了,运来为他们服务的东西也在增加,比如"泰晤士"号上的钢铁和机器零件,就是为了满足正在扩大的日本机车厂和纱厂的需要。王济良穿得很少,冻得瑟瑟发抖,边走边东张西望,看到走来几个穿着土黄色日式棉袄的海岸执法队的人,立刻上前打听:"栗子呢?"

栗子被人叫来,脱下自己的棉袄给他披上,带他去执法队吃住的地方烤火。问起去德国的经历,王济良摆摆手:"一言难尽。"岔开话题问,"见没见到张起?"栗子说:"回来了,还在'苏格兰'号上当水手。不过……他也是一言难尽。""怎么了?""你去见见他吧,见了就知道。""俺今天就回王哥庄,过几天再来。"栗子说:"你先别回王哥庄,见了张起再说。过几天说不定'苏格兰'号又要启航,你见不上他了。"

王济良在执法队吃了午饭,被栗子催促着去了胶州湾的入湾口——团岛。团岛是贫民窟,大多是低矮的泥房子和草棚子,仅有的十几户人家的砖房显得格外突出。张起就住在砖房里。王济良不知道他住哪一栋,路过一栋喊一声"张起"。有个女人从窗口探出头来说:"最西头的就是。"他走过去,看到张起已经立在门口,神情有些紧张慌乱:"你,回来了?"王济良说:"不错啊,你都住上砖房了。青岛的砖房不是一般人能住的。"张起说:"总不能让……你大概也知道了。""俺知道什么?"张起看看远处说:"团岛三面临海,潮湿得很,地皮不值钱。房子也是才盖起不久,俺在'苏格兰'号挣的钱不够,又朝亚瑟船长借了些,答应再跟他去一趟欧洲,他只付半个人的工钱。""咋不请俺到里面坐坐?栗子一见俺,就催俺来见你。""他没给你说什么?"王济良有些奇怪:"你们好像有什么事瞒着俺?"张起低下头说:"也不是瞒着,就是不好张口。"其实已经用不着张口了,王济良看到了门里面的哑巴媳妇儿和自己的儿子王实诚。

　　王济良开始是惊讶,接着脸就变白,变紫,变青了。张起说:"你说过的话你忘了?""俺说什么了?""把哑巴媳妇儿让给俺。""俺什么时候说过?""在船上说过。俺说你命好,俺命孬,你德国一个媳妇儿,中国一个媳妇儿,俺连女人的滋味都没尝过。你说你顾不过来,可以让给俺一个。""俺说了?说了也是开玩笑。""俺可没觉得你是开玩笑。""王八蛋,你是想女人想疯了。""疯了的是你吧?吃着碗里的,霸着锅里的。""什么碗里的、锅里的,俺白跑一趟,连毛都没找到。""没找到也不能说话不算数吧?""你抢了俺的媳妇儿,倒是俺不对了?""就是你不对嘛,哑巴那么好,还给你生了孩儿,你丢下她不管,又去找外国娘们儿,对得起谁啊?""不跟你说了,你不懂,俺在人家眼里是艺术家,是天才,跟你不一样。"王济良冲进门去,拉起哑巴媳妇儿就走。哑巴媳妇儿不跟他。他一个耳光扇过去,接着又是一阵拳打脚踢。张起扑上去扭住了他:"你有什么权利打她,她已经不是你的人了。""是不是俺的人,让她自己说。""对,让她自己说。"哑巴媳妇说不出来,但知道他们是什么意思,"呜呜"地哭着,跑到里间去了。王济良看媳妇儿不跟自己,扯住儿子王实诚的衣领,拉起来就走。儿子不走,他没头没脑就是几巴掌。儿子"哇哇"地叫着,跑去找娘。王济良不依不饶地朝里间扑去。张起从后面抱住他,使出一个铁匠的全部力气把他扔出了门外,然后抄起一根棍子,立在门口说:"今天不是你死,就是俺死。"王济良说:"肯定是你死。"说着从地上抱起一块石头就要砸过去,看到哑巴媳妇儿跑出来横挡在了他和张起之间,突然就没有力气了。他扔掉石头,长叹一声说:"那还是俺去死吧!"转身朝海边走去。

青岛的天虽然依旧,蓝是蓝,白是白,远的是碧透,近的是皓洁,海却不一样了,怎么这么混浊、这么臭?好像搅进去了无数大粪,冒着恶心的气泡。鸥鸟也是污脏污脏的,栖息在礁石上跟一块石头差不多。王济良揉了揉眼睛,才发现不是海水混浊,是自己的眼泪混浊,想要改变世界,其实只用一滴泪就够了。又发现他来到了下水道的入海口,城市的污水正在汹涌流淌。他赶紧走开,找了一个洁净的地方,望着海呆坐了很久。他心里恨恨的:恨张起,恨哑巴媳妇儿,转眼又恨起了自己:你这个没出息的脓包,在外国你被人追杀,可怜得不如一只老鼠,回来就想抖威风,你有威风吗?有打女人、打孩儿的威风。他越想越悲哀,擦了一把泪,却引来更多的泪。突然他胸腔一阵起伏,酸楚就像涨潮的水,不禁号起来:"德国媳妇儿没找到,中国媳妇儿也丢了,俺怎么这么惨哪!俺上辈子做了什么,要得到这样的报应?"

王济良后来才知道,哑巴媳妇儿在王哥庄等不来他,就在爹娘的撺掇下,带着儿子来青岛找他。她拿着一张纸,纸上写着"石艺行"三个字,逢人就拿出纸来问路,结果被几个日本海员骗到了码头上。她模样好,又不会说话,他们更可以肆无忌惮了,正在将她往一艘日本船上拖时,执法队的栗子路过了那里。栗子看到女人"哦哦哦"地反抗着就是说不出话来,手伸向被拦在船外的孩儿直淌眼泪。孩儿一声声地喊着"娘"。他有些疑惑,走过去问:"光喊娘不喊爹,你没有爹啊?让你爹来救人。""俺有爹。""你爹是谁?""王济良。""什么?"栗子说,"我说呢,长得好看的哑巴女人不多,不是王济良的媳妇儿是谁?"立刻跑去告诉了张起,问他怎么办。张起刚从欧洲回来,还待在船上等待卸货,一听就喊起来:"还能怎么办,抢回来。"栗子说:"俺的饭碗是日本人给的,俺不敢。"张起说:"俺知道你不敢,不然你不会来找俺。"说着飞身而去。他先抱起孩儿,再跳上日本船说:"媳妇儿，媳妇儿，你怎么在这里？"又说，"俺是'苏格兰'号的人，有英国人做主，你们不能欺负俺媳妇儿。"说罢拉起她就走，连被日本海员撕扯掉的外衣都没穿。下了船，张起脱下自己的衣服给她穿上。哑巴娘儿俩没处去，张起也没处去，他就把他们带到了"苏格兰"号上，对亚瑟船长说："俺媳妇儿来看俺了。"亚瑟船长真以为是他媳妇儿，让人腾出一间卧舱让他们住，其实那两天张起是睡在卧舱门外的。后来张起买了些便宜的废木板给哑巴娘儿俩在团岛搭了个窝棚，先是宝贝一样守着，天天供吃供喝，一有空儿就又是比画又是说，让她明白王济良另有媳妇儿，叫吉娜，美丽得赛过天仙，已经给王济良生下了孩儿。他去德国跟吉娜团圆，很可能不回来了。"你给俺当媳妇儿吧，俺会好好待你一辈子，也会好好待这孩儿。"哑巴懂了，还有什么不肯的，从来没有一个男人待她这么好过。再说她一个女人，又是哑巴，要活着就得靠人，眼下不靠这个人靠谁？就这样张起也住进了窝棚。他说："你现在成了俺的媳妇儿，俺不能委屈了你，俺要为你盖房子，不是泥房是砖房。"觉得哑巴没听懂，又说，"你就等着瞧吧！"

35

尽管媳妇儿跟人跑了，王济良还是打算回一趟王哥庄。他想去爹娘的坟上烧纸，想去看看自家的老屋，看看故乡的山水田地、父老乡亲，一个人没有故土、没有乡恋，可不是件好事情。行前，他再次来到张起的砖房前，说："孩儿跟俺走，他是俺们王家的骨血，俺是他亲爹。"张起征询哑巴媳妇儿的意见。哑巴媳妇儿可怜王济良，同意了。

回到家这天，正赶上双月集日，王哥庄的戏台上一如既往地开演了《黄鼠狼吃鸡》。王济良带着儿子上了坟，烧了纸，就去看戏，津津有味地看完了整场戏。板胡、皮鼓、手锣、呱哒板格外响亮，震得耳朵都有点儿聋了。他跟乡亲们一样，完全沉浸在虚构的故事里，情不自禁地喊着："杀——钢筋铁骨的老大，吃山喝海的老大，肩负蓬莱的老大，翻身地动的老大，俺要对你们说。"他唱起来：

俺拿起金刚宝刀，

甩出去杀死老雕。

俺挥动镂花宝剑，

舞起来斩虎成猫。

一对青年男女在偷情乱伦后终于遭到了本家子弟的惩罚。这让王济良想起自己十二岁时处死别人的情形：愤怒的族长、阴暗的祠堂、两个被绑缚的男女，他居然是本家老大。爹说王济良你可不能给咱家丢脸。他举起刀，戳向"鸡"，又戳向"黄鼠狼"，然后就昏过去了。想着，那只早已长硬长大、布满老茧的手不禁有些发抖，好像刚刚攥过刀。王实诚在他怀里睡着了，这孩儿天生不喜欢热闹，对打打杀杀更没有兴趣。直到台上紫靴少年挺矛举剑，追得绿袍红氅的男女抱头鼠窜，台下长袍马褂、挥棍拿刀，杀得短衣长裤的男女落荒而逃，观众一片吆喝声，他才从王济良怀里醒来，揉着眼睛说："爹，俺饿。"王济良摸了摸口袋，捏出几个铜板，去戏场边买了煎饼卷肉让儿子吃，儿子吃得满嘴流油。有人过来说："挣到钱了？看你这么舍得吃。"他笑着点点头，心说：哪里啊！多亏辛格船长给他开了些工钱，不然就养不起儿子了。那人又问："孩儿他娘呢，怎么没回来？"王济良说："忙啊！""忙什么，一个妇道人家？"来看戏的哑巴的爹娘也来问："怎么没带俺闺女一起回来？"王济良说："爹，娘，以后俺们就不回来了，俺们是城里人了。""嫌弃俺们了？也好，在咱王哥庄，不做泥腿子，就当浪水将军（船夫），一辈子有个什么出息。你能对得起俺闺女，俺们就是倒过来给姑爷磕头作揖，心里也舒坦。"王济良"嗯嗯啊啊"地答应着，不想多说什么，背着儿子赶紧离开，回家去了。心想：俺这辈子注定是谁也对不起的，谁让俺遇到了吉娜？天……你就睁开眼睛看看俺，给俺个舒心日子吧！

晚上，他做了一个梦：先是在王哥庄的海边跑着，接着就跑到了德国，跑过了那个不知名的小镇，一次次地跑过小镇，喊着："吉娜，吉娜！"吉娜看到了他，也在喊他的名字："王济良，王济良！"整个德国都在喊王济良。他朝着吉娜奔跑而去，看到吉娜在窗口，忽而到了门口，一晃眼又到了海上。海是蛋清一样的、湛蓝的、洁白的，什么也没有了，一片空白，吉娜不见了。以后，每天晚上都有类似的梦，在梦中的小镇风驰电掣，来来回回奔跑，竟至于大汗淋漓。一天早晨醒来,他对儿子说:"带几个火烧路上吃,咱们上山去。"他和儿子在山里转悠了一天,捡回来一些石头,又翻腾出爹的石匠工具忙活起来。完全是凭着记忆,他给"泰晤士"号上的每个船员都雕刻了一尊石头像,辛格船长的自然最大也最精心。几天后他说:"儿子,咱们走。"儿子蔫头耷脑地问:"是上山还是看戏?"他说:"去看你娘。""还有张起叔叔。""对,还有他。"儿子一下子精神了,抢先跑出了家门。

王济良背着那些石头雕像和爹的雕刻工具回到青岛,先把儿子送到团岛他娘身边,拍着他的头说:"记住,你永远是俺王济良的儿子。"又对从砖房里出来的张起说,"麻烦关照一下,给他吃,给他喝,让他长,这里还有几个钱,俺知道不够,等俺有了钱,再给你。"张起推开他托着钱的手说:"你是把俺当牲口了,喂饱了能拉磨,不喂饱就不拉。一个是俺的女人,一个是俺女人的孩儿,俺就是挣死,也得好好养着。""你可别挣死,挣死了哑巴没人管。钱不是给哑巴的,是给俺孩儿的。"说着,走过去放到了窗台上。张起看他要走,不忍地问了一句:"你呢,往后怎么办?""还能怎么办?俺不能把什么都丢了,哑巴已经丢了,再不能丢了吉娜。她一定是俺的。"张起点点头说:"俺也要走了,最后去一趟欧洲,等还了亚瑟船长的债,就哪儿也不去了,守着这娘儿俩过日子。""一去又是几个月,他们难啊!"王济良说着不禁看了看站在门口的哑巴和儿子。张起说:"你放心,娘儿俩的生活俺会安顿好,俺再穷,也不能断了他们的吃喝。再说还有栗子。栗子是个可靠的人，会经常过来看看，俺跟他已经说好了。"王济良望着哑巴和儿子，咬咬牙，抹了一把眼泪，急急忙忙走了。

王济良来到港口，看到"泰晤士"号还停靠在码头上，松了口气，大声说："太好了，再迟就赶不上趟儿了。"码头上的苦力正在装货，从包装上看，有花生、花生油、花生饼、棉籽饼、蓖麻饼，还有猪鬃和牛皮，都是山东、河北两地的特产。他上船来到正在甲板上转悠的辛格船长面前，什么也没说，先把那些石头雕像拿了出来。辛格船长一眼认出了自己的雕像，抱在怀里端详着，看看他的手，疑惑地问："你？你的手艺？"好像不相信他那双黝黑粗糙的水手的手会有如此神奇的功能，又看看别的雕像，不禁惊叫起来。那些精致的石雕惟妙惟肖，出神入化，船长一个个辨认着，都认出来了。他喊来其他船员认领自己的雕像，所有人都毫无意外地把手伸向了自己。辛格船长爱不释手地抚摸着自己的雕像问："多少钱？"王济良说："大人，为什么问钱？"船长诧异道："为什么不能问钱？"王济良说："俺不是来做买卖的。你救了俺的命，还给俺吃喝给俺工钱，俺不知道怎么报答，造几个人头像算什么？再说俺还想去德国，还想在大人手下做水手。"船长说："那就来吧，我们没有理由不欢迎你。"

又是一次远行德国。三个多月后，王济良再次出现在威廉港。他在港口偷偷上岸，生怕走错路，不嫌麻烦地重复了一遍上一次的路线：先坐长途公共汽车来到不来梅市，远远望见"皇族"大楼后，便朝海的方向走去，两天后到达海边，然后往北，又走了不到两天,就看到那个日思夜想的小镇梦一般地出现在眼前。这一次他不是跑过小镇,而是走过小镇,边走边张望,默默地想用眼睛给自己惊喜,突然又忍不住了,急切地向人打听起来:那个年轻漂亮的、有一个孩儿的、哥哥亨利希是军人的吉娜在哪里?有人喊:"吉娜,吉娜,有人找你。"临街的一扇窗户"哗啦"一声打开了:"谁找我?"

36

王济良失望得一屁股坐在了地上。从窗口探出头来的女人是年轻漂亮,其他条件说不定也完全吻合,但她是另一个吉娜,不是他的那个。又是一场竹篮打水,无法言说的挫败感就像闷棍的袭击,让他一下子虚脱了,半晌没有起来。人们问他是不是生病了。他只摇头不回答,似乎连说话的精神都没了。直到越来越多的人走过来问这问那,他才警觉地站起来离开了小镇。

王济良拖着疲惫的身子走走停停,第二天来到了不来梅港,在港口风餐露宿等了一个星期,才等到又来办理远洋手续的"泰晤士"号。上船后不久他就病倒了,上吐下泻,浑身冒汗,忽冷忽热,瘫软无力。有人说是疟疾,会传染的,所有人都得完蛋。船已经开始航行,只能扔到海里。辛格船长几次想扔,又几次看着王济良送给自己的雕像,没有扔,心说:愿上帝保佑。他把王济良隔离在了很少有人去的装货物的底舱,每天派人用毛巾蒙了鼻嘴送去吃喝。半个月后,王济良奇迹般地有了好转。看到他走出底舱出来呼吸新鲜空气,辛格船长比他本人还要庆幸地说:"好在没扔。"

"泰晤士"号一时半会儿没有找到送往中国的货源,又开始了近海运输,主要往来于英国、法国和西班牙之间。王济良既不能回中国,又不能去德国继续寻找吉娜,就待在船上做一个勤勤恳恳的水手。直到一年以后,"泰晤士"号再次得到从圣彼得港运货到中国的机会,他才带着一颗冰冷的心,踏上了更加冰冷的青岛口岸。

王济良先去看了儿子。是晚上,他没进屋,就在砖房门外把儿子喊了出来。跟儿子一起出来的还有张起,张起问道:"你找到吉娜了?"王济良的回应则是:"俺孩儿怎么一点儿也没长啊?"其实他是窃喜的:儿子高了也胖了。张起说:"俺也觉得,他怎么不像庄稼一样给点儿水肥就疯长呢?是种子不好吧?力气可是长了不少,都能提动一桶水了。""你就让俺孩儿天天给你提水?""哪能呢,就是俺舍得,俺媳妇儿也舍不得。他是在学堂里栽树,女先生让他浇水,他提着铁桶走来走去。俺都看见了。"王济良拉过儿子来,抚摸着他的头,心说:这个哑巴,说要让儿子念书,就真的念上了。幸亏她跟了张起,张起听她的,跟着俺可不行,她说西俺偏向东。又问道:"你进了哪个学堂,念的什么书?"儿子说:"胶澳童子学堂,念的是《三字经》和英文。""英文?你会说英文?说几句给俺听听。"儿子说了,"父亲""母亲""晚上好""再见"之类的。王济良发现儿子的舌头已经不大了,也不结巴了,高兴得掐掐嫩生生的脸蛋说:"你以后就可以像俺一样去外国船上当水手了。"张起说:"这孩儿怎么还要当水手?念书就是为了不靠力气吃饭嘛!"王济良冷笑一声说:"把你能的,有那样的好事?俺的儿俺说了算。"心里却暗暗叫好,人活一世,谁愿意做卖力气的下等人呢?王济良离开时留下了一些钱,不多,只为了显示自己的存在,尤其是在儿子面前:瞧瞧,我拿钱来了。顺便也慰藉一下自己的良心。他说:"俺的儿还是要俺来养。"好像这点儿钱足够养儿用的。张起也不计较,大度地说:"当然,你的儿是你在养,容易得很,一眨眼就大了,像海里的鱼。"

之后他又去找栗子:"俺没地方去,只能跟你住了。"栗子住的是执法队的房子,几个人伙在一起,无非是再用几块木板拼凑一张床而已,听他说说海上和国外的经历,一屋子没出过国的人也觉得新奇,长了不少见识。睡觉前栗子说:"听说了没?美国人在华什么顿召集世界各国开会,要求日本人把青岛还给中国。""没。""高兴不高兴?"王济良说:"高兴什么,跟俺有什么关系?俺还是俺,什么也没有,除非美国人去德国帮俺找到吉娜。""你这是什么话,可不敢去街上说。这些日子青岛的学生在游行,要求北洋政府立即收回青岛,人家会把你当成卖国贼的。""胡扯,国家又不是俺的,俺卖给谁?"栗子带着鄙视的笑容乜斜着他:"你还走南闯北呢,怎么连俺都不如?俺给学生捐钱都捐好几回了。""你挣了好多钱吧?都舍得散人了。""哪里是挣的,偷了东西换的。现在是最好的机会,日本人明显是秋后的蚂蚱,顾得了东顾不了西。俺们就专偷日本船,执法队的中国人个个都会里应外合。你也来偷吧,我保证你万无一失。"

王济良不想再跟"泰晤士"号去海上漂荡,想去石艺行继续做一个从事雕刻的石匠,去了才知道兴亚株式会社早就不存在了,石艺行被一个叫老司的德国侨民接手,变成了一家生意兴隆的西式糕点房。他无事可干,在大街上晃了几天,经不住栗子的再三撺掇,便也跟着偷起来,偷了几次就发现,靠偷发财真是太容易了。在货船上和仓库里守夜的执法队谨防的不是贼,而是货物的主人。守护者栗子们和偷窃者王济良们彼此都是视而不见的。偷出来的有面粉、大米、砂糖、奶酪、奶油、香烟、洋布,甚至有一次王济良竟抱出一箱黑乎乎的大烟膏来。因为没有地方藏匿,赃物必须当夜换成钱,所以很便宜,市价十个现大洋的,只给两三个。有一次王济良把一罐果酱拿给儿子吃,被张起扔了出来。张起拉他离开家门口,走出去老远才说:"俺知道这东西是哪儿来的,你不要命了?日本人的东西是好偷的?你以为人家没看见?让俺给你儿怎么说?说赶紧吃,吃了不要给人讲,是你爹偷来的?"王济良红了脸,回到砖房门口捡起果酱扔到了海里,说:"你给俺儿什么也别说,就当这一趟俺没来。"

张起说得不错,日本人不是不知道,只是不想自己动手。偷也是反抗侵略的一种方式，他们不想在这种因为霸占青岛而受到国际舆论谴责的时候，再制造一起镇压反抗者的事件。贼只能让中国人自己去抓。1922年12月10日，青岛回归中国。与此同时，北洋政府派来接管青岛的胶澳商埠督办下令逮捕在港口肆行盗窃的犯罪分子，因为在回归谈判中，日本代表提出，如果中国政府不能立刻严惩专偷日本货轮的"码头贼"并赔偿损失，日本守备军将考虑无限期推迟撤离青岛。逮捕机密而迅速，包括栗子和王济良在内的所有人无一漏网。名单是日本人提供的，他们安插了卧底，早就张网以待了。拷打是必然的，又扯出一些转移和买卖赃物的人。王济良懊悔不已：俺怎么变成一个贼了？万一以后放出去，找到了吉娜，俺怎么给她说？俺在她眼里可是天底下没有几个的艺术家。艺术家靠偷吃饭，哪里还有脸见她？不如死了算了。何况还有儿子王实诚，张起一定会幸灾乐祸地告诉儿子和哑巴：王济良因盗窃入狱，恐怕出不来了，出来也难做人。他越想越觉得无地自容，冲着狱卒喊起来："处死俺吧，赶快处死俺。你们要是手下留情，俺就自杀。"一连喊了两天，张起出现了。

隔着欧人监狱探视室的铁栅栏，王济良说："你是来送俺走的吧？"张起说："不是送你走，是要带你走。俺给亚瑟船长说了你的事，亚瑟船长愿意出面担保你。"原来"苏格兰"号上的中餐厨师喝醉酒说漏了嘴，并拿出吉娜送给王济良的项链向人炫耀，大家才明白当初王济良是冤枉的。赶走中餐厨师后，亚瑟船长特意告诉张起，他欠王济良的，如果能见到王济良，请转达他的歉意，并随时欢迎王济良再来"苏格兰"号。张起不想丢下哑巴媳妇儿,第二次去欧洲回来后就告别"苏格兰"号,去一家国人开办的铁工厂干活儿,觉得亚瑟船长已经远离自己的生活,没必要扯起往事,就一直没对王济良说。这次听说王济良入狱后,他一直在码头上转悠,一见"苏格兰"号来港,就急切地跳了上去。亚瑟船长问:"难道这次也是冤枉?"张起解释说,这次不是冤枉,是真偷,不过不是为了财富,是为了赶走日本人,日本人太坏了。"请大人想想,我们无权无势、无枪无炮,受日本人欺负怎么办?除了用偷拿泄恨,还能有什么办法?"亚瑟船长说:"好吧,那我就去试试,看能不能保出这个爱国者。"张起赶紧跪下磕头:"大人,救王济良一命吧,还有栗子,俺跟王济良的好朋友。"

胶澳商埠的督办对洋人一向恭敬,很给亚瑟船长面子,明里说是拉王济良和栗子出去枪毙,半路上却放了。按照张起的主意,王济良去自己住过的执法队的房子找来遗弃在那里的雕刻工具,又去海边的礁岩上取下一块石料,精心打造了一尊亚瑟船长的半身像,前往码头当面感谢亚瑟船长。又听说"苏格兰"号这一趟要去德国的库克斯港,便又有了寻找吉娜的念头,请求亚瑟船长允许他再回"苏格兰"号做水手。亚瑟船长也像辛格船长一样,惊讶于他的雕刻手艺,把雕像摆到桌子上,前后左右看着说:"这应该不是你的请求,而是我的请求,来到船上就不能是水手了。"王济良沮丧地问:"那是什么?俺连水手都做不成了吗?"亚瑟船长"嘿嘿嘿"地笑起来。

37

"苏格兰"号的目的地虽然是德国的库克斯港,但还要在途中别的港口装卸货物,总是走走停停。在越南归仁港停靠时,亚瑟船长带着王济良上岸,对附近的山粗略考察了一番后,雇人采来了一大堆石头。船长说:"这就是你的工作,我希望等我们到达德国时,堆积在我们面前的不再是石头。"他要求王济良按照欧洲最美丽的女性和最英俊的男性,雕刻裸体的女神像和男神像,女神的下体应该用一朵花或树叶遮住,男神则需要完全暴露生殖器,连阴毛和睾丸上的褶子都不能少。王济良说:"遵命,大人,俺会尽力的,放一万个心。"整整四个月,每天每天,王济良都在干这一件事。亚瑟船长不时地出现在他的工作现场——一间单独的卧舱,仔细对比旧作品和新完成的作品,啧啧称奇:"简直就是一个模子里倒出来的,而且很美,太美了。"亚瑟船长不知道,所有的女神都是吉娜的翻版,所有的男神都是王济良自己的身材加上他想象中的一副俊美面孔。王济良兴趣盎然,不知疲倦地干着,几乎忘了时间。一天,二副来到他的卧舱,欣赏着他的雕塑,无意中又说:"真想得到一尊女神像,送给库克斯教堂的吉娜修女。"蹲在地上的王济良倏地仰起了头。

王济良完全没料到,这次来寻找吉娜,还在船上就已经有了消息。二副是一年前来到"苏格兰"号的德国人,不像别的人跟王济良早就认识,对王济良的追问有些莫名其妙。王济良便把自己跟吉娜的事简单说了。二副说:"吉娜修女是很漂亮,有没有一个孩子我得想想,她不是从小在修道院长大,应该是有的,至于在军队中服役的哥哥嘛,好像也有,叫亨利希,或者叫利亨希、希利亨、亨利。"王济良呆愣着,突然拿起一尊女神像,塞到二副手里说:"送给你了,亚瑟船长不会知道的。"

就从这天开始,他眼巴巴地期待着:怎么还不到岸呢?到了,到了,晚上就到了,但不是库克斯港,而是法国的瑟堡港。他跑去向二副打听,从瑟堡到库克斯还有多远。不远了,不远了。但是,"苏格兰"号又要在荷兰的鹿特丹港停留,而且一停就是一个星期。一个星期里他不小心凿坏了三尊即将完成的神像。亚瑟船长看了废品,心疼地说:"可惜了,可惜了,怎么搞的?"王济良说他已经知道吉娜在哪里了,一到库克斯就上岸去找。说着话,又凿坏了一尊毛坯像。亚瑟船长看他如此心神不定,就说:"心已经飞走了,你留下来还有什么用?开船吧,荷兰的货我们不等了。""苏格兰"号提前一个星期从鹿特丹港出发,向北疾驰,两天后到达库克斯港。

黄昏,弥漫在海洋深处的霞色格外灿烂,海鸥欢快地飞翔着,叫声如歌。还有一些鸟王济良不认识,但都被他看成是吉祥鸟。五色斑斓的鸟,你就像俺的心情、俺的思念,你是吉娜派来等候俺的吗？为什么在头顶盘旋不去？海在燃烧，波浪如同飞扬的火苗，烧到深海里去了。亚瑟船长说："天就要黑了，明天再走吧？"王济良弯腰致谢："大人，不能再等了，如果一个人睡不着觉，过夜和不过夜又有什么区别呢？"他已经向二副打听好了路，此去不远，走三个小时就到库克斯教堂了。他已是迫不及待，觉得多待一秒钟都是多余的。"那就随你的便了。"船长望着一卧舱的女神和男神雕塑又说，"你不觉得你不应该就这样离开吗？""大人，俺不觉得。""可我还没给你工钱呢！""俺在船上白吃白喝，怎么还能向大人要工钱？"船长说："连水手都有工钱，况且是你呢！"说着从口袋拿出一卷钱塞到他手里，"这些雕塑我将运回英国，给每一尊配上精致的包装，然后变成钱。我可能要发财了。你的那一份我给你留着。"又大致说了"苏格兰"号的行程，在什么时候、什么地方能找到它，等等。王济良"嗯嗯啊啊"地答应着，又跪下磕了头，拿着行李匆匆离去。

库克斯港是个自由港，随便进出。王济良又向路人问起库克斯教堂，人人都知道。他有些激动，大步流星地沿路走去。午夜时分，万籁俱寂。他站到黑森森的教堂前，仰望高耸在夜空里的十字架，默默地流下了泪。他心情急切，却还是忍着没有敲门，坐在教堂门前的石阶上等待天亮，心说：吉娜怎么就做了修女呢？一定是因为他的离开让她难过，也让她失望至极，再也不想找别的男人，只有来到教堂做修女，好比一个中国女人在爱情的希望毁灭之后会去庙里当尼姑。他喃喃地说："上帝你听着，只要你把吉娜还给俺,俺就信你,天天给你烧香磕头,还要向你忏悔。"秋天了,风冷飕飕地吹,就像海水一浪一浪地拍打。他身子有点儿晃,觉得前后都是凉的,便靠到行李上,双手紧紧抱在胸前,用默念"吉娜"的办法给自己取暖。月亮在云里行走,忽圆忽扁,突然不见了,怎么等也等不来了。夜空是阴沉的,是不是要下雨呢?他想着,睡着了。

一阵敲打石头的声音惊醒了他。他睁开眼,看到了亮透的天和巍峨的教堂。教堂右侧码着一些形状统一的石头,石头后面一座建筑正在隆起。有人已经开始干活儿,敲打声越来越频繁。王济良站起来,想去工地看看,就听"呼啦啦"一声,沉重的教堂门打开了。有个一身黑袍的嬷嬷走出来,看了看天色,立刻又进去了。接着十多个修女鱼贯而出。王济良一眼不眨地盯着她们,试图认出吉娜。嬷嬷走过来严厉地说:"今天不做弥撒,你走吧,不要盯着看。"王济良赶紧说:"俺是来找吉娜的,吉娜在哪里?""吉娜?你是谁,找她干什么?""俺是……"他不知道该怎么说,"你就告诉俺她在哪里。"嬷嬷上下打量着他:"你是东方人?""俺从中国来。""中国也有信仰天主的?""有的。俺要见吉娜。""吉娜不在。""什么时候回来?""也许半年,也许一年。""这么长时间?她在哪里,俺去找她。""你找不到她,巡回布道的时间和路线由吉娜自己决定,而她又是个随心所欲的人,也许在汉堡,也许在莱比锡,也许在慕尼黑。"王济良失望得半晌说不出话来。

敲打石头的声音更加急骤了，似乎是一种召唤，王济良不由得朝工地望去：显然正在修建的是教堂的一部分，规模还不小，至少有五十个人在那里忙活。他朝那里走去，事情就在他迈开步子的瞬间决定了：他要留下来，一定要留下来。他打听到工地上的监工，说自己是个石匠，不嫌弃任何工作，对工钱要求也不高，只要有吃有住就可以。监工说："我们不缺人手。就算缺，也不会把工作机会提供给犹太人和外国人。你滚吧！""也许你想看看俺的手艺。""你有什么手艺？我说了滚。"王济良不甘心，搬来一块废弃的石头，拿出自己的雕刻工具，不到一个小时便打造出一尊六翼天使来。当他再次出现在监工面前时，监工没有话说了。库克斯教堂一向由修女主持，前来祷告的主要是女性教徒，有时也会接纳男性教徒，却常常有醉汉调戏女教徒的事发生。新建一座教堂，一是为了扩大教堂的容量，二是为了把男性教徒分离出去。新教堂的内外装饰当然应该超过老教堂，但石匠不少，精于雕刻的却没有几个。监工说："你还会雕刻什么？"王济良说："教堂需要的一切。"

就这样，王济良成了库克斯教堂工地的一员。他雕刻的主要是从创世纪开始到耶稣蒙难再到保罗和彼得殉教的神迹和圣行，教堂方面重视他的作品，付给了他高出普通德国工匠一倍的工钱，却对他这个人十分歧视，让他住在马棚里，只提供最粗糙的食物：盐水煮豌豆。如果他想让自己吃得跟建筑工地上别的工人一样，有面包和甜菜汤，就得自己掏钱，而且昂贵得惊人，够吃一顿的面包，能花掉一天的工钱。从教堂挣来的钱，又以最快的速度还给了教堂。好在王济良不在乎待遇，他心里装着吉娜，能抵消一切不如意。他一天天地算日子：还有七个月，还有半年，还有三个月零三天。

吉娜回来的日子比预期的一年晚了半个月。那天，王济良正在盘算，眼看又要到冬天了，要不要买件大衣？库克斯的冬天实在太冷太冷。监工来找他，说："吉娜修女回来了，请你去一趟，就在教堂的门厅里。"他愣在那里，看了看自己：俺就这个样子去见吉娜？又是掸土，又是搓手，又是用袖子揩脸，觉得怎么揩都揩不净，就用和泥的水彻底洗了一遍。最后使劲儿摁住胸口——心"咚咚"的，就要从嗓子眼儿里跳出来了。

38

阳光从门厅的彩色玻璃中透进来，斑斑驳驳洒了一地。地面上，大小不一、形状各异的木板随意铺排着，让无规则变成了最美的规则。王济良小心翼翼地走进去，看到靠着十二门徒像的地方，三个修女正在说话，都是中年人，其中一个极胖的人声音激昂地指责着什么："为什么不能给他们剃成光头？今天就剃，马上就剃。"一个嬷嬷跪在地上擦地板，看到王济良走过，嫌弃地擦掉了他的脚印。吉娜呢？怎么还没来？他站在门前等着。那个极胖的修女朝他这边走来,又忽地移动沉重的身体拐向一边,走到大堂里面去了。嬷嬷朝前擦去,也很快擦进了大堂。一会儿,嬷嬷提着水桶走来,对王济良说:"你走吧,吉娜修女说她不认识你。""怎么可能呢?俺跟她……"差点儿说出俺跟她都生过孩儿了。"她刚才见了你,你刚才也见了她,你们互相都不认识,我亲眼看到了。"王济良"哦"了一声:"你是说吉娜……""她朝你走去,看你毫无反应,就离开了。""她不是,不是吉娜。""对,我们这里的吉娜不是你要找的吉娜。"他张口结舌,只觉得脑子里一片空白,连唉声叹气都没有了。想想那个刚才朝他走来的修女,那么粗的腰,那么肥大的屁股,那么矮的身段,就像一堵圮毁后依然厚重的石头墙,居然也叫吉娜?"苏格兰"号的二副欺骗了他,或者一个在寂寞的航行中荒凉已久的男人衡量漂亮的标准本来就是很低很低的,又或者是自己出了问题:过于急切而忽略了详细打问,有一点点类同便笃定就是。他走出教堂,一脸呆怔地没看清前面,脚下一虚,摔倒在地,从石阶上滚了下去。

让王济良更加意外的是,这个吉娜的归来,带给他的还不仅仅是失望,更是恐怖。当天晚上,监工就来到马棚里对王济良说:"吉娜修女带来了外界的消息,纳粹党已经宣布,一切非日耳曼人的犹太人和外国人都不可以成为德国公民,更不能通过合法与非法的手段抢夺德国人的面包和一切饮食。冲锋队员已经走向街头,随时准备让犹太人的血从刀剑的血槽里喷出来。吉娜修女还说,柏林已经开始了,库克斯还等什么?看在你给教堂雕刻了那么多精致的圣像圣迹的分儿上,我来告诉你。你赶快走吧,现在就走,万一剃成光头,你就走不了啦!明天的工地上,日耳曼人将清除所有的犹太人和外族人,也包括你这个中国人。"王济良没有走,他不相信自己辛辛苦苦干了一年的教堂工地会对他怎么样,虽说这个吉娜不是自己苦苦等待的吉娜,但她毕竟是菩萨一样的修女,能杀人还是能放火?他躺倒就睡,一觉醒来后,和往常一样走向了工地,就见还没有封顶的墙上吊着一个剃成光头的人,吉娜修女正站在新砌成的石阶上说话:"该是让犹大的出卖付出代价的时候了,柏林正在用犹太人的血祭祀上帝,真正的日耳曼人都应该用行动来显示自己是上帝最优秀的选民。"她一晃眼看到了王济良,声嘶力竭地喊起来:"把这个人抓起来,抓起来!"王济良转身就跑。

也不知是追撵他的监工有意放人,还是他真的快如脱兔,当他累得一头栽倒在地时,发现开阔的原野上只有他一个人。他在一片枯草丛里喘够了气,爬起来朝库克斯港的方向走去。和一年前相比,库克斯港明显萧条了不少,装货卸货的没几条船,好几艘货轮似乎已经封船,许久不动了。邮轮更少,基本没有上下的旅客,好像还不如青岛港了。王济良不知道这是因为德国纳粹党崛起,激烈的种族歧视迫使犹太人和外国人的财富迅速转移,德国经济正在急速衰退。他在码头上四处转悠,巴巴地望着海,一有新船靠岸就跑过去打听有没有"苏格兰"号的消息。他想起亚瑟船长告诉过他"苏格兰"号的行程,他当时虽然答应着,却没有往脑子里记。现在想来，亚瑟船长是多么有远见，料定他的寻找必定失败，会再次登上"苏格兰"号返回中国，而他是多么愚蠢，当时竟以为吉娜就在不远的地方等着他。

纳粹的种族排异情绪还没有蔓延到库克斯港，王济良用不着东躲西藏。但他一无所有，又找不到活儿，只能靠讨要度日，有时在码头上，有时去周边的渔村里。干净和脏腻分不清楚，温饱和饥寒没有界限，能活着就不错了，哪里还能顾得上这些？熬过了漫长的冬天，春天来临时，他看到了"泰晤士"号的影子。辛格船长吃惊地说："你又来了？什么时候来的？看来还是没有找到那个迷人的吉娜，我都想见见她了。""泰晤士"号不去中国，只能带着王济良去其他港口寻找"苏格兰"号或别的驶往中国的船。他们先到了不来梅港，又到了威廉港，最后在瑟堡港遇到一艘终点是中国上海的游轮。游轮不需要水手，只需要装满旅客。王济良雕刻了一尊弥勒佛的石像，试图翻版他在"苏格兰"号和"泰晤士"号上的经历，结果被检票的华人奚落了一通："上船就得买票，你想用满地的石头当钞票啊？"辛格船长知道后说："把雕像给我留下，我来给你买票。"又给了他一些路上吃喝的费用。王济良上了船，三个月以后到达上海，又在码头上干装卸挣够了路费后，才登上一艘邮轮回到青岛。

王济良去团岛砖房看望儿子王实诚的这天，正好是青岛各个学校联合游行的日子，抗议政府纵容日本人，欺压本国同胞。事情的由来是,铁工厂从日本进口了两台制针机器,又从日本高价聘请了一名制造针模的技师。技师对针模技术绝对保密,由厂里提供别墅式独楼,他在里面完成制造后送到厂里。除了帮他看门和打杂的用人,不许任何人进入他的住所。半年后,日本技师因公然猥亵女工被一个工人揍了几拳,技师提出惩罚工人并增加工资,否则他就辞职不干。厂方不受要挟,首先辞退了他。接着就有日本浪人来到工厂,打砸机器,并扬言要刺杀厂主,理由是工厂偷窃了制模技术,不遵守合约一脚踢开了日本技师。同时日本浪人又到北洋政府辖下的胶澳商埠递交信函,要求商埠当局严惩伤害了日本技师的厂主和工人。当局不敢做主,紧急请示北洋政府。北洋政府为维持国内持续不断的动荡局面,正在跟日本政府商谈进口军火事宜,饬令不得违碍日本人的任何要求。警察局立刻逮捕了厂主和揍人的工人,引起工人不满,向社会散发传单,继而引发了青岛学生的游行抗议。

王济良在团岛砖房没见到儿子,也没见到张起,只有哑巴从门内出来,惊讶地望着他。他不知说什么,有心留下几个钱,算是自己对儿子的牵挂,无奈囊中羞涩,只能摆摆手,赶紧离开。他来到街上观看学生游行,突然被人从背后一把揪住了,紧回头,一看是张起。张起问:"什么时候回来的?"王济良说:"满大街都是看热闹的人,都不干营生了,钱谁挣?""哪里是看热闹,是扎堆抗议。中国人都在抗议外国人的欺负,你倒好,就为了一个外国娘们儿,把什么都搭进去了。还是没找到吧?你别忘了,吉娜是个欺压过咱中国人的德国人。"王济良说:"德国人跟德国人不一样,吉娜欺压过谁?""反正也是侵略者,好不到哪里去。""错了,有欺负人的侵略者,也有不欺负人的侵略者。你看咱青岛,好东西都是侵略者留下的。过去的朝廷,现在的军阀,哪个管过小老百姓的死活?还不如让人家侵略,好歹有活干,俺还额外得了个吉娜。""你就贱吧,连脊梁骨都是软的。饿死事小,守节事大,你爹没给你说过?还是个中国人?你就欠外国人把你杀了。"张起说着一拳打在他胸脯上,"不要说学生,俺都想揍你。俺问你,你的吉娜在哪里,是不是人家把你耍了?早点儿清醒吧,明明都睡过觉了,她为什么不来中国找你?还有那个亨利希,她的哥哥,把俺们搞到德国,白苦了五年,工钱呢?一分没给,驴日的,真他妈不是人养的。""除了吉娜,俺不管别的,俺这辈子就为她活着。"张起恶狠狠地说:"吉娜死了,早死了。""你别咒,你咒她俺就咒你。俺总会找到她的。""你还要去德国?""反正俺没说不去。""越说俺越瞧不起你了,你看看你身边的这些人,人家是中国人,你也是中国人。"张起边说边走。王济良一把拉住:"你能不能停下跟俺说话?""俺停下就看不到你的儿子了。你当俺是来干什么的?俺是来保护他的,万一遇到日本浪人和胶澳商埠的军警呢?"王济良急切地问:"俺儿呢,俺儿呢?"张起指着游行队伍骄傲地说:"看。"王济良盯着儿子王实诚,随着人流朝胶澳商埠楼走去。

39

　　王实诚已经是一个英俊少年了，从游行队伍里走出来时，身后还跟着一个外国女孩儿。他冲王济良客套地笑笑，对张起说："你又来了？"女孩个子比他高，很漂亮，带着灿烂的笑容。显然张起此前也见过，问女孩儿："玛丽娅，你感冒好了？"玛丽娅点点头。王济良没话找话地说："俺儿突然蹿起来了，个子这么高？"看儿子没反应，又问，"学堂里中国学生多还是外国学生多？"王实诚说："俺不知道。"玛丽娅说："有时中国学生多，有时外国学生多。"竟是一口地道的青岛话。王济良有些奇怪："你好像是在青岛长大的？"玛丽娅说："是啊！""哪国人？""德国人。""德国人？是当年留下的，还是后来又来的？""不知道，我没听妈妈说过。"王实诚似乎不喜欢王济良跟自己的同学说话，做出要走的样子说："爹，你回去吧，没事。"王济良夸张地瞪起眼睛说："你叫他爹？他不是你爹。"张起得意地说："俺对他也说了，俺不是你爹，你爹叫王济良，可他就认俺，俺也没办法。"王实诚说："爹，俺走了。"张起说："走吧走吧，你们直接回学堂，天黑以后不要出大门，早点儿就寝。"王济良说："睡觉就睡觉呗，还'就寝'呢！"张起说："学堂里就是这么说的。"王实诚礼貌地望了一眼王济良。玛丽娅道了声"再见"。两个人走了。

王济良说:"咋?你把俺儿丢给学堂不管了?"张起说:"人家是住校,上学堂的孩儿都住校。""还有这样的?""也不是白住,要交三费,学费、伙食费、住宿费。""那得好多钱吧?""好多。"王济良再也不吭声了,一提钱他就服软,也对张起恭敬了不少。不管张起在铁工厂的工作有多累,钱有多难挣,他都一直在满足哑巴媳妇儿的愿望:让孩儿上学,而且上的是有外国学生的学堂。这样的学堂一定是好学堂,自然花钱不少。

王济良又问起栗子。张起说:"他早就离开码头,在洋车行里拉洋车,好歹能养活自己。前天还来过俺家,买了些大葱,要哑巴给他烙煎饼吃。栗子挺仗义,俺家的事,他没少管。你呢,回来了,打算怎么办?俺给你养儿,你不打算请俺吃顿饭?"王济良说:"以后俺会请的。"张起冷笑一声,他知道王济良不是个小气的人,他要是推辞,就证明身上分文没有。张起摸出三个现大洋来:"拿着。""不要你的,俺有钱。""你有个屁。听俺的,安定下来过日子,不要再为吉娜东跑西颠儿了,一去就是几年,你儿子都不认识你了。你要是安定下来,你儿子就归你,俺可不贪这个大便宜。"

王济良回到青岛后的当务之急是找一个住处,再找一份工作养活自己,但这两件事对他来说都很难。胶澳商埠是奉系军阀张宗昌的地盘,政府忙于苛捐杂税的榨取,以维持因军阀对峙而不断增加的军费开支,其他任何事都不做,商业和工业一片萧条。没有人投资盖房，找不到建筑工地，他只能在码头和一些日资工厂觅活路。但在这些地方，死路比活路更多，到处都是等待招工的人，远远超过了工厂的需要量。好在是夏天，好在他有一身不怕蚊虫叮咬的黑黝黝的皮肤，公园的长椅、干燥的礁岬、柔软的草地，都成了他休息睡觉的地方。流浪了半个月，吃光了张起给他的三个现大洋，实在没地方可去了，只好再次来到船上。这是一艘葡萄牙货轮，急需一名会说英语的中国水手，中国水手廉价，要求会说英语是因为货轮常去印度的孟买卸货装货，需要跟印度人打交道。王济良成了不二之选。

王济良在葡萄牙货轮上一干就是好几年，挣的工钱仅够自己吃喝，所以也就没脸上岸去看看儿子，只知道北洋政府已经变成了国民政府（1927年4月，国民政府在南京成立），旨在消灭奉、鲁军阀的第二次北伐开始，奉、鲁军阀邀请日本陆军第六师团五千人登陆青岛。因此直到1929年3月，青岛还被日本人占领着，成了国民政府夺取的最后一座城市。这一年，张起被日本人打死。铁工厂曾派张起给日本针模技师当用人。日本陆军第六师团登陆青岛后，被厂里辞退的日本技师依仗军方势力，再提往事，一口咬定充当用人的张起偷走了制造针模的技术，理由是铁工厂在辞退他后，生产出的兽王牌寸半针、一枝花牌寸针和兰草牌特大针跟他在厂时的产品一模一样，而张起作为厂里的一名普通铁匠，拿的却是技术人员的工钱。此外，张起还有严重的反日言行。这时，日军正在跟国民政府举行撤军谈判，就把要求铁工厂赔偿损失并惩罚张起当作了条件之一。国民政府居然同意了,而且毫不犹豫。在抓捕张起,并把他交给日本人时,抓他的人告诉他:"这也是为了国家,你好自为之吧!想办法活着,将来会有申冤的机会。"但张起有什么办法呢?不管他承认不承认,结果都是死。日本人把他交给了浪人团。青岛的浪人团基本是把犯罪当职业的,他们用铁棒敲碎了张起的踝骨,打断了他的腰,打折了他的肋骨,最后又把他交给了一个中国人。那个中国人打破了他的脑袋,打得脑浆飞溅。

张起死后,栗子开始照顾哑巴和王实诚,但他一个车夫,挣不到更多的钱养活三口人,更别说让王实诚继续上学了。就在王实诚因交不起学费要离开胶澳童子学堂时,他的同学玛丽娅做了一件她这个年龄的孩子一般做不到的事:从书包里拿出钱来替王实诚交了学费。她说她跟王实诚是朋友,不想看到他离开自己。王实诚留下了。一年后,两个人从胶澳童子学堂毕业,又一起进入了市立中学。这是一所走读学校,离团岛较远,不方便每天回家,而玛丽娅的家离学校却很近,只有二十分钟的路。很自然地,王实诚就住在了玛丽娅家里。哑巴开始不愿意,栗子劝道:"学费人家掏了,现在又管吃管住,俺们遇到活菩萨了,怎么还能拦住孩儿不让去?再说这也是命里的事,王济良的孩儿跟王济良一样,恁是跟外国女人有缘分。"哑巴也是无奈,谁让自己命苦如此呢?好不容易遇到一个待她好的男人,却被人活活打死了。现在她靠栗子生活,家里的事就该由他说了算。再说儿子也愿意跟玛丽娅在一起,而且渐渐胖起来,显然在她家吃的比自家好,哑巴也就听之任之了。

而就在这个时候，王济良又开始了第四次去德国寻找吉娜的旅程。他在孟买港意外地见到了"苏格兰"号，又意外地听亚瑟船长说，这次抵达的目的地是波罗的海的吕根岛，那儿是德国的北部边界，运送的货物是印度产的棉花、蔗糖和皮革，回程的货物是木材。"你的吉娜还没找到？上次在船上你雕刻的女神和男神让我赚了一大笔钱，你的那一份我一直给你留着。来我们船上继续干吧！"王济良对这笔额外的收入毫无兴趣，问道："大人，你是说德国的木材？德国海边的木材？是什么木材？""松木和柏木吧？"他心说：俺和吉娜的"万年炮台"那里就有一片片茂密的松树和柏树。

王济良去了，匆忙中都忘了跟葡萄牙货轮的船长结算最后一个月的工钱。航行持续了三个月。三个月中，他一直在用从印度搬上船的花岗岩雕刻石像，不光是女神和男神，还有鹰、犀牛和人。亚瑟船长给他看了一张从画报上剪下来的照片：一个鼻子下面有一撮胡子的人。"他叫希特勒，你把他雕刻出来，我要卖给德国人，德国人现在狂热地崇拜这个人。"第一尊希特勒的石像很快打造出来了，亚瑟船长惊叫起来："你见过希特勒？怎么这么像啊！"王济良也很吃惊："像吗？"他恍惚觉得自己是见过的，亨利希不就是这副模样吗？不过亨利希是坏人，坏人是不会受到崇拜的。他不记得自己打造了多少希特勒的石像，反正把搬上船的石头都用完了。亚瑟船长很满意，王济良也觉得对得起对方给他的"那一份"了，尽管"那一份"并不是这次雕刻的交易所得。雕刻结束不久，航行就结束了。"苏格兰号"从茫茫公海直驶德国。王济良突然意识到，为了让他多打造石像，亚瑟船长故意延迟了靠岸的时间。很快，他就看到了一望无际的德国北部海岸线和吕根岛，而且是绿色的，是森林镶边的山脉的陆岸。当年的炮台是在森林和山脉中建起来的，有森林和山脉就有希望找到炮台，找到炮台就有希望找到吉娜。这个逻辑再一次支配了他的行动。卸货的时候，他向当地的德国人打听吉娜，也打听炮台以及亨利希。虽然回答不能让他满意，但他仍然坚信：炮台就在这些森林里。他向亚瑟船长请假，朝陆地深处走了几公里，见人就问，立刻引起了人们的注意，有个长脸人主动向他打招呼，问他为什么打听炮台。他毫无保留地说起了当年。对方说："看来这是个很少有人知道的秘密，我们一起找吧！"

这天傍晚，王济良回到海边临时修出来的天然码头上，发现几个人神情诡秘地从"苏格兰"号上下来，每人扛着一些用稻草包裹的东西，看上去很沉。亚瑟船长在后面送行。王济良问道："大人，货不是已经卸完了吗？""这才是真正的货，还有一批，明天卸完。你知道是什么？"王济良摇头。亚瑟船长神秘地在他耳畔说："枪。这些人是打希特勒的。"怎么回事啊？王济良糊涂了。直到后来，王济良得到第二笔雕刻石像的报酬后才明白：亚瑟船长原来是这样一个人——一方面利用德国人对希特勒的崇拜，出售希特勒雕像；一方面又给希特勒的敌人运送军火和其他物资，都赚了钱，而且扬扬得意。

第二天,最后一批货卸完。带人来取货的头王济良认识,就是昨天见过的长脸人。他们彼此打着招呼。长脸人突然走近他,小声说:"炮台找到了,跟我们走吧,千万保密,不要告诉任何人。"王济良激动得浑身一抖:"真的?好,好,现在就跟你走。"

40

王济良跟着长脸人走到天黑,走进了森林。突然,那些人停下了,从稻草的包裹里拿出了枪,有步枪,也有卡宾枪。长脸人端起卡宾枪指着他说:"你得听我们的,炮台如今成了纳粹党的武器,希特勒将用它杀害我们犹太人和所有不拥护他的人。你的罪行已经够得上枪毙,但如果你能帮助我们找到炮台,并摧毁它,你就可以将功补过,回你的国家去。"王济良本能地举起双手,惊愕了半晌才明白:他们并没有找到炮台。但他似乎并不害怕,也不沮丧,甚至是庆幸的:他来德国就是为了找到炮台,现在不是他一个人找,而是跟一些德国犹太人合伙找,肯定更容易些。他注意到这些人都留着光头,不管是被迫还是自愿的,在他眼里都成了被侮辱、被迫害的象征。他说:"沿着海岸线,一片森林一片森林地找,或许就能找到。"长脸人收起枪说:"请说说炮台和周围的地形地貌。"他说了,很详细。有人皱起眉头说:"他说的大概是沃尔加斯特吧?"

吕根岛和沃尔加斯特之间有一道宽阔的海峡。他们乘坐两条不大的渔船，走了将近一天才到达彼岸，不敢公然露面，在礁石下躲藏到天黑才开始寻找。王济良觉得跟他记忆中的炮台地形果然有些相似，但就是不见炮台的影子。一整夜的跋涉结束后，他们出现在一座最高的山上。放眼瞩望，王济良突然发现炮台就在脚下的山岭之间，那不是巴赫别墅吗？那不是炮台教堂的尖顶吗？那不是离海最近的瞭望塔吗？他激动地喊了一声"吉娜"，不知疲倦地朝那里走去。然而，一上午过去了，似乎几步就能到达的目的地鸟儿一样飞走了。他回到最高的山上再次瞩望，眼前一片苍茫，早晨看到的别墅、尖顶、瞭望塔消失在直射的阳光里。怎么搞的，自己的眼睛还能骗自己？

他们在沃尔加斯特的寻找持续了半个月，几乎把沿海有森林的地方都走了一遍，差一点儿走到隔壁的波兰去。长脸人用枪指着王济良说："你在骗我们吧？"王济良说："俺从遥远的东方启程，航行几个月来这里，难道就是为了撒个谎？"有人说："也许在吉尔湾吧？那里的沿海也有不少森林。"王济良问："远不远？俺饿了。"长脸人塞给他一块面包说："要是在吉尔湾还找不到，你就别想活了。我发誓，我会像处死纳粹一样处死你。"从陆地走向吉尔湾，必须经过大片纳粹活跃的地方，这对隐藏在吕根岛的犹太人抵抗组织来说非常危险，他们决定从海上走。还是那两条不大的渔船，载着他们走了八天，才看到有森林的海岸。他们提心吊胆地靠过去，迅速上岸，跑过海滩，钻进茂密的森林才松了一口气。稍事休息，他们就开始寻找。跋山涉水，风餐露宿，还要躲躲藏藏，一个星期很快过去了。长脸人焦躁地问："到底是不是你修过炮台的地方？"王济良说："快了，快了，说不定明天就能找到了，俺看到了跟炮台一模一样的植物和岩石。"但就在这天夜里，王济良不见了，长脸人带着几个犹太人追到海边，发现拴在海边岩石上的一条渔船也不见了。

趁夜逃跑是王济良早已想好了的。因为一上岸他就发现不对劲儿，裸露在海岸上的，从林木间冒出来的，都是无法做建筑和雕刻材料的砂岩，而分布在炮台的岩石跟青岛的岩石一样，是红色或灰色的花岗岩。他是石匠，采石的经验告诉他，岩石都有各自的群落，疏松的砂岩和坚硬的花岗岩离得很远，不可能同时出现在一个地方。植物也不对劲儿，炮台的植物跟青岛的植物差不多，马尾松、雪松、耐冬、香柏、臭棘子、黄杨、桂花什么的，而这里的树奇形怪状，他一棵也不认识。还有气候，这里怎么这么冷啊，才十月，就已经是冬天的感觉了。而炮台的气候跟青岛差不多，十月，正是温水暖阳的季节，是穷人和富人都喜欢泡海澡的时光。王济良使劲儿摇橹，想快一点儿回到吕根岛，真希望"苏格兰"号还没走。他知道准备运走的木材正在砍伐，"苏格兰"号也需要检修上油。在茫茫大海上搞运输，随便哪个港口，停靠一两个月是常有的事。第二天遇到风浪，慌得他手忙脚乱；第五天又遇到风浪，差一点儿翻船；第九天，风浪更大，船翻了，好在吕根岛已是遥遥在望。他抱着两支桨，蹚水蹚到一个浅湾里，坐在礁石上歇了半天，才回到水里游上了岸。

吕根岛很大，比青岛大多了，他在西边上岸，须到北岸寻找"苏格兰"号。岸上有居民，他讨要了些食物，边吃边走。忽听身后有人大呼小叫，长脸人和他的犹太人抵抗组织追上来了。不，不是追上来，而是也像王济良一样在逃跑，真正追击的是一队帽子上戴着骷髅徽章的军人，王济良后来知道，他们叫"盖世太保"。就在王济良奋力奔逃时，突然传来一阵激烈的枪声。他一头栽倒在地，以为自己怎么样了，到处摸摸，发现好好的，再往后看，发现包括长脸人在内的那么多留着光头的犹太人都被打死了，他们的尸体成了保护他的屏障。他爬起来再跑，面前是石头的悬崖。作为石匠他无比尊重石头，石头对他也格外有情，陡峭的岩石磁铁一样吸引着他的手脚，他攀缘而下，像一只岩羊安然落地。不远处就是海，海就是他的家。他扑向了海，扑向了不远处的"苏格兰"号。

几分钟后，亚瑟船长吼起来："开船，开船！"他意识到盖世太保已经发现了他们给犹太人抵抗组织运送军火的秘密，要不是王济良慌慌张张跑来，告诉他犹太人被打死的情形，今天就是他和所有船员性命终结的日子。追到岸边的盖世太保朝着"苏格兰"号放了一通枪，打得满船都是枪眼儿，好在没有击中船的要害，也没有打死人和打伤人。亚瑟船长从船长室拿来两支卡宾枪，塞给王济良一支。王济良卸下弹夹又装上，学着船长的样子打起来。子弹朝对岸飞去，有人倒下了。亚瑟船长喊起来："我打中了，打中了！"王济良说："好像是俺打中的。"船长说："你打中个屁，你的子弹都飞到海里去了。"

王济良对吉娜的第四次寻找就这样结束了。亚瑟船长把船开到不来梅港和威廉港,高价售出了那些希特勒雕像,分给王济良一些钱;然后去英国,售出了其他雕像,又分给王济良一些钱。以后很长一段时间,王济良就待在"苏格兰"号上,往来于英国、法国和西班牙之间,时而照亚瑟船长的意思雕刻石像,时而干些水手的活儿。亚瑟船长虽然器重他,却无法像吉娜那样把他看成高贵的艺术家,无论他的手艺多么令人赞叹,也永远不能超越一个船员的价值。后来"苏格兰"号终于在英国找到了运往中国的货物——一批堆积了许多年的钢铁垃圾,王济良才有机会回到青岛。这已经是1937年9月了。

在中国,"七七事变"已经爆发,青岛又是日本人的天下了。那些钢铁垃圾就是日本人的需要,他们将用它制造枪支弹药镇压反抗中的中国人。尤其糟糕的是,上岸需要搜查,除了藏在鞋底的,王济良身上的全部工钱都被日本人搜走了。他在心里狂骂着,表面上却顺服得像只猫。很快,他见到了栗子。栗子说起张起,说起哑巴和王实诚,还告诉他,最后用铁棒打得张起脑浆飞溅的中国人,就是那个当年一起修过炮台,又跟他们从爆炸的船上逃生回来的老铁。王济良问:"你怎么知道?"栗子说:"俺一个拉洋车的,什么人不接触?老铁在日本浪人团里当腿子,所有浪人的佩刀都是他打造的。""他跟张起有什么仇?为什么要杀害他?""向日本人表忠心呗!吃人家的饭,就得听人家的话。"王济良抓抓自己的头发说："恐怕不那么简单吧？"他想起了修建炮台时的老君会，想起了死活不明的王强，突然问："老铁没来找过你吧？""真还叫你说中了，他的确来找过俺。""干什么？""打听你在哪里。""你怎么说的？""实话说呗，你到德国找媳妇儿去了。""还问什么了？""他没问，俺问了。俺说听人说你在日本浪人团里帮忙？打听个事，张起是不是抓进过浪人团？他支支吾吾不想说，再问，他转身就走。""什么时候的事？""去年春节。"王济良心里嘀咕了几天，很快又被其他事冲淡了。

41

王济良回到青岛后没地方去，就住在"苏格兰"号上。亚瑟船长本来要在青岛港装货——一批可以去英国换来钢铁垃圾的煤炭。等了几天日本人又变卦了，命令他送一批劳工到中国的满洲里。亚瑟船长觉得跟日本人打交道很难挣到钱，更不喜欢他们的强迫命令，连夜开船逃离了青岛港。行前他问王济良走还是留。尽管王济良比亚瑟船长更不喜欢日本人和日本人治下的青岛，但还是选择了留下来，他不能连儿子的面都没见，就又远走高飞。亚瑟船长说："要是不走，你恐怕很难再去欧洲了，那可是你喜欢去的地方。我不会再来青岛，除非日本人离开这里。"王济良说："大人，俺不是喜欢欧洲，俺是在寻找吉娜，俺找她找了这么多年，从来没想过放弃。"亚瑟船长钦佩地竖起大拇指说:"你是中国人里的这个,祝你好运。""苏格兰"号走后,王济良住进了一条废弃的渔船。渔船搁浅在沙滩上,他找些木板和席子蓬起来,能够遮风挡雨就算是家了。冬天已经过去,天气越来越暖了,加上还揣着几个钱,断不了吃喝,日子也就过下去了。白天他四处转悠着找零活儿,活儿不难找,国民政府撤离时,采取"焦土抗战"的对策,炸毁了码头和许多日本人开的工厂,所以到处都是重建工地,尽管每天的工钱也就能吃饱一顿饭,但总比没有强。一天,拉洋车的栗子来找他,拉着脸说:"你到现在都没去见见你孩儿吧?怎么不去见见呢?"王济良重重地叹口气:"天天都想去,又不敢去。我这副寒酸样子,只怕会辱没了俺孩儿。""还是去见见吧,他知道你回来了。他没有忘恩负义,你倒六亲不认了。"

王济良在过去的毕史马克街、如今的万年町负一号的门前按响了门铃。王实诚好像知道来人是谁,快速走了出来,愣怔了片刻说:"来了?"王济良像是见到了大人物,弯了弯腰,仰视着儿子说:"比俺都高了。"但他吃惊的还不是高,而是皮肤的白皙和一脸的英俊,竟是越长越随了他娘哑巴。已经二十郎当了,该是干营生、娶媳妇儿、顶门立户的时候了,可儿子看上去还像个文弱的学生。看来书是不能多念的,越念越像书。再看儿子身后的住宅:德国式的洋房、青石的院墙、冒出嫩芽的爬山虎、结实厚重的木头的院门、高大的木芙蓉、石头的山墙上红色的木格装饰、波浪式的屋顶。儿子居然住在这里面,仿佛是另一个世界的人。他问:"你在这里还住得惯吧?"儿子似乎不屑于回答,有一搭没一搭地问:"你一直在国外?""嗯。""你喜欢国外?""大部分时间在海上。""你喜欢在海上?""不喜欢。""那干吗要去?""俺是为了去德国。""德国好吗?""不好。""那干吗还要去?""找人。""俺知道,你为了这个人,把俺娘都丢了。"王济良无言以对。儿子问:"找到了吗?"王济良摇头,沉默了片刻,又说:"张起没了。"儿子神情顿时有些黯然:"早没了,又不是现在。""栗子对你好吗?""他对俺好不好有什么关系,只要他对俺娘好就行。""这一家人对你好不好?""好着哪!""好像太好了。那姑娘叫什么来着?""玛丽娅。""你跟她是不是……""你想问什么?不好说就别问了。""你是大人了,该有了。""有什么?""媳妇儿。"儿子立刻显得很烦躁:"你没操心过俺的任何事,这件事就更不用管了。还有什么事?""没事。"但王济良没有走的意思,他多么渴望儿子请他进去,看看这户人家。他一想到人家对他的儿子就像对自己的儿子,就想哭,想跪下来磕几个头。他一生磕过许多头,但最应该磕的头却没有磕。王实诚突然说:"我明白了,你等着。"转身进去,把院门关上,一会儿又跑出来,把一摞火烧塞到他怀里,又从裤兜掏出一卷"联银券"(日伪政府发行的货币)递过来。王济良脸红了,儿子把他当成叫花子了。但是他并不生气,儿子没错,自己跟那些衣衫褴褛、无家可归的叫花子没什么区别。他把火烧紧紧贴到胸口说:"好,好,就算是俺儿请俺吃了顿饭。不过这个俺不要,俺有。"为了那么一点点尊严，他推开了儿子攥着"联银券"的手。"俺走了。"他说着，"啪嗒啪嗒"落下几滴眼泪来。

此后，王济良再也没来看过儿子。整整一年，他都在给日本人干活儿，先是修码头，再是修日人区若鹤町二丁目（今辽宁路）的日侨住宅，后来又被抓去修沿海炮楼。一天，他按照日本人的要求正在炮楼顶端的石头上打造太阳旗的图案，就见从远处走来一男一女，心说：这女人真没脑子，别人躲都来不及，她还往日本兵扎堆的地方跑。等两个人走近了，才认出竟是儿子王实诚和玛丽娅。他们不知从哪里打听到他在这里，喊叫着他的名字，表情愤怒而悲伤。这时候大风正在吹起，海面上怒浪翻滚，几辆日本军车快速驶过，炮楼周围尘土飞扬。王济良生怕日本兵对玛丽娅起邪念，丢开楼梯，从炮楼上跳到地上，跟跟跄跄迎了过去。王实诚说："爹。"玛丽娅也说："爹。"

栗子死了，是被一辆日本军用卡车撞死的。他在前面拉着洋车边走边招呼顾客："请上车先生，你坐一趟车，俺吃一口饭，方便了你，接济了俺。"卡车从后面急速驶来，直接撞了上去，当场就没命了。王济良放声号哭，他想到了哑巴，哑巴的命苦，先是失去了他，再是走了张起，现在又没了栗子。她以后怎么办？一边哭一边推搡儿子和玛丽娅："快走，快走，这里不是你们来的地方。俺给日本人说，看能不能请假回去找你们。"王实诚说："找俺们有什么用？你去找俺娘。""好，好，俺去找你娘。"王济良目送着他们匆匆离去，心说：万一日本人扑过去，他一定要豁出命来拦住。日本人不可能放王济良回去，就是亲爹亲娘死了也不可能，没有什么比圣战更重要。炮楼修好后，他又被送回到若鹤町二丁目继续修建日侨住宅，这里不是军事设施，只有少量的士兵看守，当天夜里他就逃跑了。谁也无法告诉他，栗子的死到底是意外事故，还是蓄意杀害，哑巴更不能，她除了哭，还是哭。王济良去栗子死亡的现场看了看，越发觉得可疑，在一个人来人往的地方，卡车如果失控，怎么可能只撞死一个人？如果不是失控，那谁又是幕后指使？王济良又一次想起了老君会，想起了老君会的会首王强和杀害张起的老铁。老铁是日本浪人团的帮凶，他找过栗子，还打听过他王济良的行踪。他不寒而栗，修过炮台的石匠都死了，只剩下他了，如果是老君会所为，下一个暴死的还能是谁？

他比画着对哑巴说："你不能再待在青岛了，你得回王哥庄去。"哑巴摇头，她回去算什么？爹娘会怎么说，乡亲们会怎么看？她眼泪汪汪地望着王济良，不停地比画着，意思是：当初你走了，把俺交给了张起，张起去世了，把俺交给了栗子，栗子不在了，那俺就还是你的人了。王济良犹犹豫豫地点点头。也就在点头之后的第二天，他住进了团岛的砖房。儿子王实诚很希望他这样，带着玛丽娅一连来了三四趟，对王济良的态度比先前好多了，有了笑容，有了问候，还带来了礼物：吃的和用的。而王济良却一点儿也没有和家人团聚的快乐，心事重重，迷迷茫茫，每天都会告诫自己：就这样吧，不想吉娜和那个孩儿了，永远不想了，这辈子就这样了。说是永远不想，其实每天都在想。但如果不是那封信，也就只能想想而已，今非昔比，青岛的海域已经被日本人军事管制，航路不通，自己去不了德国，再也去不了啦！

那封信来自德国。王济良很奇怪：日本人控制的电信局居然知道他的住处，会直接把信送到砖房来。正好他在家。骑着脚踏车来送信的人喊他出来，问道："你就是王济良？找到你真不容易。"那人戴了副很大的墨镜，王济良看不清大部分表情。他接过信，颠来倒去地看着，只看明白上面既有中国字也有外国字。那人又问："你不会不识字吧？"王济良说："俺就是不识字。""早说呀，我给你念。"那人要回信去，打开，热情地读给王济良听。王济良简直不相信，竟然是吉娜的来信。吉娜来信了。

42

吉娜说，最近有人问她："一个中国人来德国找他的爱人吉娜，是不是你啊？你不是去过中国吗？"她才知道王济良在找她。"亲爱的，就我眼下的状况，我无法去中国跟你团聚，不知你能不能再来德国？我们急切地等着你——妻子等着她的丈夫，孩子等着她的父亲。亲爱的，快来啊，我一刻也不能控制自己了，恨不得天天去海边等你。吻你，吻你。"信的末尾还有她的地址：一座城市一条马路上的52号。王济良不知道送信的人是什么时候离去的，当他攥着信回过身去时，哑巴在门口定定地望着他。顷刻之间，他六神无主。

他想对哑巴说：再见了。又想说：他哪儿也不去，就守在这里。最终什么也没说，只是在发呆，在家里发呆，完了又去海边发呆，一待就是几个小时。一天早晨醒来，他开始干活儿，去铁路边捡煤渣儿，去林子里拾柴火，堆积在砖房旁边用柳条搭起的棚子里。又买了些面粉倒进缸里，还晒了一地的鱼干，都是些小杂鱼，是从码头上廉价买来的。哑巴什么都明白，就是不会说。但她又不能不说，她不希望王济良背井离乡，不希望自己无依无靠，就在她感觉到事情越来越紧迫时，她扑上去抱住了王济良。那嘤嘤的哭声让王济良心碎，他也哭了，而且是号啕大哭。但事情是无法挽回的，哑巴的存在、儿子的存在，所有的力量都无法让他回头。哑巴抱住他不放的举动，反而成了一种督促：该走了，不能再让她误解下去了。他意识到自己为什么一定要走，却不知道如何表达，思维是不连贯的，词汇是贫乏的：他寻找吉娜并不仅仅是寻找一个深爱过的人，而是为了寻找自己的价值，寻找一种来自世界的认可和人的尊严。他跟许多青岛人一样，在外国人的歧视中长大，习惯了逆来顺受、卑躬屈膝，习惯了在屈辱和伤害的盐水里泡软自己的骨头，然后默默地苟活。不一样的是，他并不麻木，也不甘心，他还带着希望，一种堂堂正正做人的希望。他天性里对屈辱和歧视的敏感，让他随时都会想到死亡，也让他随时都能获得再生的力量。屈辱让他浑身难受，他就时刻不想难受；歧视让他心里阵阵作疼，他就时刻想摆脱疼痛。他在挣扎，常常在溺水的海里伸出手去抓向天空,他抓到了什么?亨利希和大部分德国人把他当作"猪猡",日本人则把他当作奴隶和"会穿裤子的猴子"。在所有来青岛的外国人尤其是欧洲人眼里,他都是一个还没有进化好的人。就算是待他不错的辛格船长和亚瑟船长,也还是把他当作了一个无法跟欧洲人平起平坐的下等人和苦力。只有吉娜给了他崇高的地位、高贵的身份,说他是了不起的艺术家、一个天才、石头的上帝,并且不惜以身相许。这上天赐予的爱是寒冬里的温暖,是航船在黑暗中迷失后蓦然发现的灯塔,是救命的稻草,他终于抓住了,抓住了活着的目的,怎么可能轻易放弃?当几乎所有他认识的人都还在为吃喝拉撒早出晚归时,他就已经知道,人除了填饱肚子和生儿育女还应该有别的。这也许就是他能从那么多石匠中脱颖而出的原因。他的艺术天分缔造了他朴素的幻想,吉娜的出现又使这幻想从虚无走向了现实。他陷入痛苦的浪漫和坚忍的疯狂中,面对着自己梦游般的人生,隐隐约约地坚信:未来比现在更美好,尊严比金钱更重要,吉娜之爱将会带给他一切。没有谁能够阻止他,就像谁也无法阻止拍向岸礁的海浪、扑向灯火的飞蛾、行走在天空的云彩、从宇宙深处飞翔而来的阳光。

那天王济良去了码头,只是想去看看。他知道日本人占领的港口不可能有直接去欧洲的轮船,但有去上海的,日本侨民的邮轮、商人的货轮和军舰,都在不间断地来往。他去过上海,上海是大码头,哪个国家的轮船都有,就算也被日本人占领了,总不会像青岛这样冷清吧?没想到他居然打听到了一艘去香港的货轮。货轮正在装货，苦力们扛运的都是沉重的木头箱子和麻袋。他向日本监工点头哈腰，表示自己也愿意加入扛运，不给工钱没关系，给口饭吃就行。监工同意了。他非常卖力，就在货物运完，苦力们围着监工领取一个玉米面饼的报酬时，他不见了。他藏在了货舱那些麻袋和木箱之间。麻袋里是花生，木箱里是瓷器和冰蛋。他藏了一天一夜，饿了吃花生，渴了吃冰蛋。突然一阵轰鸣传来，启航了。

去香港的旅途很顺利，似乎连风浪都被日本人征服，失去了掀天揭地的力量。一个星期后，船不走了。很快就开始卸货。当王济良扛着麻袋走出货舱时，发现来接货的是英国人，立刻殷勤地问好，又用英语说："香港的天气真好。"旁边站了一堆船上的日本人，都以为他是当地雇来的。而英国人以为他是日本人派来帮忙的，连声说"谢谢"，因为按规矩，卸货的应该是接货方雇用的当地人。货物从日本船出来，经过码头，又被扛进了一艘英国船"威尔士"号。王济良扛了一趟又一趟，正扛的时候，一阵大风吹来，船摇晃着，搭在船舷与码头之间的踏板立刻倾斜了，有人滑倒在地，肩膀上沉重的木箱掉进了水里。就在英国人一边训斥滑倒的人，一边跺脚惋惜货物落水时，王济良放下自己肩膀上的麻袋，纵身跳进了海里。他找到了木箱，又让英国人放一根绳子下来，捞起了木箱。上岸后，他连气都没喘一下，扛起自己刚才丢下的麻袋就走。这样的行为给英国人留下了深刻印象，当卸货完毕，他希望上船见见"威尔士"号的哈曼船长时，对方并没有拒绝。

一口流利的英语帮了王济良的忙。他老老实实说了自己的经历：吉娜、四次去德国寻找的过程、这次偷渡来香港的目的,甚至还拿出吉娜的来信让船长看。哈曼船长虽然听得很耐心,却没有一丝同情的表示,直到王济良提到亚瑟船长和辛格船长,他才微笑了一下:"我知道他们,辛格还是我的朋友。""辛格船长真是个好人,大人。""你来船上能干什么?""水手的活儿俺都能干,还可以……""那就来吧!"王济良高兴得哭了。接着,他便以自己的天赋,巩固了哈曼船长对他的需要——离开船长一会儿,他正在甲板上闲逛,看到几个人每人抱着几块石头,沿着旋梯从底舱走了上来。他问这些石头是干什么的。有人告诉他,"威尔士"号从印度过来,来时无货,搬了一些石头放进底舱作为压舱石,以便减缓轮船在海浪中的颠簸,现在有货了,石头多余了,得扔到海里去。"千万别,大人们,这是多好的石头啊!"他发现这些印度石晶体密集、纹路清晰,一块块都是上好的花岗岩,便走过去,从舱壁上取下平安斧,挑了一块石头,三劈两劈就成了一尊头像,再劈下去,渐渐就是哈曼船长了。立刻有人拿去给哈曼船长看。哈曼船长来到甲板上,看王济良还在劈头像,惊讶地说:"上帝,这个人是你派来的吧?"他决定推迟几天启航,让人带着王济良上岸,去铁具商店置办了一套雕刻工具,又派所有船员去香港各处找石头。石头在甲板上堆成了一座小山。

一路雕刻一路走,三个月航行结束时,"威尔士"号宽大的船长室里堆满了石雕。哈曼船长是个兴趣广泛的人,喜欢在寂寞的旅途中翻看他收集的图册。他把图册全部从铁皮橱柜里搬出来,挑出一些人物让王济良照着雕刻，有恺撒大帝、撒克逊国王、查理一世国王、亨利八世国王、乔治三世国王、维多利亚女王、詹姆士一世国王、白金汉公爵，有思想家培根，哲学家罗素，文学家莎士比亚、狄更斯、哈代，科学家牛顿和达尔文，还有衣帽古怪的古代骑士、身着御林军礼服的皇家卫队、贵妇人、乡间少女等。哈曼船长看了他的手艺后异常吃惊，说他的灵魂可以逆时间飞翔，飞进历史，拜访过那些人物后，再回来雕刻，不然怎么会如此地神形毕肖呢？王济良笑笑，他不过是照猫画虎，并不知道自己雕刻的是些什么人物，也不理解船长的话，只知道对方在夸自己。

"威尔士"号到达英国的大雅茅斯港就不走了。王济良央求哈曼船长帮他寻找去德国的船。作为回报，在他离开之前，他可以继续待在船上雕刻人物。二十多天后才有消息，是一艘驶往不来梅港的中型货轮，去时空船，来时拉人。货轮的船长是个英籍犹太人，希望能多运输一些被德国驱逐出境的犹太人。船长说："纳粹一上台就开始武力撵走犹太人、吉卜赛人和其他非日耳曼人，听说很快就要变本加厉了，不再是驱逐，而是关进集中营。这个时候你怎么还敢往德国跑？"王济良说："俺不怕，吉娜是日耳曼人。他们怎么会难为一个日耳曼女人的丈夫呢？"一个星期后，王济良登上了不来梅的口岸。盘查是严厉的，他被圈在一个"不准动"的空地上，过了整整一夜。好在他有吉娜的信，那封信就像通行证，在德国人手里传来传去。等第二天传回他手里时，一个军官告诉他："你可以走了，去你想去的地方吧！"

王济良走出码头，在一个聚集着一群犹太人的广场，用哈曼船长付给他的英镑换了一些马克。那些犹太人抢着跟他换，因为他们恰好准备离开德国去英国。马克和可以作为通行证的吉娜的信，让王济良在第二天上午坐上一辆拥挤的公共汽车，走向了德国大陆的心脏——柏林。不过他不去柏林，他的目的地是离柏林还有几十公里的勃兰登堡。一个星期后的一个下午，他站在了一堵高大的围墙前，墙头上拉着铁丝网，标识着52号的铁门紧闭着，看不到里面，门边有高高的塔楼。他犹豫着：要不要过去敲门？按照吉娜信上的门号，就应该是这个地方。可吉娜怎么会住在铁丝网里头呢？再找一找吧，或许在这片居民稀疏的旷野里还有一个52号。正要离开，塔楼的窗洞里突然伸出一个头来，喊道："你是干什么的？"王济良说："俺找人，请问附近还有52号吗？""找谁？""吉娜。""等着。"片刻，铁门打开了一道缝，有个戴着高筒礼帽的人探出半个身子，冲他招招手："来吧！"王济良走了过去。

43

1939年9月1日，希特勒发动了对波兰的进攻，第二次世界大战正式爆发。与此同时，纳粹政府计划中的对犹太人的大屠杀拉开序幕。一个被称作"犹太公寓"小组的机构，在勃兰登堡一座废弃的监狱即52号中，建起了第一座毒气室。1939年12月的一天，"犹太公寓"小组的高层领导人聚集在那里观看了第一次毒气攻击实验。负责实施此项"科学成果"的埃贝尔博士非常高兴,实验的结果完全符合他的预测:一群赤身裸体的犹太人被带进"淋浴室"后不到一分钟,就全部被从喷头里喷出来的毒水和毒气杀死。之后他们拖出尸体,拔掉死者嘴里的金牙,用铁箱车推进了焚尸炉。片刻,砖石垒起的高大的烟囱里,就冒出了黑色的烟。

被剃成光头的王济良孤零零地站在毒气室和焚尸炉之间的空地上,仰头观望着和云雾渐渐衔接起来的黑烟,"扑通"一声跪倒在地。这是第五次他来德国寻找自己的爱人吉娜,却走进了死亡集中营。怎么会一次比一次更糟呢?恐惧和忧伤就在这一刻变成了恼恨和忏悔。他恼恨的是自己:怎么就那么轻信呢——吉娜的来信,吉娜在52号等着他?他显然是被骗来的,在中国和德国,许多人都知道他在找吉娜,到底谁是那个用心歹毒的骗子?他忏悔的是罪孽:在他自动走进52号,跟一些被抓来的犹太人关在一起时,他就本能地把服从和邀宠当作了延缓死期的唯一办法。于是他成了焚尸炉的建造者之一,炉子和烟囱的许多石块上都留下了他敲打的痕迹。他跪了很长时间,看到一个德国守卫朝他走来,才慌慌张张爬起来。

德国人似乎非常满意从遥远的中国骗来一个石匠帮助他们建造焚尸炉。现在,建造结束了,留着王济良已经没有意义了。而王济良作为一个东方人的实验价值却凸显出来。埃贝尔博士认为,东方人对各种病菌甚至毒气有着比西方人更强的耐受力,如果王济良能够证实他的观点,他将建议政府从东方比如从日本进口毒气,因为有资料显示，日本人对一氧化碳的研究和制造领先国际，原因就在于他们的毒气主要对付的是中国人、朝鲜人和东南亚人。王济良被守卫带进了实验室。他来集中营已经好几个月了，见识过许多犹太人从这里进去又出来，出来后就不是原来的人了：有的疯癫，有的全身溃烂，有的痉挛抽搐，有的从内脏到皮肤都会奇痒，无法排解，时有撞墙割腕的。被用作实验的人个个痛不欲生，比毒气直接杀死更可怕。王济良一直在哆嗦，牙齿的碰撞和心脏的跳动一起"咚咚咚"地响。实验室内门套着门。守卫把他推进了一扇橘黄色的门。里面一个穿着白大褂的医生对他点了点头。也许就是这个点头的动作突然让他镇静了下来，也让他有了跟他们谈谈的勇气。他说："俺要见埃贝尔博士。"医生吃惊而疑惑地说："你？要见埃贝尔博士？""有重要的事，非常重要。""又是告密？"医生显然遇到过为了自己多苟活几时而出卖别的犹太人的人，"告诉我也行，是什么地方还藏着犹太人，还是犹太人把值钱的东西藏在了什么地方？""不是告密，是关于领袖，关于全世界的领袖希特勒的事。"不知从哪里来的灵感，他竟用上了"全世界的领袖"这个词。医生显然很感兴趣，因为即便是纳粹，也只说"我们的领袖"。"'全世界的领袖'？你很会表达。"医生不断重复着这个词，出去了。

王济良有了一次跟52号的领导人埃贝尔博士谈话的宝贵机会。他说他有能力建造一座领袖墙，这堵墙二十丈长、三丈高，每一块垒上去的石头上，都有领袖的头像浮雕。他还可以打造无数希特勒的立体雕像，让它们耸立在世界各地。"大人，俺来过德国，俺知道德国到处都是优质的花岗岩。"埃贝尔博士说："我明白你是想照你现在的样子活下去。这是不可能的，来到52号的人，首先得为领袖的事业承担科学实验的义务，你没有别的选择，我也没有权力让你脱离领袖批准的实验计划。"王济良说："等等大人，你还是应该看看俺的手艺。"

几块被运来修建焚尸炉而没有用上的闪长岩成了他的救星。这种比花岗岩更坚硬的岩石，可以打造成石器。王济良就用自己仓促打造的闪长岩石器，照着只要有墙就会悬挂的希特勒标准像，完成了一尊花岗岩雕像，粗放而写意。埃贝尔博士看了一眼就觉得是他见过的最好的领袖像。不知是博士自己的决定，还是他请示了更高的官员、更有权力的部门，或者纳粹们都认为，建造一堵领袖墙和在世界各地耸立起希特勒雕像，远比拿一个东方人做生化实验更重要、更神圣，居然让王济良实现了苟活下去的想法。很快，52号死亡集中营宽敞的院子一角，变成了王济良打造领袖墙和希特勒立体雕像的现场。有两个健康的犹太人在帮助他搬运石头，他们都感谢他，让他们摆脱了实验的危险。

一丝不苟的打造进展缓慢，三年后领袖墙才在勃兰登堡市的中心广场耸立起来。历来细心的德国人这次却变得粗心大意，没发现每个浮雕头像上都有一个或几个就要溃烂的毒疮，有的在眼睛里，有的在鼻子上，有的在下巴或胡子里。仇恨如同海里的盐，无处不在却很难分辨。三年里每个星期王济良都会看到剃着光头的犹太人和吉卜赛人被押进毒气室,毒死后又被活着的犹太人或吉卜赛人运往焚尸炉,每见一次,就会庆幸一次:老天爷和祖师鲁班的保佑,让俺成了石匠,是石匠的手艺救了俺。领袖墙立起来后,他又开始打造希特勒雕像,有头像、立像、半身像,有等身的,也有巴掌大的,都是就着石料,因地制宜。每个雕像上也都毫无例外地留下了王济良的仇恨:猪鬃般的胡子、被骟掉的睾丸、毒蜘蛛一样的纽扣、长在肚子上的狼眼、象征死亡的纸铜板。有一次一百多个犹太人用木桩滚动、绳索牵拉的办法运来了一块没有裂缝、大得出奇的花岗岩。埃贝尔博士要求他不要破开,就打造成一尊。"我要让它成为世界上最大的领袖像,后人无法超越。"王济良高兴地说:"太好了,俺又有效劳的机会了。"他花了半年多,才粗略完成脸部的雕刻,时常来检查的埃贝尔博士催他快点儿,他却越来越慢。他说他要雕出最温情的笑容、最漂亮的胡子、最光滑的皮肤、最威严的手势以及最逼真的头发、手掌的纹脉、衣服的纤维等。他觉得埃贝尔博士的屡屡催促,意味着这最大的雕像也是他最后的工作,完成之后,博士将把他抓进实验室,开始实验东方人的病毒耐受力。"大人,这么大的整一的石料俺从来没见过,上帝真是偏袒德国,千万可要对得起了。等着瞧就是了,世界上最伟大、最神奇的领袖像,是一点儿一点儿磨出来的,在它耸立起来时,德国就会胜利。"他反反复复说着类似的话,极力拖延时间。拖延是最无奈的反抗,也是最有成效的自我保存,埃贝尔博士突然死掉了。他嗜喝白兰地,用实验器具做酒杯,休闲时喝,忙累时也喝,一天能喝好几次。有一天他给妻子打电话，打着打着抓起来就喝，结果他抓错了，喝下去的不是酒，而是准备注入五十个人体的实验病菌。他当场死亡，来不及有任何交代。王济良听说后用中国话说了一句《黄鼠狼吃鸡》里的戏词："天理昭彰不分男女，报应不爽无别古今。"从此他的工作越来越慢。52号的新任领导人几次想把他投入毒气室，都因为这尊巨大而神圣的领袖雕像不能半途而废而改变了主意。

1945年4月，王济良的工作不得不收尾了。就在他雕刻巨像的右脚皮鞋时，纳粹在52号进行了最后一次毒杀和焚尸。第二天便有了隆隆的炮声，所有的纳粹看守仓皇逃跑。傍晚，进军勃兰登堡的苏联红军进入了52号死亡集中营。当一个苏联人用手势告诉王济良，他可以马上离开时，他说："别催俺，俺的工作还没完。"他似乎担心活灵活现的雕像会顷刻复活，拿起榔头和铁凿子，先凿瞎了希特勒的眼睛，又凿塌了它的鼻子，凿烂了它的嘴，最后在胸腔上开出了一个大洞，又在大洞上拉了一泡屎。第二天，王济良去了这座城市的中心广场，看到耸立在那里的领袖墙已经被炮火摧毁，便去不远处苏联红军的营地要了些吃的，花一个星期时间，把所有石块上的希特勒浮雕都凿成了缺鼻子少眼的残废，这才放心地离开了勃兰登堡。

王济良一边乞讨一边走，来到不来梅港时已是六月。等了三个月才等来一艘英国货轮"考文垂"号，上前打听行程，意外地遇到了辛格船长。原来"泰晤士"号在战争中给美、英联军运送给养时被德国人击沉，辛格船长侥幸获救。德国人投降后，他被英国船业公司聘任为"考文垂"号的船长。辛格船长钦佩地说："又是来找吉娜的，都第五次了，每次都冒着生命危险。多么伟大的爱情，执着而残酷，浪漫得不可思议。我要是女人一定嫁给你。"王济良跟着"考文垂"号在不来梅和南部非洲的开普敦之间漂流到来年四月，才有机会回到青岛。日本人早已败走，青岛如今是国民政府当政了。他激动又沉重地踏上故乡的岸，迷迷茫茫走向团岛，去砖房看望哑巴。

44

砖房空着，哑巴不在。王济良急着向邻居打听，看到邻居也变了，都是新近搬来的，不知道以前的事。他又去了毕史马克街负一号。出来开门的是玛丽娅，吃惊得"啊"了一声，转身回屋叫出了王实诚。王实诚面无表情地望着他，就像望着一个陌生人，半晌才喃喃地说："你还活着？"王济良点点头，急切地问："你们好吗？你娘呢？""死了。""什么？""我说她死了。"只听屋门"咣当"一声响，哑巴从里面"腾腾腾"地跑了出来。王实诚哭着说："娘，你别跟他去，他肯定还会把你扔掉，他不是俺爹。"王济良哭了，哑巴也哭了。

从这天开始，王济良和哑巴又住进砖房，过起了从前的生活。

他对哑巴特别好，想补上对她的亏欠，尽管他知道有些亏欠是永远补不上了，哪怕他做牛做马。在被他丢弃的日子里，哑巴要过饭，被日本兵轮奸过，跳海自杀被人救起过。儿子知道后，搬来砖房跟她一起住，可这也不能免除她的灾难，还会有日本兵前来作孽。玛丽娅说："那就都搬到我家来吧！"王实诚不吭声，太不好意思了。玛丽娅又说："来吧，这是妈妈的意思。"玛丽娅一家是受到特殊保护的，1939年"二战"开始，德日形成联盟以后，横冲直撞的日本兵就再也没有进过她家。王济良寻思：他不仅亏欠了哑巴，还亏欠了儿子，亏欠了玛丽娅一家。这一家是多好的人，他如何才能报答这份恩情？他把这个意思告诉了来看望爹娘的儿子。儿子把一沓钱放在桌上说："别的不用想，你只要对俺娘好点儿就行了。"

靠着玛丽娅的妈妈的关系，王实诚在大华贸易行得到了一份翻译商业文件的差事。玛丽娅早先在美国天主教圣方济各会创办的圣功女子中学做中文教员，因为不愿意当修女，也来到了大华贸易行。来后不久，贸易行就被"皇族资本"吞并。王实诚在大华贸易行虽然挣钱不多，但他有玛丽娅可以依靠，把大部分工钱交给爹娘也是可以的。但王济良只接受了一个月，就拒绝了。他拍着胸脯说："你娘有俺呢，饿不死她。你的钱你收着，将来有用。"他觉得自己不缺胳膊不缺腿，靠儿子吃饭是件耻辱的事，何况他几乎没有抚养过儿子，哪里有脸接受儿子的抚养。他在码头上找到了活儿：给外国轮船装卸货物，是最苦的苦力，每天干十二到十四个小时，一干就是两年多。有一次他意外地发现，自己正在装货的这艘船叫"不来梅"号，仔细瞧了瞧，果然就是当年运送五百多石匠和铁匠前往德国修建炮台的那艘船。他心里有些嘀咕："不来梅"号属于"皇族"，当年到底是德国军方雇用了"皇族"的船，还是"皇族"委派军人去德国修起了炮台？谁比谁大呢？他想起自己第一次去德国的情形：在不来梅市，他被抓进"皇族"大楼的地下室关了一个月，如果不是自己想办法逃跑，一定会被亨利希害死。他想打听亨利希，想知道修完炮台后这个人是不是又来到了中国？想一想又算了，自己只是个干活儿挣钱的人，知道那么多干什么？别再打听出祸害来。

给外国轮船干活儿的好处是干完就付钱。每次拿到工钱，王济良就会全部交给哑巴，表示他心里已经没有吉娜，再也不走了。哑巴明白他的意思，却并不相信，她的感觉向来准确：石匠的心也像石头一样实，牢靠得很，但不是对她而言，所以越牢靠越让她担忧。那个外国女人在他心里埋下的根苗就像韭菜，割了一茬儿还有一茬儿，不会枯死的。哑巴不会说，说了也没用，默默地生活，也默默地等待。她知道自己等来的，总是不幸。

有那么两年，王济良的确很少想到吉娜，即便想到，也是一种决绝放弃的情绪：这辈子也就这样了，没有缘分的人，怎么可以去强求呢？罢了，罢了。糟糕的是，命运不罢，总要来挑逗他："苏格兰"号又来了。当王济良出现在卸货的人群里时，亚瑟船长吃惊地喊起来："这不是王济良吗，你怎么能干这个？"他赶紧弯腰鞠躬："大人，在俺们中国，石匠是不值钱的，俺只能干这个。""到我的船上来吧，你还可以干你喜欢干的。"王济良沉重地摇摇头："俺不。"又说，"绝不。"这"绝不"是说给自己的，他担忧他还会向命运妥协：离开哑巴，扑向吉娜。亚瑟船长说："这是你的最后一次机会，我老了，恐怕再也来不了中国了。""你不来中国，俺怎么回来呀？""找到吉娜你就不用回来了。"为了躲开亚瑟船长的诱惑，王济良一个星期没去上工。再次来到码头时，"苏格兰"号已经开走了。庆幸之余，他又深深地叹气，发现竟是惆怅而失落的，随着黄昏的到来，甚至有一丝懊悔：亚瑟船长不来了，再也不来了，以后想去也去不成了。为什么不能考虑一下亚瑟船长的建议呢？战争已经结束，说不定再去德国寻找吉娜，会万般顺利。懊悔持续了好几天，越来越强烈。不幸或者幸运就在这时再次降临了他：辛格船长的"考文垂"号突然出现在海面上，他眼睛"哗"地一亮，竟然兴奋得蹦了起来。他挤进苦力堆里去给它卸货，重复了一次让对方邀请他上船远航的经历。他又一次断然拒绝。但就在辛格船长遗憾地跟他告辞时，他又问："大人，'考文垂'号什么时候离港？"辛格船长"嘿嘿"地笑起来："我就知道你会改变主意。"

原来找人也会像吸鸦片一样上瘾。一件东西、一个人，如果你一次也没找过，就永远也不想找；如果你千辛万苦寻找了一次，就很可能会有第二次、第三次；如果你已经寻找了五次，寻找的过程一次比一次艰难，甚至威胁到了生命，你也许反而会什么也不在乎：已经死里逃生好几回了,还有什么可怕的?生命既是一种为了寻找的存在,也是一种为了死亡的奔跑。人都有一样的毛病:得不到的,一定是最好的;找不到的,一定是最应该去寻找的。有一天,回到家里,他突然抱住哑巴说:"对不起,对不起。"然后就哭起来,为怀中的哑巴而哭,更为遥远的吉娜而哭。敏感的哑巴立刻明白了,使劲儿推开了他。他当天晚上就开始收拾行李。哑巴不见了。

哑巴来到毕史马克街负一号,流着泪比画了几下,儿子王实诚就明白是怎么回事。他气得脸色紫涨,拉起娘的手就往外走。在团岛砖房的门外,儿子质问爹:"你是不是人?"王济良苦着脸摇摇头:"俺知道俺不是人,你替你娘打俺一顿吧。""俺打断你的腿。""打断了腿俺也得走。俺就是放不下,放不下吉娜。"儿子扑上去就打,但他是个文弱的人,无论拳头还是巴掌,打在结实的王济良身上基本就是按摩。玛丽娅赶来了,拦住王实诚说:"他是你爹。""他不是,不是俺爹,俺不要他这样的爹。"玛丽娅拉起王实诚:"走,回去。"又问王济良,"你什么时候去德国?"王济良低头不敢看她,却坚定地说:"这个星期五。"

45

王济良用一阵猛烈的干咳打断了自己的话。劳顿让狱警给他端来了一杯水。他用戴手铐的双手捧着,一口气喝了下去,乞求地说:"俺浑身疼,俺讲不动了。"劳顿说:"那就不要讲了。"王济良眼里射出两道疑惧的光,神情更加哀恸了。我说:"他还没有讲完,是在乞求我们下次再来。"劳顿说:"当然还会来。"又朝向马奇主教,"你说呢?"马奇主教说:"当然,上帝赋予了他讲话的权利,会保佑他一直讲下去,直到他无话可讲。"我们也听累了,起身离开了审讯室。门外的狱警立刻进去,押着王济良走向了牢房。王济良回头望着我们,突然喊一声:"大人们,别忘了俺。"劳顿首先停下,沉重地说:"忘不了,谁都想知道结果。能不能提前告诉我,你这辈子再见过吉娜没有?"我赶紧说:"你要是告诉他,他就不来了。"

我们走出欧人监狱,走向海边。傍晚,只有靠海的地方才有洋车和马车。劳顿说:"明天继续审讯怎么样?"我说明天不行,又说了聚福楼跟玛丽娅的约会。他说:"听你说起过,好像是调查的一部分。我也去吧?"我说:"也是也不是,我跟玛丽娅也许还会有别的话题,不需要别人打搅。"劳顿沉默了,冷峻地望着不远处的海,好像还沉浸在王济良的故事里。突然,他诡谲地笑了笑:"你是想跟我学吧?中国人跟外国人不一样。我们犯了错,向上帝忏悔就能解脱,接着再犯,再忏悔。比起好人来,上帝更喜欢犯了错就忏悔的人。所以我们的天堂里,有罪人也有天使。你们可不行,你们的佛告诉你们,一旦犯了错,就一万世不能恢复到原来无罪的状态(万劫不复),不仅上不了天,还会在来世变成饿鬼和畜生。"我也笑笑:"可惜我不信佛,也不信上帝,连忏悔都没有必要。"劳顿说："很洒脱也很可怜,你是一个被上帝抛弃的人。"马奇主教说："上帝不抛弃任何人,只不过在你得到呵护时你并不知道。"我说："王济良也不知道吗?上帝什么时候呵护过他?"马奇主教一时无语。劳顿说："你应该去问上帝。"我说："他在哪儿,告诉我,我就去问。"马奇主教喃喃自语,好像在祈祷上帝赶快显灵,让愚昧的人相信上帝的存在。

云翳弥漫在西天边际,薄雾沿着海陆分界线拉起一层纱帐,海以铁青色的深沉告别着白天。有人在刚刚退潮的沙滩上捡拾海菜和没有被海浪卷走的蛤蜊、小螃蟹、蛏子。潮湿的礁岬上,钓鱼的人就像岩石的一部分,一动不动。浮在水面上的海鸥形成了一个椭圆的图案,压住波浪,就像海水里有了一个白色的浅谷。海正在呐喊着消逝,不甘寂寞的陆地以葫芦串似的灯火迎接着黑夜的来临。劳顿前后看看说："青岛突然寂寞了,没有人害我们,也没有人保护我们了。为什么?"马奇主教说："我们在为上帝做事,谁愿意跟上帝作对呢?"我说："是王济良被抓的缘故吧?不管怎么说,他是元凶。"劳顿说："不,是因为'五人调查委员会'认可了国民政府对'皇族事件'的定性。"我皱起了眉头："这不就等于说我们的安危是由国民政府决定的?""至少,国民政府有纵容的嫌疑。它想让我们明白所有的外国人及其'走狗'随时都有危险。"我说："如果不认可呢,我们是不是就会死掉?"马奇主教惊诧地"哦"了一声。劳顿朝一辆三套马车招招手说："一起去德国领事别墅用晚餐吧?"

德国领事别墅的餐厅灯火辉煌。一起用晚餐的还有麦克斯和米澜女士。劳顿和我要了炸猪排、牛尾汤和水果,麦克斯要了煎牛扒和布丁,米澜女士要了烧小鸡和沙拉,马奇主教要了冷盘和咖喱鸡饭,都没有要酒,喝的是咖啡。劳顿问:"那个意大利佬呢?"麦克斯说:"他喜欢安静,一个人用晚餐是他的享受。"米澜女士扫了一眼包间,说:"你在袒护他。"劳顿说:"怎么回事?"起身走向包间,推开了门,就见退役上校奥特莱正在跟一个穿旗袍的姑娘碰杯喝酒。那姑娘个子真高,我好像在这儿见过。劳顿朝姑娘笑笑说:"他太老了,你没见他满脸皱纹,像你爸爸?"转身回来说,"看来国民政府用一个姑娘贿赂了意大利佬,想让他怎么说他就怎么说。"麦克斯说:"在有些人眼里你肯定很讨厌。我提醒你,任何时候'五人调查委员会'的意见都必须是一致的。"劳顿说:"不是已经一致了吗?"麦克斯说:"下午协助调查的张绪国局长和李云飞上校来找我,说他们很可能会放了王济良,只要他承认是共产党指派了他。你们觉得怎么样?"劳顿说:"我很高兴王济良获得自由。但要是他不承认呢?"米澜女士也问:"是不是计划不变,世界上将不再有这个人了?"麦克斯说:"当然。"劳顿激愤地说:"看来你们是妄想,不,我们是妄想。走着瞧啊!"我也说:"王济良不是个怕死的人,他最需要的也许不是自由,是诚实地让别人了解真相。"麦克斯一脸阴沉地说:"诚实与政治无关。"马奇主教突然说:"不管他承认不承认,我们都给他自由。"大家都很吃惊:主教第一次说了句跟上帝无关的话,居然说得如此天真。他自己似乎也意识到了,改口道:"这是上帝的意志。"麦克斯说:"上帝做证,我们的全部分歧几天前已经解决了。"

晚餐可口却不愉快。米澜女士第一个起身,告辞离开。劳顿紧接着站了起来,追上米澜女士说:"我有话跟你说。""说吧!"他前后看看:"到哪里去说?这儿不方便。"显然他渴望去她的房间。她似乎不愿意给他这个机会,指了指门外说:"那就出去吧,你陪我散散步。"接着,马奇主教也走了。我最后一个离开餐桌,看到那个穿旗袍的高个子姑娘跟着退役上校奥特莱走出餐厅上了楼梯,显然是要去奥特莱的房间。我寻思劳顿说得对不对,难道真有用美色贿赂"五人调查委员会"的事?看到麦克斯走向客厅抓起了电话,大概是要提醒张绪国或李云飞:即便有"自由"的诱惑,王济良也不一定承认共产党指派了他。我走出德国领事别墅,又看到劳顿和米澜女士正在走过林荫道,从背影看两个人挨得很近,好像她挽着他,或者他搂着她。我自然想起了玛丽娅,想起了明天中午聚福楼的约会,不禁有点儿激动。

聚福楼在即墨路上,是青岛著名的鲁菜馆,一座古典的中式歇山顶建筑,黄绿色琉璃瓦,雕梁画栋。我在二楼雅座坐下,欣赏着廊壁上的一副对联:驱车偶过即墨路,买醉须登聚福楼。仔细一瞧,竟是大汉奸郑孝胥的手笔,不禁有些感叹:它居然挂到现在了,被"殖民"过的青岛人真是大度得可以。等玛丽娅来了我才点菜,问她喜欢吃什么。她说:"随便。"我就对跑堂的说:"炒一个'随便'。"原想逗逗玛丽娅,看她毫无笑意,便也严肃起来,赶紧点了活牙片鱼、大毛蟹、水晶包子,还有葡萄酒,一顿很奢侈的午餐,完全是为了讨好她。她并不客气,吃得差不多了才开始说:"世界上恐怕没有不掩饰经历的人吧?你不要指望我把所有的都说出来。"我说:"你是想说服我编造一个真相。如果你掩饰了最重要的东西也能达到目的,就尽管掩饰好了。我不是一个喜欢刺探别人隐私的人。"她说起来,就跟王济良一样,一说就很遥远。她说:"说到我,就得提到我妈妈。妈妈和王济良很相像,王济良的爱人在德国,我妈妈的爱人在中国,他们都为别人活着。不一样的是,王济良在拼命寻找,我妈妈在咬着牙等待,或者说连真正的等待都没有,只是在默默忍受,忍受不可能破镜重圆的煎熬,一生都这样。"

46

玛丽娅不知道妈妈为什么没有离开中国。当年,也就是第一次世界大战德国人被迫向日本人交出青岛后,许多德国侨民因为抵抗日本人而成了俘虏,后来获得释放,大部分人都千方百计回到了自己的国家。妈妈留下了,她似乎宁肯作为战败国的贱民也不愿抛弃她从少女时代就开始生活的这片土地。她被日本人丸山招收进了地处丹煎街即大阪町的东京会馆。玛丽娅的记事就从这个时候开始，她已经三岁半了。

会馆是一座德国人建造的欧洲复古式建筑，圆窗、拱门，三层，门窗四周和楼层的间隔空间里，有手法简约的花卉装饰。正面矗立着希腊式的女神雕塑，雕塑后面是有天使浮雕的楼梯墙，楼梯设在左右两边，上去是连接着拱门的大理石铺地的甬道。会馆前后都有花园，花园没有围墙，行人稀少的环形林荫道便是它的界限。就在花园茂盛的德国刺槐遮蔽的一角，有两大间红瓦坡顶的德式披肩房，妈妈带着她就住在这里。同住的还有一些中国女人，都是年轻漂亮的单身，玛丽娅成了披肩房里唯一的孩子。从披肩房到会馆，有一条弯弯曲曲的石径。每天上午，当妈妈睡觉时，玛丽娅就会拿着一块妈妈给她的火烧在石径上边吃边玩。她经常离开石径，走进草地和花圃，或树林里，蹦蹦跳跳地追小鸟、捉蝴蝶、看蚂蚁搬家昆虫走路。但只要一感到寂寞，就会立刻回到石径上。石径上尽管很少有人，但每一块石条，石条间的每一棵草、每一朵花，她都认识，都是她的朋友。中午晚些时候，从睡梦中醒来的妈妈会为她做饭，给她洗衣，把她打扮得漂漂亮亮的，好像一天就是从这个时候开始的。然而她累了，要睡觉了。一两个小时后她醒来，再玩一会儿，便和妈妈一起吃晚饭。然后妈妈就去工作了，和那些中国女人一起走过石径，消失在会馆的穿廊里。对玛丽娅来说，这是一天中最难熬的时光。天渐渐黑了，她不敢到外面去，就待在披肩房里，蜷缩在妈妈和她共有的床上，昏暗、黑影、响动、风声雨声、野猫的叫声，都是她的敌人，好几次都惊怕得失禁了，屙在地上，或尿在床上。惊怕消失在困顿袭来之时，她睡着了，就什么也不知道了。妈妈回来时不是午夜就是凌晨，总是一个人先回来，而那些中国女人几乎人人都得工作到天亮。妈妈告诉她："不工作就没有钱，没有钱就不能住在这里，也没有饭吃。"

这样的日子持续了两年多，女人们的拌嘴让玛丽娅知道了一个词——"陪酒女郎"。一个女人说："别看你是外国人，还不是跟俺们一样，都是下贱货。"另一个女人说："她可不一样，光做陪酒女郎就比俺们挣得多。她跟丸山是什么关系谁知道？昨天我看到她从丸山的睡房里出来，还笑着。"妈妈说："我挣得多是客人给得多，跟丸山有什么关系？"又有人说："我猜是丸山包了你吧？"妈妈说："嫉妒才会让你这样说，我早就说过，我是只陪酒不卖肉的。要是你想让丸山包了你，跟我吵没用，应该跟梅子姐商量。"真正被会馆经理丸山包养的梅子姐跳了出来，叉着腰说："姐姐情愿把丸山让给你们，你们知道他是什么？连太监都不如，太监还有个棍棍哩。"有女人说："那你还争着抢着往人家怀里钻。"梅子姐说："谁争谁抢了？丸山要是喜欢你，我今天就让出来叫你受受，他只会掐你的屁股咬你的肉。"妈妈拉起玛丽娅就走："姐妹们，算了吧，话有该说不该说，这里还有孩子呢！"玛丽娅扑腾着眼睛，完全没听懂。但是不久她就懂了：妈妈的工作是伺候人，伺候人的人经常被人欺负。身上的青紫和鼻青脸肿让妈妈充满了悲伤也充满了厌恨。来东京会馆消遣的都是日本人，有军人、有政要、有商人。妈妈作为陪酒女郎，经常遭到客人的骚扰。日本人是占领者，对女人的拒绝尤其是战败国女人的拒绝格外诧异：居然还有不从的，你不从就别做陪酒女郎啊？但是妈妈不哭，玛丽娅也不哭。妈妈咬紧牙关坚强地忍耐着，玛丽娅也坚强地忍耐着。渐渐地，她不害怕了，所有妈妈去工作的夜晚她都不再惊怕得失禁和龟缩在被窝里瑟瑟发抖了。昏暗中摇晃的黑影、莫名其妙的响动、风吹门窗的吱扭声、雨打树林的沙啦声，乃至野猫、野狗、老鼠、蝙蝠都成了她的朋友。它们一出现，她就说："你好。"它们似乎也在说："你好。"只是，玛丽娅不明白，妈妈和她为什么要这样。

丸山还算是个怜香惜玉的好人。一次，一个日本海军军官要强奸妈妈，遭到反抗后，用皮鞭把妈妈打得浑身是血。丸山把妈妈送进医院治疗，康复后说："你能坚守到什么时候呢？日本军人直接效忠于天皇，地位高得就像日本的富士山，违背军人的意愿，连我也得受惩罚。"妈妈哭着说她再也不做陪酒女郎了，她要带着孩子离开这里。丸山问她："找到新地方了？"看妈妈茫然摇头，又说，"你想把自己饿死啊？求我吧！"妈妈问："怎么求你？"丸山想了想说："算了吧，你不是一个能讨男人喜欢的女人，就算已经求过了。"他安排妈妈去厨房做西餐师的助手。从此妈妈脸上身上不再有伤，也不必天天熬到午夜了。妈妈感谢丸山，对玛丽娅说："没想到日本人里也有好人。"玛丽娅见了丸山，老远就用中国话喊："丸爷爷好。"丸山也用中国话回答："小家伙，你好。"玛丽娅听到丸山对妈妈说:"你要是想回德国,我可以放你走。虽然现在不可能再有德国舰船靠近青岛港,但你可以搭乘中国船或英国船到香港,再从香港去德国。"妈妈毫不犹豫地说:"谢谢,我不。""怎么不呢?""要等我就在中国等。"丸山好奇地追问:"等什么?"妈妈不说。丸山又问:"是不是在等什么人?"妈妈摇头。

妈妈不等人,妈妈等的是人的一道命令。据说命令应该从德国最高军事机构发出,所以叫"最高命令",只要命令传来,妈妈就自由了,就会迎来幸福的时光、美好的日子了。这是妈妈亲口告诉玛丽娅的,所以玛丽娅也在等,还会问:"妈妈,命令是什么?""命令是一张纸,或者一句话、一个消息。""什么是消息?""一句话就是消息。"玛丽娅更糊涂了:妈妈在等一张纸、一句话。她见过许多张纸,听到过许多句话,但都不是妈妈要等的。妈妈要等的到底是什么样的纸、什么样的话?玛丽娅有过无数次的想象和描绘:一张纸——白色的,不,蓝色的,不,红色的,不,黄色的,不,应该是彩色的。一句话——小孩的,大人的,女人的,男人的,悄悄的,高喉咙大嗓子的。但妈妈和她总也等不来,等来的都不是,怎么会都不是?

1922年,日本人迫于国际压力把青岛交还了中国,许多德国商人重返他们原先经营过的"模范殖民地"青岛,"皇族资本"再次出现在姬路町即皇族街上。有个看上去跟妈妈很熟悉的德国男人来到妈妈跟前,说了许多话。而且有些话是针对玛丽娅的,那人直截了当地说:"我没有给这孩子带礼物是因为我不喜欢她。"那人走后,玛丽娅问:"这个叔叔为什么不喜欢我?""因为你是我的孩子他就不喜欢。""妈妈,他怎么说了那么多话?而你等待的只是一句话。"妈妈说:"对,话越多越没用。我没有等来那句话或那张纸。"

妈妈开始东奔西走,有时带着她,有时自己一个人去。她发现,只要妈妈去"皇族资本"就不会带着她。她问妈妈为什么。妈妈愤愤地说:"他们嫌弃你呗!不怕,有妈妈在,谁嫌弃都不管用。"一年后,妈妈的奔走有了结果:搬家。她们搬进了毕史马克街负一号。玛丽娅这才知道自己原本就出生在这里,出生后不久,房产就被日本人强占。妈妈忙来忙去的,就是向北洋政府辖下的胶澳商埠索要从日本人手里接收过来的"负一号"。她成功了,她说多亏"皇族资本"的帮忙,多次派人跟商埠督办面谈。玛丽娅问:"妈妈,你终于等来了吧?"妈妈说:"不,这不是我要等的,不是。我告诉过你,我要等的是一张纸,或者一句话,而不是一座房子。"

妈妈还在等,玛丽娅也就伴随着等下去了。这期间,妈妈在"皇族资本"得到了一份文秘兼打字员的工作,家中也就有了固定收入,而且不菲,温饱之外还有富余。玛丽娅上学了,胶澳童子学堂的住校生活带给她的不仅是知识,更是成熟,是友谊。她有许多朋友,最好的朋友便是同班的王实诚。因为有一次她说:"我没有爸爸。"王实诚说:"俺也没有。"她说:"你有,你有爹,爹就是爸爸。"他疑惑地问:"后爹算不算爹?""不算。""那俺就没有。"两个同病相怜的孩子便自动凑到一起了:做作业,去食堂打饭吃饭,度过无忧无虑的课余时光。又有一次他问:"要是后爹比亲爹还要好,也不算爹吗?"她说:"你怎么知道后爹比亲爹好?""俺亲爹不管俺,也不管俺娘,就知道去你们德国找他的相好。"她喊起来:"原来你是有爹的,你有两个爹。你姓哪个爹的姓?""俺后爹叫张起,亲爹叫王济良。俺姓亲爹的姓。""你应该改过来,哪个爹对你好,你就姓哪个爹的姓。"

周末回家,玛丽娅把同学王实诚有两个爹的事告诉了妈妈。妈妈说:"你出的什么主意啊,不管亲爹待他如何,他都应该姓亲爹的姓。这是中国人的习惯。"玛丽娅又说起他爸爸王济良去德国寻找相好的事,妈妈居然感动得哭了:"你告诉王实诚,他亲爹其实是个好人,能豁出一切去寻找爱情的人都是好人。我就不行,我本来也可以去寻找你的爸爸,但顾虑太多太多,让我寸步难行。""太多太多的顾虑能告诉我吗?"妈妈沉思片刻说:"顾虑里头有'国家',有'命令',有'身家性命'。""什么叫'身家性命'?""就是你的命、我的命,还有你爸爸的命。"过了一会儿,妈妈又问:"王实诚家是不是很穷?他是不是穿得很破,是不是经常饿肚子?这孩子太可怜了。"玛丽娅问:"我可不可以带他来家里玩?"妈妈说:"当然可以。"

47

  王实诚第一次来家里玩时，妈妈特意买了蛋糕让他和玛丽娅吃。以后来的次数多了，就碰到什么吃什么，但每次碰到的都是好饭。好饭的标准是有肉，妈妈会做中国人的红烧肉、回锅肉、粉蒸肉、梅菜扣肉，无论做什么肉，王实诚都会不掩贪馋地吃得满嘴流油。时间是最好的保姆，就像养育生命一样养育了王实诚跟玛丽娅母子的关系，亲密得就像一家人了。其间他们经历了北洋政府的衰败，国民政府的建立；经历了胶澳童子学堂的毕业，市立中学的走读，以及王实诚的来她家居住。世事和人生都在急剧变化，唯独妈妈的等待没有变，她始终如一地等待着那一张纸或一句话。为此她曾多次跟那个常来家里看望她的德国男人发生争吵。男人总是说："也许不久了。"

  "你一开始说的就是'不久'，不久到现在了还是'不久'。你的'不久'是一年两年还是十年、八年、百年、千年？"男人说："请原谅，我为此前后写了四封信，最高统帅部的回答依然是'不久以后'。我只能如实相告。""请你写信告诉他们，如果还要'不久'下去，我就不会再等待什么命令了。""你是一个德国人，如果你还爱自己的国家，就必须等待，哪怕命令永远不来。""什么？命令会永远不来？那我就不等了，真的不等了。"妈妈愤怒至极地摔掉了手中的茶杯。男人说："其实当初你就不应该留在中国。""不可能不留下，他是我的生命，我必须跟他团聚。有错的不是我，是你。是你以国家的名义要求我向一切人保守秘密。""不错，为了国家，你只能这样，我也只能这样。"生气归生气，她还是在等待，以极致的耐心和一个德国人忠于国家的决心消耗着自己的生命，焦灼的盼望就像盼望她自己的再生。只要那个德国男人来家里，她第一句就是："命令来了没有？"

玛丽娅讨厌这个男人，不仅是因为他不喜欢她，从来不跟她说话，甚至都不会正眼看她一下，更是因为他一来就会跟妈妈吵架，一吵起来他就会说："让这孩子滚开。"妈妈就会让她出去玩，或者把她关到楼上卧室里。吵架时妈妈非常生气，也非常悲伤，有时悲伤会持续到他离开后的第二天。她问妈妈："这个人是谁？"——她已经不像开始那样叫他"叔叔"了。妈妈说："一个德国亲戚。你就当他不存在好了。""为什么？""因为他也不承认你的存在，他认为你不是一个真正的德国人。"玛丽娅说："他说得对，我是中国人。"妈妈笑了。她很少看到妈妈笑，妈妈一笑，简直漂亮得像天使，就像她在图画里看到的"拿石榴果的圣母"。她又说："妈妈也是中国人。"妈妈不笑了，脸上顿时有了一层几欲坠泪的凄婉，叹口气说："想做一个中国人，是不容易的。你以后就知道了。"

几乎绝望的等待持续到1937年的"七七事变"。日本人开始了对中国的全面侵略，包括德国人在内的所有外国人都撤离了青岛。妈妈又一次留下了。那个"德国亲戚"又一次来到家里，威胁妈妈说："日本人的这次占领和上次占领不一样，亚洲海盗是什么都能做出来的。你以后必须跟野兽打交道，知道吗？还是跟我回国吧，把这孩子交给教会孤儿院。"妈妈说："不，我就在这里等待命令。只有在这里，那张纸或那句话对我才是有用的。"妈妈的拒绝引起了"德国亲戚"的大发雷霆，指着玛丽娅说："出去，出去，你给我滚出去。"妈妈第一次没有让她离开，抱着她，决绝地说："这是我的家，你没有权力命令我的孩子。""德国亲戚"甩门而去。妈妈追出去喊道："你让最高统帅部立即下达命令，不然我就说出去。"他说："你疯了，你打算说给谁听？中国人没有能力抵抗日本人。""德国亲戚"接着又来了一次，留下了一些钱。"皇族资本"已经关闭，妈妈没有了收入，这些钱是她们母女今后的生活依靠。"德国亲戚"没有再跟妈妈吵架，迅速离去了。妈妈知道他今天就要回德国，发呆地望着他的背影，默默流出了泪。

"德国亲戚"说得不错，日本人的到来的确是野兽的占领。妈妈的美丽顿时成了灾难。一个下午，三十多个日本兵闯进了毕史马克街负一号。还能有什么好结果呢？一个女人微不足道的反抗不断引来野兽们的哈哈大笑。轮奸持续到第二天，三十多个日本兵并不是三十多次，每个人至少轮奸了两次。妈妈几次昏死过去。等她最后一次醒来时，发现野兽们已经离开。早晨的阳光从窗外洒进来，照在一片狼藉的家中，到处都是血，那是妈妈的血。妈妈从污脏的床上滚下来，爬向了厨房，菜刀是她唯一的目标。当她用右手砍向左臂动脉，又砍向大腿动脉时，她觉得自杀已经完成了，便丢开菜刀，仰躺到地上等待着死亡。但她首先等来的却是玛丽娅和王实诚。他们早已从市立中学毕业，玛丽娅成为美国天主教圣方济各会圣功女子中学的中文教员，王实诚虽然不是正式教员，有时也会被玛丽娅叫去学校，给十四岁以下的低年级学生做一些中文方面的义务辅导。日本人来了，以培养修女为主要目的的圣功女子中学紧闭校门，用几面红十字旗帜保护着自己，也保护了玛丽娅和王实诚以及一些来避难的妇女。侵略者烧杀抢掠、奸淫妇女的事件不断发生，他们担心着妈妈，一大早跑回家想让妈妈也去圣功女子中学躲几天，没想到不幸已经发生了。

  妈妈的自杀没有成功。玛丽娅让王实诚守着妈妈，不顾自己被日本人抓去的危险，在街上疯狂地奔跑，跑向了滞留在战区的美国天主教圣方济各会教会医院。院长嬷嬷脱下自己的黑色道袍披在了她身上，让她带着两个会医术的修女原路跑回了家。妈妈说："你们为什么要救我？你们快走，快走，快回圣功女子中学去。"他们去了，带着妈妈一起去了，先是在圣功女子中学，后来又到了天主教堂，一直到1939年第二次世界大战爆发后三个月，他们才回到毕史马克街负一号。作为法西斯国家，德国和日本迅速成了亲兄弟，"皇族资本"搬回来了。当那个"德国亲戚"再次出现时，妈妈居然没有问："命令来了吗？"

好像妈妈再也不想那个来自最高统帅部的"命令"了；好像她的不幸跟她苦苦等待的一张纸或一句话有着非此即彼的联系；好像灾难让她失去了人生的希望和渴求的资格与理由；好像那个"命令"是她的爱人，既然她已经被日本人轮奸，就已经无颜相对、无缘再爱了；好像无论出于德国人的道德意识，还是出于中国人的贞操观，都不允许她带着如此深重的伤痛和羞耻，坦然面对她的期待、她未来的生活；好像她从来不曾为"等待命令"活着，当玛丽娅有意提起，她总是一脸茫然，表示自己听不懂女儿在说什么。

等待消失了，连"命令""一张纸""一句话"这些词汇都已不再在妈妈嘴里出现了。妈妈的话越来越少，也显得越来越慵懒，很少照着镜子收拾自己的容颜，憔悴和衰老就像阳光下的阴影无情地蚕食而来。她除了像过去那样去街上买粮购物，然后进厨房为玛丽娅和王实诚做吃的，更多的时间则把自己关在卧室里。发呆成了她每天必需的、最多的神情。玛丽娅一回到家，就找些话题跟妈妈说。她发现已然非常淡漠自己的事的妈妈，却一如既往地关心着王实诚的家事，常常会唠叨："张起死了，栗子也死了，哑巴的命怎么这么苦？"又说："王济良回来了？跟哑巴住在一起了？这就好，你们多回去看看。"又说："德国不是好去的，他怎么又走了？实诚为什么不劝劝他？别让他再去了。德国那么大，他没说要去哪里找？"又说："他一共去了几次？找不到就算了，还找，还找。他这个人，也不是一般的人。中国人说的'一条道走到黑',说的就是他。"又说:"你说什么?实诚的娘去要饭了?你们快去,把家里的吃的都带去,再带些钱,多带些。"又说:"造孽的日本人,上帝为什么不惩罚他们,连一个哑巴也不放过。可是她也不能跳海自杀呀,她得等着王济良,王济良一定会回来的。快去实诚,搬回去跟你娘一起住,守着她。"又说:"野兽,野兽,日本人怎么能当着儿子的面糟蹋他母亲,快让哑巴搬到我们这里来。"

多年下来,妈妈的这些话给玛丽娅和王实诚留下了深刻印象,因为好像妈妈没说过别的话,就说过这些话。不不,还有一些话让玛丽娅和王实诚刻骨铭心,因为一说出来它就成了利刀在心灵深处的刻印,就像蓦然耸起了一座墓碑,上面血淋淋地写着一个字:爱。虽然是战乱的背景,虽然有不幸发生,但青春总归是青春,该燃烧的时候照样燃烧。都已经是二十多岁的大姑娘、小伙子了,玛丽娅和王实诚的互相吸引有了质的飞跃,拥抱,接吻,脱衣,上床,进展似乎很漫长,又似乎神速得连些微的犹豫都来不及。

48

玛丽娅怀孕了。妈妈逼问着:"谁的?谁的?上帝啊,不行,绝对不行,你跟王实诚怎么能是夫妻呢?也怪我,也怪我,我怎么就没想到呢？你们大了。"玛丽娅红着脸问："为什么不行？"王实诚疑惑的眼睛瞪得如同顶棚上的大灯泡。妈妈说："没有为什么，不行就是不行。"又说，"外国人和中国人之间的爱情都是悲剧，你们难道不明白吗？王济良就是例子。"玛丽娅抚摩着自己微微隆起的肚子说："妈妈，生米已是熟饭了。"妈妈果断地说："打胎。"为此她亲自去了教会医院，被教会医院以"上帝不允许无故杀害生命"为理由拒绝后，又通过"皇族资本"，把女儿送进了一家日本战时医院。一向仇恨日本人的妈妈这次却表现得极其反常，不仅向所有日本医务人员卑躬屈膝，说尽好话，还找到丸山，乞求他假扮自己的丈夫，去医院守护玛丽娅。丸山答应了，这样就可以避免那些无耻无理、强梁霸道的日本伤兵侵害玛丽娅了。玛丽娅被顺利流产，又被丸山用自己的车迅速接出医院，拉到了家里。妈妈这才松了一口气，躺下睡去，一睡就是三天。可见为了这事，她已经多少日子没合眼了。玛丽娅多次问妈妈："为什么要这样？"妈妈说："不是已经说过了吗？要以王济良为戒，外国人跟中国人的结合没有好结果。"玛丽娅总是摇头，她不相信妈妈的话。

妈妈坚决拆散这桩婚姻的做法对玛丽娅和王实诚的打击很大，他们处于悲伤和困惑之中，就像跌入了无边无际的深海，甚至王实诚都要搬出"负一号"了。但恰好遇到日本人侵害哑巴，团岛砖房成了一个十分危险的所在。妈妈说："你就当你是我儿子，就当玛丽娅是你亲姐姐。"玛丽娅和王实诚都哭了。以后，他们彼此尽量保持着距离,别扭了很长一段时间才变得较为融洽。先是玛丽娅想通了,叫他"弟弟",并以姐姐的身份和姿态对待他,他也开始叫她"姐"。但看得出他比她陷得更深,生活上的依赖和感情上的依恋始终在超越"姐弟"的界限。他让她洗自己的内衣内裤,习惯性地抱她吻她、抚摩她,不敲门就闯进她的卧室,甚至滚到她床上。她会清醒而耐心地纠正他,一次又一次,不厌其烦,直到他大哭一场后有了新的习惯:让男人的私密只属于自己,而不亮相于她,因为她是"姐姐",是一堵让他不得不压抑的伦理高墙、一道不可逾越的道德深涧。他问:"姐,你以后还会回德国吗?"玛丽娅说:"我得看妈妈。""妈妈是一定要回去了。""那不一定。""姐,你想过我吗?我以后怎么办?""你以后会娶妻生子,然后离开我们,每个中国人都这样。"他沮丧地说:"我多么想成为一个德国人,永远跟你们在一起。"玛丽娅瞪起眼睛说:"你不要你娘了?你娘是中国人,她虽然是哑巴,但她是世界上最漂亮也是最坚强的哑巴。"王实诚默然无语,他对娘的感情没什么可说的,那是一种必须为她努力活着的感情;而对玛丽娅,却是一种恨不得为她去死的感情。死了就知道,在他的骨子里,她不可能是他的"姐姐"。所以王实诚经常会说到死。"皇族事件"以后,他满脑子都是为爹去死的念头,见人就说十八个人都是他杀的,并不是因为他跟爹有多么深厚的感情,而是为了用这种畸形的方式表达对玛丽娅不可磨灭的爱,为了宣泄因爱不成而出现的悲愤和孤独,包括他突然就有了的对香烟的嗜好。

妈妈在遭受日本人兽性的侵犯之后，身体每况愈下，情绪也不好起来。"抑郁"开始骚扰她，而且越来越严重。日本投降后，有所好转，好转的标志是她再次提起了那个似乎她已经忘记了的"命令"——一张纸或一句话。她问晃晃悠悠走进来的"德国亲戚"："我不提'命令'时你也不提，我忘了，你也忘了吗？""德国亲戚"一愣，半晌才说："德国有了新政府和新的最高军事机构，我们还需要等待下去，我不能给你说什么。"妈妈说："走，你赶快走。不带着'命令'，你就别来我这里。"她赶走了"德国亲戚"，其实并不仅仅是他没有带来那个一直压在她心里的"命令"，而是他不理睬玛丽娅，对王实诚更是视而不见。赶走他的好处是：家里的气氛不再那么坚硬冰冷，窒息难忍。不管妈妈多么不幸，她希望带给两个孩子的永远是温暖和舒畅，尤其是在她一手斩断了他们的爱情之后。

妈妈的抑郁好转了两年，接着又日复一日地严重起来。原因是多方面的，其中之一便是中国日益激烈的内战，眼看和平无望，那张纸或那句话的到来越来越渺茫，被她重新拾起的"命令"又因为病情加重而被她痛苦地抛弃了。没有等待的生活才是最暗淡的生活，妈妈的日子变得乏味、枯燥、沉闷、无所事事。她跟王实诚一样，动不动就会说到死。王实诚是想为玛丽娅而死，而妈妈是为了世界，她说："我死了，世界也就不存在了。"可妈妈的世界是什么呢？当然不是地球，也不是全人类，她装满内心的其实还是那张纸或那句话，就算她已经决意不再等待，但存在毕竟是存在，未来不会因为人的绝望就不会到来。妈妈还是想着未来,一个天天想到死的人却比谁都固执地企盼着未来。复杂的心情、矛盾的姿态就像硬币的两面附着在妈妈身上。妈妈太苦了,她因为内心世界的封闭和不可抗拒的沉默,而活得比谁都苦。

痛苦的日子里,妈妈不再想接触任何人,除了玛丽娅和王实诚,甚至都不愿意接触户外的空气,极少走到院子里来,更不要说上街了。家里所需的一切都是玛丽娅在采购。渐渐地,她连客厅也不去了,从厨房到卧室,每天往返数次,是她的全部。"妈妈,今天天气特别好,我们去海边转转吧?"玛丽娅和王实诚都不止一次地说过。得到的回答是沉默,无边的沉默。只有一次,当玛丽娅说起维多利亚海湾的风景之美,说起如果妈妈不去海湾看看,那真是辜负了生活也辜负了青岛时,妈妈说:"你是要我去跳海自杀呀?"玛丽娅哭了:"妈妈,妈妈……"

就在这种畸形的沉默和对死亡的日常化思考中,妈妈等来了一个历史的转折点:国民党节节失败,共产党即将解放全中国。对每个生活在中国的人来说,这个转折点都至关重要。"德国亲戚"一大早紧紧张张来到"负一号",径自上楼去了妈妈的卧室:"来了,来了。"妈妈问:"什么来了?""德国最高军事机构的命令。"他从口袋里拿出一张纸,念了一遍上面的文字,又把那张纸交给了妈妈。妈妈看着,目瞪口呆,突然一阵哆嗦,把那张纸团在手里号啕大哭。等来了,终于等来了,德意志的命令——祖国的声音:"解除关于维多利亚炮台的禁令,公开建造炮台的所有秘密。"这个命令终于以"一张纸"的形式和"一句话"的内容，来到了"皇族资本"，又来到了"负一号"的妈妈面前。妈妈哭了很久，整个"负一号"都在抽搐。

玛丽娅不说了，神情悲伤得如同泡在雨里的海，从里到外都是湿的。我想安慰她又不知从何说起，给她倒茶，又请她喝汤，好像她还湿得不够。突然她站了起来，懊悔地说："今天真不该来这里，说了这么多不该说的事。""可是，你好像并没有说完。""说完了。""不，你是在用眼泪接着说。"她不吭声，片刻才说："不想再说了。""也就是说，不想再说服我了？""你看着办吧！其实我知道，就算我全部说出来，也不可能说服你；就算我说服了你，又怎么能说服'五人调查委员会'呢？活该我们摊上了这样的灾难。"我要送她回"负一号"。她拒绝了，说要自己走走。我们来到聚福楼的门口。天上正在落雨，路面上的湿像是润着我们的情绪，均匀而细腻。我目送她的背影，恋恋不舍地凝视着她的哀恸的袅娜，一种怜惜、一股酸楚从心底奔涌而来。我突然转身，快步过去，骑上了我的脚踏车。

但是我没想到，我会在半路上再次碰到玛丽娅。她坐着一辆洋车，从另一条路上斜插过来，拦住了我。她叹口气说："我想了想，还是全都说出来吧，已经都这样了，还有什么必要隐瞒呢？"我们冒着细雨霏霏的夜色朝前走去，前面是高高的教堂尖塔，是幽静、寂寞的城市一角。她的话语就像她的脚步滞涩而沉重。

49

那天,"德国亲戚"带着"命令"来到妈妈跟前时,玛丽娅一直躲在妈妈的卧室门外听着。妈妈哭够了才大声说:"这下你该满意了吧?我忠于了我的祖国,却毁了我的爱人,毁了两个人和两代人的生活。""德国亲戚"说:"你可以告诉他了。"妈妈说:"我现在都成这个样子了,怎么见他?我已经不是他心目中的那个人了,早就不是了。""那你是不打算告诉他了?""不。"妈妈吼了一声说,"我就是不知道怎么告诉他。我听王实诚说,他又要去德国,再去就是第六次了。不能再去了,不能再去了。"她用团在手里的"最高命令"揩着眼泪,却发现它坚硬得连揩眼泪的价值都没有了。"德国亲戚"沉默着,突然说:"好吧,我来想办法告诉他。"

玛丽娅紧张得双手捂住了"咚咚"直跳的胸口。后来又听到"德国亲戚"说起离开中国的事:"皇族资本"准备撤离青岛,他很快就要回德国去,希望妈妈跟他一起走。妈妈问:"你是说也包括玛丽娅吗?""德国亲戚"不吭声。妈妈又说:"也许玛丽娅可以留给她爹,但他一生都是为了去德国寻找我们,我们怎么能用一直在青岛的事实打击他?""德国亲戚"说:"好吧,你可以带上玛丽娅,但王实诚绝对不行。"妈妈说:"你这一生,好像从来没有成全过别人。滚,你滚,我有我的主意。"玛丽娅有些明白了:年老色衰、疾病缠身的妈妈不想见到她多年未见的爱人,这个爱人就是王实诚的亲爹王济良。而自己,天哪,居然是妈妈跟王济良的孩子。天崩地裂,她跑下了楼梯,几乎撞倒打着没睡够的哈欠从自己卧室出来的王实诚,又一头撞向门外,跑向了海。

海的抚慰是那么有力有情,玛丽娅跳进去,游啊,游啊。她想游到最远的地方,再也不回来了。但当疲累突然降临,她发现不远处就是彼岸。她又游回来了,不知不觉游回来了。她突然意识到,和自己相比,妈妈更有天大的悲哀,妈妈也许会出事。她走上海岸,湿漉漉地跑回毕史马克街负一号,喊着:"妈妈,妈妈!"王实诚站在客厅里,双手抱在胸前,嘴上僵硬地叼着一支点着后又熄灭的香烟,瑟瑟发抖,满脸疑虑地望着她说:"妈妈上吊了。"玛丽娅冲上楼梯,又听王实诚在身后说:"我把妈妈救了下来。怎么了,到底怎么了?"

我想感谢玛丽娅对我的信任,我想这爱情的千古之谜竟因为我的出现要昭然于世了,我想人的一生到底有多少错位、颠倒、失败和苍茫才能组合成生命的全部?我想我亲眼看到断臂的阿弗洛狄忒找到了那只令人猜测不已的手臂,却发现手臂上写着一行更加令人费解的文字,文字又包含着更加匪夷所思的内容。我陪伴着玛丽娅，流着泪，又送她回家，发现不知什么时候雨停了。玛丽娅似乎比刚才轻松了些，沉默着，脚步越来越快。

"负一号"很快到了。我轻轻叫了一声"玛丽娅"，把脚踏车靠到了墙边。她停下来望着我。我说："我听你的，关于真相的报道……"突然上前抱住了她。她居然没有马上推开我。我说："我知道你很坚强，玛丽娅，你会越来越坚强。"我开始吻她，就像黑夜吻着亮光，带着全面覆盖的欲望，是那样的迫不及待而又不合时宜。我说"我爱你"，就像海对岸的诉说，执着得不怕复回。我说："如果不是遇到你，我肯定不会这么认真地对待调查，也许早就离开青岛了。"她突然推开我，慌乱地走向院门，打开，进去，头也不回。但我觉得跟回眸一笑差不多，我对她的拥抱就像风对海的抚摩，风走了，浪犹在。我说："玛丽娅，我还会再来。"回答我的是一声猫叫，躲在黑暗中的大白猫突然蹿出来，跑进了屋内。

我回到斐迭利街的夏日旅馆，直奔劳顿的房间，敲了半天他才开门。"对不起，吵醒你了。"我看他穿着睡衣，不想让我进去的样子。他问："你有事吗？""当然，而且很重要。"说着就要侧身进去。他伸手拦住我说："如果你想给我一个人说，就请在下面酒吧等着，我们喝一杯。""你这里有人？"我好奇地伸头朝里看了看，发现米澜女士正在手忙脚乱地穿衣服。我说："既然都是这种关系了，你们两个就算是一个人了。我不去酒吧，我今天喝过酒了。"劳顿推我出去说:"那你就在门外等着,我喊你进来你再进来。"几分钟后,我跟他们坐在了一起。

听我把玛丽娅的诉说重复了一遍后,劳顿和米澜女士都很吃惊。劳顿沉思着,突然穿起外衣说:"走,我要连夜审讯王济良。你去吗?"米澜女士严肃得就像吵架:"当然。"急忙中我们忘了叫上马奇主教,半路上才想起来。一辆破旧的双套马车在劳顿的催逼下跑得很快,"嘎吱嘎吱"响着,像是就要散架。星光灿烂,以最明净的状态照耀着城市。城市有些忙乱,列队奔跑的军人和疾驰的军车制造出空前刺耳的噪声,吓坏了路两边的商家,都已是门窗紧闭,连灯光都早早地熄灭了。街上一个市民也没有。突然传来一声惨叫,瘆得人直打哆嗦。米澜女士说:"但愿一切赶快结束,城市不能没有生活,尤其是青岛这样美丽的城市。"劳顿用事不关己的轻松口气说:"快了。"

欧人监狱的监狱长显得非常不安:怎么晚上提审,不会出什么事吧?请示了张绪国和李云飞才被允许。监狱长说:"对王济良我们审了一下午,给他开出了条件,如果他承认跟共产党有关系,就放了他。他……"劳顿立刻说:"拒绝了?"监狱长问:"你怎么知道?"我说:"只有王济良才会蔑视自由,因为对他来说有比自由更重要的东西。"监狱长问:"什么能比自由重要?"米澜女士说:"也许是爱?"监狱长又说:"连自由都没有了,还要爱干什么?"我说:"连爱都不存在了,还要自由干什么?"监狱长眨巴着眼睛,似乎不明白我在说什么。劳顿说:"他不是不怕死,但他更怕活着没有爱。"监狱长说："现在他只能死了。我告诉他，他要是不听我们的，枪毙他就是这几天的事。"劳顿严厉地说："是你做主吗？没有我们的批准，谁敢动他？"监狱长笑笑说："说句实话，你们不过是临时的，还能待着不走？"

大概是夜晚的衬托吧，审讯室显得比白天亮堂了些。灯光交错着，扭曲了凶手王济良，让他不像人，像一个鬼。他的黑瘦愈加夸张，迅速长起的头发不驯地岑起，中间却凹陷着，如同一个被掏走了蛋的鸟窝；拉碴的胡子上沾满了唾液，那是他刚才正在酣睡的痕迹。似乎他以为被狱警半夜揪起来是要枪毙他，眼里的惊惧带着生命最后的强光。死神就要降临，他本能的猥琐和胆小让他的身体几乎缩小了一倍。还是那一身破洞赫然的棉袄，但露出的棉絮已经不见了，他坐在椅子上，如同一个没有装满的破麻袋。我们坐到了桌子后面，劳顿在中间，米澜女士和我在两边。劳顿问："我们上次说到哪儿了？"王济良不吭声，像一只被人追打的流浪猫一样警惕地瞄着我们，直到断定我们不是来枪毙他的，才扭动了一下身子，突然直起腰说："快了，俺的事快要说完了。"然后就是沉默，眼光躲向屋角，一个老鼠洞正在和他对视。劳顿说："说吧，这次最好说完。"他拧了一下脖子："说完了俺就会死吧？"劳顿说："不会，我保证。"王济良摇摇头，表示不相信。巨大的不想死的本能销蚀了他诉说自己的欲望，还是沉默。审讯室变成了寂静的岸，都能听到远处浪涛的拍打了。一艘轮船驶过，传来汽笛的呜呜声。

我有些着急,想知道那个"德国亲戚"如何拦住了他第六次去德国,那个来自德国最高军事机构的命令对他又起了什么作用,"解除关于维多利亚炮台的禁令,公开建造炮台的所有秘密",跟他又有什么关系。我说:"告诉你吧,也许我们知道的比你还要多,比如……"王济良低下头,像是更不打算开口了。我望了一眼劳顿,看他鼓励地朝我点点头,便说:"你有一个儿子叫王实诚。"王济良干脆闭上了眼睛。我又说:"还有一个女儿叫玛丽娅。他们是同父异母的姐弟。"王济良的眼皮"吧嗒"动了一下。我说:"你不知道吧?玛丽娅从前也不知道你是她爹,只有她妈妈吉娜知道。所以……"王济良的怯懦、可怜和猥琐突然消失了,他倏地扬起脸来:"骗子,连你也是骗子。俺以为只有外国人才是骗子。"我说:"所以她妈妈只能逼着玛丽娅去打胎。我骗你干什么?"王济良困惑地半张了嘴:"为什么要打胎?"我又说:"因为她怀上了王实诚的孩子。还不相信是不是?"王济良闭上了嘴,也闭上了眼,蜷缩在椅子上,把头埋进胸脯,让我们看不见他的表情。我们又静静地等了半个小时。劳顿小声说:"总不能就这样等到天亮吧?"米澜女士说:"只能明天再来了。"我有些不甘心,大声激将道:"这是最后一次谈话,我们再也不来了,走!"三个人同时站了起来,椅子"吱啦吱啦"地响,脚步声传向门口。王济良浑身一颤,想站起来,沉重的镣铐又让他坐下了。他说:"别走啊!"他乞求地说:"请你们别走。"他几乎哭着说:"大人们,请别走。"说着突然就又号又唱:

你是成精黄鼠狼，
偷吃俺家大鸡王。
好一个阎王差鬼，
害惨了渔家山乡。

王哥庄里有祠堂，
先人祖宗祭拜忙。
东山老神西山魅，
自古血染太阳光。

唱完了又哭。当一个人流着泪对你滔滔不绝时，你想到的一定不是同情地擦干他的泪，而是在听清他不断被抽搐打断的、湿漉漉的、含含混混的每一个字。三个重新坐下的人，都支起了耳朵，生怕自己听不清楚。王济良说得很吃力，结结巴巴的，直到把自己融入往事，悲伤渐渐躲藏到他的故事背面之后，才恢复到原来流畅的节奏上，不紧不慢得如同一条大平原上的河，缓缓流向了入海口。

50

王济良没有料到，他期待的那个"星期五"，不是他离开青岛继续去德国寻找吉娜的"星期五"，而是他被一伙国军抓起来的

"星期五"。那些人在他背着行李前往码头的途中绑架了他，又塞住他的嘴，把他推进了一辆美式吉普车。吉普车飞驰而去，很快到了海边，又开进一片树林，看到了一条林荫道，之后便是铁蒺藜，是国军的岗哨。一过铁蒺藜，他的眼睛就被蒙住了。但他是青岛人，蒙上眼睛也知道前面是什么地方——只要不拐弯，再走几分钟就是维多利亚角了。维多利亚角向来是军事重地，多少年来都有军队把守：德国军队把守过，日本军队把守过，北洋军阀把守过，现在轮到国军严密把守了。吉普车直行进入了维多利亚角，又曲里拐弯走了大约半个小时，突然停了下来。王济良被拉下了车，又被两个人架着，一会儿上一会儿下地走了一阵儿，最后只听门一响，不走了。他们给他松了绑，拿掉了蒙眼和塞嘴的布。他发现自己来到了一间石砌的小屋，门口堵着几个国军军官，赶紧跪下说："长官，俺一个小老百姓，安分守己的良民，又没犯法，抓俺干什么？放了俺吧，俺还要坐船去德国呢！"一个军官用皮靴踢了他一下，问道："你昨天晚上去没去码头？""没去。""谁能证明你没去？""俺在家睡觉，俺老婆能证明。""你还知道你有老婆？你老婆是哑巴，证明不了你。倒是有人看见你溜进了码头仓库。""长官，哪个码头仓库？""就是你天天卸货装货的那个仓库。从'考文垂'号卸下来的货全部被盗，有人怀疑你是内鬼。""长官，这可是天大的冤枉。""是不是冤枉，等一会儿上了刑就知道。"军官出去了，"哐当"一声关上了门。

屋子似乎在地底下，没有窗户，只有灯光，又潮又暗，阴森森、冷冰冰的。他坐在一块冰凉的石头上，不停地打着寒战，怎么好像待在坟墓里？坟墓没有四季，是永远的冬天。他起身走向门口，一拉，铁门竟是开着的。外面是一个更大的空间，也在地下，没有窗户只有灯，像是一个很大的隐蔽部，当初他们在德国修炮台时，地下隐蔽指挥部也是这样的。他在随便放了些桌椅板凳的隐蔽部走动着，如同走在一座熟悉的建筑里，很快找到了关死的门和左右通道。右通道通往兵营，左通道通往炮塔。他按照他修过的炮台格局走向了左通道。通道里没人，就像他期待的那样，走出去逃跑的可能性越来越大了。前面就是炮塔，炮塔不是空着的，灯光下的人影在无声地晃动。他悄悄地摸过去，绕过炮塔的门，从一道运送弹药的石阶上走了上去。

上面是一座绿树掩映的山头，有旋转式炮塔、隐蔽指挥部的通风口、隆起于地表的弹药库和给养库的脊顶、高高的瞭望塔。多么相像啊！简直就是德国炮台的复制。现在是黄昏，他没有睡觉，怎么就好像走进了梦境？有人朝这边走来，他赶紧躲到一片灌木丛里。几个士兵说说笑笑走进了炮塔。凄美的太阳就要从尖锐的山头上掉下去，森林的连绵复制了海浪的姿影，滔滔不绝，风的鼓动让它来潮又退潮。他四下里眺望着，看到了东炮台和西炮台，也意识到自己所处的地方是北炮台，心想：看来修建炮台是有程式的，必须选择同样的地形。或者，亨利希的设计具有权威性，别人都在模仿。想着，他又看到了跟他在德国炮台住过的劳工房屋和巴赫别墅一样的建筑，看到了简直就是从一个模子里倒出来的地堡和永久性兵营，还有一模一样的教堂在夕阳的映衬下散发着寂静的绿光。他突然想起吉娜的话："我们将是新建的炮台教堂里举办婚礼的第一对夫妻。"他朝教堂走去，一个念头猛然闪过脑海，不禁戛然止步，愣怔了片刻，便又朝从地下隐蔽部上来的路走去。他悄悄地返回，借着灯光在墙壁上慢慢地寻找：不错，就是这个地方。他看到了立体的鹰徽图案、精致的浮雕：《1866年普鲁士军队击败奥地利军队》《1871年德意志帝国在凡尔赛宫宣告成立》《皇帝阅兵式》《1900年八国联军总司令冯·瓦德西将军在中国镇压义和团》。他还在几个神龛一样的地方，看到了德国皇帝威廉一世和二世的半身像、铁血宰相俾斯麦的全身像、音乐家贝多芬和瓦格纳的头像。都是他的打造，是他为亨利希的"德国精神"做出的贡献。每一个凹凸、每一个线条、每一个凿痕他都认识。他感到头晕目眩，扶着墙，摇摇晃晃朝外走去。

他在绿树掩映的山头站了很久，直到天黑，才朝山下走去，如同一个幽灵，在森林里无声无息地飘荡。山路曲折而狭窄，还是他熟悉的那种样子。他好像并不是逃跑，走走停停，不断观望着那些有灯的地方——一点儿也没变，连灯光的明暗和布局都没变，观望着月光下的马尾松、雪松、耐冬、香柏、臭棘子、黄杨，还有王哥庄的桂花树。他冷笑一声：其实每个地方有每个地方的树，天南地北不会是一样的。他走了很长时间才走到海边，验证似的看到了满是鹅卵石的滩涂和依然坚固高大的石头的围墙。他走过去摸了摸围墙，望着黑暗的海，一屁股坐了下来。他在海边坐到天亮，然后脱光衣服，跳进海里，朝远处游去。

在"考文垂"号就要离开青岛港时，辛格船长见到了匆匆赶来的王济良。他以为对方是来登船远航的，高兴地说："为了你的到来，我决定推迟两天启航。请带所有的船员去找石头，青岛到处都是漂亮的石头。"王济良又是作揖又是鞠躬："大人，俺不走，俺是来表示感谢的，你是对俺好过的外国人，俺这辈子永远记得你。"辛格船长失望得连连跺脚："我们真的不会再有合作的机会了？是不是我给你的那一份太少了？""不不，不是这样，大人。"

"考文垂"号走了，王济良继续在码头装货卸货，沉默寡言，吃辛吃苦，没有一天缺席。有一天，他看到"不来梅"号又一次驶进了青岛港，突然大喊一声："看啊，骗子的船！"给"不来梅"号卸货的时候，他小声用德语向一个德国水手打听什么时候走。水手说："不会超过一个月。""回去拉什么货？""这次来不是拉货，是搬家。""搬家？""'皇族资本'要搬回德国去了。"王济良的心"扑腾"一跳，仔细瞅了瞅德国水手。

王济良从此便不再去码头扛活儿了。每天，他都会准时来到皇族街的一片树林里，坐在石头上观望。不远处是"皇族资本"的楼房。楼房右边，圆形的两层如同两个巨大的摞起来的磨盘，一圈五个窗户，都用帘子遮挡着，看不清里头。左边是三层的六角形，影影绰绰能从窗户里看到晃动的人影。一些灰鸽子落在顶层像是安了家。中间是方形，有五层，顶上飘着一面德国国旗。他不时地望过去，真想让眼光变成刀子，将那面旗拦腰砍断。"皇族资本"用的全是赭色花岗岩，坚固得就像要塞上的城堡，也没有低矮的窗户或隐蔽的后门能让他溜进去，想要进去只能走大门。但是大门经常是关闭着的，好像已经不做生意了。门柱前面站着两个身着灰色西服的德国人，不是军人却都带着枪。阳台和绿色盔甲帽的塔楼上，也不时地会出现武器的持有者，不漏掉任何异常地巡视着楼前楼后。为什么如此警觉？是因为党国军队节节败退，政府无力管好城市，抢劫和偷拿越来越频繁，还是"皇族"人知道他王济良的心思？王济良真想冲进去看看，里面到底有没有亨利希！

"皇族资本"虽然整天关闭着大门，但上午上班时总会有人进去，下午下班时总会有人出来。终于有一天，他恍惚觉得那个天天坐着一辆黑色轿车，准时来去的大胡子竟和亨利希有些相像，至少个子的高矮很像。他污脏自己的脸，装着乞讨走过去，朝着大胡子伸出了手："行行好……"大胡子没有理睬他，抬腿就走。他紧趱几步拦住，再次用眼睛证实了自己的猜测："你是亨利希先生吧？"对方断然否定："不，我叫威登。"他在心里冷笑着：亨利希做了那么多坏事，改名换姓和用大胡子伪装一下，不也是很正常的吗？很快他从门卫口中知道，大胡子威登便是"皇族资本"的现任总裁。

他把观望变成了监督，很想追着那辆黑色轿车，去看看下班后的亨利希会落脚在什么地方。但黑色轿车每次都开得很快,追着追着就不见了。有一天,来上班的亨利希只待了一会儿,就离开了"皇族资本"。黑色轿车朝码头的方向驶去。王济良追了过去,直追得差点儿把肠子吐出来。他看到亨利希登上了"不来梅"号,真担心现在就会一走了之。还好,亨利希又下来了,坐着轿车疾驰而去。

51

没几天,"皇族资本"开始搬家:沉重的木头箱子和铁皮柜子络绎不绝地搬到了码头上。"不来梅"号做起了启航前的准备:整理缆绳,擦洗机器,倾倒垃圾,储备淡水,采购食物什么的。王济良装作搬家的苦力来到船上,找到那个曾经跟他说过话的德国水手,送给他一尊德国水手本人的石雕头像。德国水手惊喜得几乎拥抱他。王济良说:"看样子你们要走了,还来不来了?俺学会的德语没用了,以后跟谁说话去?"德国水手说:"我听说还有不想走的德国侨民,你去找他们说话吧!""威登先生会走吗?""当然会,他的单人卧舱已经准备好了,还是我打扫的,光地板就擦了三遍。""单人卧舱,在哪里?什么时候启航?愿上帝保佑你们。"王济良说起自己的石匠手艺如何高超,并许诺下次再来,一定奉送一尊德国水手本人的全身雕像。德国水手问:"你什么时候再来?"王济良反问:"你们什么时候走?"说着话,便和德国水手在"不来梅"号上晃了一圈,确认了亨利希的单人卧舱,又看到甲板上堆积着许多停船后压舱、启航前抛弃的石头,说:"多好的石头啊,每一块都可以成为一件艺术品,千万别扔掉,也许俺会跟你们去,一路航行,一路雕刻。"德国水手说:"好啊,好啊,我给你留着。""那俺就一定跟你们去。"

王济良匆匆离开"不来梅"号,来到皇族街的树林里,继续监视"皇族资本"。傍晚,正等着就要下班的亨利希走出来时,迎面走来两个似曾相识的人,仔细一瞧,打了个愣怔,死僵僵地立住了。他先认出了老铁,后认出了王强,心里不禁一揪:这种时候怎么会出现这两个人?再瞅瞅他们的脸,立刻觉得来者不善,王强阴云密布,老铁怒水来潮。他四下里看看,转身就走。两个人追了上来。王济良跑起来,飞快地来到海边,纵身就跳,立刻意识到这种时候最不应该的就是跳海。海是王济良的故乡,也是王强和老铁的故乡,谁都可以变成鱼。三条鱼在海里纠缠来纠缠去,结果自然是寡不敌众。当王济良被王强和老铁拽着游到岸边时,他已经筋疲力尽了。三个人坐在被太阳晒得滚烫的石头上,"呼哧呼哧"喘着气。还没喘够,王济良就忽地站了起来。王强和老铁早有防备,跳过去,一前一后把王济良夹在了中间。王济良又无奈又紧张,问:"你们想干什么?"

王强挑起嘴角,似笑非笑地用一只手摁住他的肩膀:"你明明知道,还问什么?"老铁"嗖"地从腰里抽出一把尖刀,抵住了王济良的肚子。王济良叹口气说:"听着,俺们无冤无仇,犯不着你死俺活。"王强说:"当初你害死俺爹时可没这么想过。"王济良吼起来:"就为了这件事,俺们石匠死了多少,你不知道吗?"王强说:"最该死的还没死,所以又得麻烦俺们了。""谁在麻烦你们?"王强哼哼一声:"你说呢?"王济良说:"亨利希想让修过炮台的人都死掉,现在就剩下俺们三个人了,俺死了你们也得死。"王强说:"那可不一定。亨利希要是想让俺死,俺早死了。"王济良说:"你没死是因为亨利希要利用你杀张起,杀栗子,杀俺,俺没说错吧?不是他仁慈。"王强说:"俺不管他仁慈不仁慈,俺只知道俺们杀了你就可以去德国。"老铁喜形于色地说:"对,去德国。"仅仅是为了拖延被害的时间,王济良顺口问了一句:"去德国干什么?"王强说:"你反正要死,不妨告诉你,还记得俺们去德国修过的炮台吧?已经改成庄园了。俺们跟亨利希签了公文,杀掉你,俺们就是'炮台庄园'的主人。"王济良愤怒地跺了一下脚,长叹一声说:"俺们就没去德国修过炮台。俺们坐着'不来梅'号,在海上漂荡了半个多月,最后又回到青岛,登上了维多利亚角。俺们是在青岛的维多利亚角修的炮台。不信吗?不信你们去看。"王强说:"你怎么这么会说?扯一个大谎就想捡一条命,谁信你的胡扯八扯?"王济良又说:"炮台修好后,德国人又把俺们运到海上,使人炸沉了轮船,五百多石匠和铁匠差不多死尽了。为什么?就是怕炮台的秘密传出去。这个你不会不承认吧?当初德国人是怎么指使你的?"王强扫了一眼老铁手里的尖刀:"俺不否认德国人一直在利用俺和老君会,那又怎么样,谁不想活得好一点儿?老铁,快。"老铁没有动手,怔怔地打量着王济良:"你把炮台的事再说一遍。"王济良说了,比刚才说得更详细,连自己怎么去了维多利亚角,怎么逃出来都说了。老铁盯着王强,手中的刀明显离开了王济良的肚子。王强摇摇头:"俺还是不信。照你这么说,是亨利希在骗俺,公文上是盖了戳子的。"王济良说:"公文和戳子顶屁用,他骗你上船,再把你丢进大海不就一了百了啦!"王强犹豫着:"俺要眼见为实。"王济良说:"俺带你们去。"

他们偷了一条小船,在茫茫黑夜的掩护下,驶向维多利亚角,拴好船,缘山而上。几个小时后,他们一言不发地来到了坚固高大的石头围墙前、鹅卵石的滩涂上。突然,王强冲着大海狂叫一声:"我日你妈,亨利希!"老铁说:"用原子弹日,用原子弹日。"

现在,他们三个成一伙了。但只是情绪上的一伙,行动还是各干各的。王强和老铁正处在激愤的峰巅,冲动得不能自已,而王济良已是一个深思熟虑的复仇者,并不信任他们,还劝说他们不要气过了头。王强和老铁不听,冲向了"皇族资本"。门卫认识他们,笑道:"又来找威登总裁?"他们闯进总裁办公室,用一千一万个"为什么"质问亨利希,并扬言"宰了你"。结果是,他们走出"皇族资本"不到两个小时,就仆倒在海岬上流血而死——有人向他们兜售枪支,引诱他们来海边取货,他们没有多想就跟了去,突然发现那枪支竟是射杀自己的。尸体立刻被丢进了大海,浪一冲,连血水也没有了。许多人看见了这一幕,看见了又怎么样?改朝换代的节骨眼儿上,人们会说:党国又在处决"亲共分子",昨天三个,今天两个。只有王济良知道真正的死因,他告诉哭着来找他的两个年轻人:"快回去吧,什么也别想,你们年轻,搭上性命划不来,报仇的事交给俺。"两个年轻人一个是王强的儿子,一个是老铁的儿子。王强的儿子是个戴眼罩的独眼大汉,老铁的儿子歪戴着礼帽,一身黑衣,身量也不小。他们商量好了似的说着同样的话:"叔,不报仇俺算什么俺爹的儿?叔,现在俺们就靠你了。叔,用得着俺们时你就说一声,俺们有的是力气。"王济良说:"好,现在回家去,等俺的信。"他们说:"叔,俺们要杀死所有的外国人。"

1949年晚冬或早春的一个夜晚。一弯新月吃力地挑破云层出现在头顶,黑色的风呼呼地吹,把海上的清新带进了城市。海面有些动荡,月光下的闪烁如同破碎的镜子。不时传来"扑通、扑通"的声音,那是鱼在跳浪。到处都是静止的黑影和疾走的薄雾。码头灯和锚位灯就像女人惺忪的睡眼,在蒙眬中散射迷人的亮光。再过几个小时,"不来梅"号就要启航了。这是一次永远的离去,所以它要等到天亮,让青岛看见自己,也让自己看见青岛。王济良来到码头,把那个他认识的德国水手叫下船,双手送上了一尊全身石雕。德国水手借着灯光再次惊喜地端详着自己的雕像,带他来到船上,请他在酒吧喝了一杯。德国水手说:"你是要跟我们走吗？你看，压舱石都给你留着。"王济良遗憾地摇摇头："走不成了，亨利希不要俺。""亨利希？""就是威登先生。"告辞时王济良死活不让送，自己快步走出酒吧，消失在黑暗里。他没有下船，在甲板上兜了一圈后藏进了遮盖着帆布的救生艇，他知道开船前不会有人检查这个地方。午夜，万籁俱寂，他爬出救生艇，悄然摸进了亨利希的单人卧舱。亨利希醒来时，发现自己被绑在床上，吃惊地"啊啊"了几声，便认出壁灯前站着一个死神，他的名字叫王济良。

52

王济良手持一把明晃晃的平安斧，它既是铁匠的打造又是石匠的工具，因此他用得格外得心应手。王济良说："大人，看你害怕的眼神就知道，你认出了俺。"亨利希使劲儿点点头："你怎么来了？听说你一直在找吉娜？""吉娜在哪里？""她死了。""你可以杀掉俺，但你不能骗俺。俺为了找她去了五趟德国，三十多年里俺去了五趟德国，俺都没死，她怎么就死了？"亨利希懊悔得连连叹气："看来我犯了一个致命的错误，那就是迁就了吉娜，迁就了你们的疯狂。如果一开始我果断一点儿，坚决掐断你们的来往，你今天也不会举着斧头来找我。"王济良说："仅仅是因为吉娜吗？五百多劳工都被你害死了，他们跟吉娜有什么关系？"亨利希半晌不吭声。王济良又问:"是不是在你眼里俺们就是一群老鼠,你可以随便踩死?""也许连老鼠都不如。"亨利希冷笑一声又说,"我承认我的计划是不让一个知道炮台底细的中国劳工活着,我想让他们全部沉没大海。可惜没有做到,你居然还站在这里,并且知道了炮台的秘密。"王济良苦涩地"哼"了一声:"俺们真是太笨了,当初修炮台时就应该想到,青岛的花草树木不会原模原样地出现在德国,季节和冷暖也不可能一样,你们不给俺们劳工吃鱼,就是怕引起怀疑——来到德国还能吃到俺们吃惯了的青岛的鱼,那是说不过去的。"他把平安斧放到亨利希的肚子上,用斧刃蹭了蹭衣服,"说出来,把俺不知道的都说出来。俺杀你是你骗了俺,但要是你老老实实给俺说话,也许俺就不杀你了。"亨利希当然不相信对方会轻易饶了他,但还是抱着一丝侥幸想试一试。他说起来,从招募石匠和铁匠开始,直到现在。最初吉娜并不知道王济良一行不会去德国,但是很快就知道了,她乞求亨利希放过王济良,被他断然拒绝后,又乞求他关照王济良,适当的时候她一定会去看他。亨利希答应了,但前提是她必须帮助他掩盖真相,并说:"这是国家需要,每一个忠于德意志的人都必须为帝国的事业做出牺牲——幸福、青春、财产甚至生命,而你牺牲的只不过是微不足道的道德和诚实。"她说:"不,是爱,是比生命更重要的爱。"他冷冷地说:"你们不能爱。"离开炮台的那天晚上,亨利希说是派人带王济良去找吉娜,要他跟吉娜一起走,其实是想害了他。这是王强的主意,因为对老君会来说,一个群龙无首的鲁班会更容易对付。可谁会想到王济良在最后一刻放弃了吉娜。亨利希跟王强的交易是：王强必须带炸药上船，只要他炸了大船，就可以跟德国船长和船员乘坐救生艇驶向满载铁匠的中型船。但王强并不知道，在他炸掉大船之后，德国人也会炸掉中型船。载着铁匠的中型船上，德国人让铁匠们搜查炸药，不过是为了让他们死前明白，是石匠想害死他们。搜过之后，他们又把炸药放回了原处，然后溜之大吉。亨利希一直想杀掉王强，要不是不来梅的"皇族"从王济良嘴里知道了栗子、张起和老铁还活着的消息，他早就动手了。他通过王强找到了这几个人。之后发生的所有——张起之死、栗子之死，以及后来的老铁和王强之死，都是亨利希亲自下的命令。他还用一封"吉娜的来信"把王济良从中国骗进了德国勃兰登堡死亡集中营，只是没想到，自动走进地狱的王济良，又从地狱走了出来。亨利希说他一生有许多遗憾，最大的遗憾就是，让王济良成了唯一活着的修过炮台的人。他对德意志帝国有强烈的使命感，对完成帝国计划有无与伦比的执着，至今还希望第三帝国再次崛起，称霸全世界，重来中国继续优雅地享受"模范殖民地"的模范生活，并依靠炮台威胁所有敢于挑战帝国霸权的敌人。

　　亨利希舔着干涩的嘴唇结束了他的坦白。过了好一会儿王济良才反应过来："说完了？""我知道你是一个说话算数的人。"亨利希满眼都是可怜巴巴的乞求，似乎被损害、被欺骗的不是对方而是他自己。王济良问："俺说什么了？""你说我说了实话，你就不杀我。"王济良点点头："俺是说过,可要是不杀你,俺来这里干什么?"突然传来一阵敲门声,有人说："大人,大人,天已经亮了,太阳就要出来了。"大概是来"叫早"的吧?大概亨利希说过他要最后观赏一次青岛的日出吧?或者他说过太阳出来以后再离港,人家是来请示起锚开航的吧?但对王济良来说,只有一种含义,那就是督促他赶快动手。他举起了平安斧,不,是亨利希喊了一声"救命"之后,他才举起了斧头。砍人的动静很大,砍了十几下才砍死。砍的过程中,他发现了挂在舱壁上的卡宾枪和子弹带。他端起枪,披上子弹带,忽地拉开了门。第一个闯进来的竟是带他来到船上的那个德国水手。他没有开枪,而是举着平安斧,像劈石头那样准确有力地劈向了他的脑袋。之后的杀戮他一会儿用石匠的斧头,一会儿用战士的枪。他想起当年在"苏格兰"号上,亚瑟船长带着他朝岸上的盖世太保开枪的情形,不禁学着亚瑟船长的样子喊起来："俺打中了,打中了!"直到斧头卷刃,子弹打光,他才罢手。记忆告诉他,他撂倒了十八个人,大部分是德国人。他镇定地把已死和将死的人全部拖到甲板上,用缆绳一一绑上压舱石,抛进了大海。

一阵警笛的鸣叫提醒了王济良。他跳下船,跑过码头,跑向港口的铁闸门,看到外面已经被封锁,闻讯赶来的警察黑压压一片,便丢掉武器,返回码头,一屁股坐到了地上。王济良等待着警察来抓,很后悔没给自己留一颗子弹,突然又嘟囔一句："为什么要给自己留子弹?俺还没杀够呢!"他一跃而起,纵身跳进了海里。

王济良不说了,似乎结束了自己的故事,蔫头耷脑地望着地面,眼泪唰唰地流,突然抬起头,哀求着说:"能让俺出去吗?俺要自由。"米澜女士首先做出了回应:"我们会想办法。"劳顿瞪着她:"你有什么办法?这可不是随便说的。他一口气杀了十八个人,得多少理由才能挽救他?"米澜女士说:"如果这些人都该杀呢?""就算应该,也不能自己动手。"劳顿又看着王济良说,"很遗憾,我们决定不了你的命运。"王济良用戴着手铐的手擦了擦眼泪说:"一点点同情都换不来,那俺就白说了。可是俺现在必须出去,俺一定得出去。"劳顿说:"并不是没有可能,就看你自己了,只要你承认你是受了别人的指使。"王济良说:"没有啊,我是自己指使自己。"我说:"谎言毁了他的一生,他不可能再用谎言去祸害别人。"劳顿点点头:"我也这么想。"又问王济良,"你有时候怕死,有时候不怕,为什么?""俺现在真的怕了,俺还没到死的时候。"我说:"你的故事好像并没有结束。"王济良恍惚地望着我:"没有吗?"我说:"你跳进海里,逃脱了警察的抓捕,然后又去找王强的儿子和老铁的儿子了,你们又做了一些事。能告诉我这两个年轻人现在在哪里?"王济良警觉地说:"不知道,俺怎么知道?他们也没做什么事。"我说:"他们追杀过我。"王济良矢口否认。我说:"你不是喜欢诚实吗?怎么又装糊涂了?"王济良一脸茫然。米澜女士说:

"他可能是真糊涂。"劳顿说:"看来你有糊涂病,自己打自己的耳光。"米澜女士温和地说:"如果有病,就需要治疗。"劳顿附和着:"对,需要去医院治疗。"我突然意识到,他们是在给王济良出主意,赶紧说:"你最好有病。"王济良眨巴着眼,极力让视线从泪光中挣脱出来,看看我们每个人的神情,痛苦地扭歪了脸:"俺有病,还有伤,你们看,你们看。"他想撩起衣服,手铐妨碍着他,怎么也撩不起来。劳顿起身过去,"哗"地掀起来,伤痕累累。

53

这是一个阴雨绵绵的上午。乌沉沉的白色浑然一体,分不清是海还是天。马路上闪烁着雨的光亮,建筑的投影就像深井里的造型。海是安静的,对轻飘飘的雨滴漠不关心。而陆地却显得有些过敏,经过树冠的蓄积和过滤,房檐下滴答滴答,屋瓦上噼里啪啦。在劳顿和米澜女士的提议下,"五人调查委员会"又一次在德国领事别墅的大客厅里开会,而且扩大到了协助调查的外事局局长张绪国和绥靖区司令部的李云飞上校。我跟过去一样不请自来,也跟过去一样没有遭到拒绝。劳顿首先讲话,用两个多小时讲了王济良的叙说和玛丽娅的叙说。最后问道:"是不是需要我们再把他们的故事讲给联合国、西方国家、中国政府和'皇族'机构呢?"麦克斯说："我们没有这方面的任何授权，我们只负责通报结果。"劳顿又说："结果就是我们不可能给联合国和西方国家提供任何干预中国内战的理由。"米澜女士说："王济良是值得同情的，他不应该成为任何政治目的的牺牲品。"麦克斯皱着眉头不说话，显然在他内心深处，王济良和吉娜的遭遇以及五百劳工的死亡已经形成一种不容忽视的压力，或者叫唤醒。他把眼光投向意大利人奥特莱和马奇主教。马奇主教立刻表明了自己的态度："上帝是公正的，它正在纠正我们的看法。不是吗，麦克斯先生？我们不能违背上帝的意志。"奥特莱说："我同意麦克斯先生的看法。"劳顿反驳道："麦克斯先生还没有发表看法。"奥特莱假装糊涂："没有吗？"劳顿说："你总希望有个主人牵着你的脖子去拉屎。"奥特莱说："混账，闭上你的臭嘴。"

麦克斯又转向张绪国和李云飞，看对方迅速低头躲开了自己的眼光，便问道："国民政府是不是已经最后决定要向世界宣告，'皇族事件'即将蔓延到中国各地？如果你们得不到'五人调查委员会'的支持呢？"张绪国说："那要看联合国和西方国家是不是已经最后决定武力干预中国的内战。"麦克斯说："我们不知道联合国和西方国家的最后决定。"张绪国说："我们也不知道国民政府的最后决定。"劳顿喊起来："那我们知道什么？"米澜女士说："我们知道的一切你刚才已经说了。"麦克斯说："我们正在讨论一个我们无权决定的事情，我们现在甚至都无权决定如何处理杀人凶手王济良。"劳顿说："宽恕他。"麦克斯说："你是想推翻我们的目的吗？"劳顿又说："难道他不该得到宽恕？"我似乎明白麦克斯的意思了：如果王济良可以宽恕，一切政治和军事干预的理由都将土崩瓦解。米澜女士也看到了问题的关键，大声说："联合国奉行的不是人道主义吗？我们也正是为了人道主义才来中国的，对一个有正义之举的人，宽恕是必需的。"劳顿说："何况他也许不是罪犯，是英雄。"又侧过头去，用刀锋一样锐利而阴郁的眼光逼视着马奇主教，"既然如此，上帝会不会宽恕王济良？"马奇主教一愣，赶紧说："当然会。"劳顿立刻又说："麦克斯先生，请相信上帝，上帝是不会错的。"麦克斯说："可是我们并不能肯定所有人都会相信上帝，比如国民政府。"我突然插了一句："听说蒋介石先生的夫人宋美龄女士是个虔诚的基督徒。马奇主教是不是可以跟她商量一下宽恕王济良的事？"马奇主教并不认为我是在开玩笑，沉思着说："可以。"劳顿说："这么说你马上就要离开青岛了？"也是在开玩笑。马奇主教却认真地说："让我想想，应该是的。"

米澜女士说："在宽恕到来之前，我们能做的不是去调查，而是从人道主义出发，把王济良送进医院，治好他的伤病。"劳顿说："我正要提这个问题，不然的话，记者会说是我们'五人调查委员会'逼供了当事人，而且是毫无结果的逼供。"说着蛮有深意地看了我一眼。我赶紧说："是的，王济良病得很重，伤得更重。我正准备向《华报》主编弗兰斯反映这件事。'皇族事件'已是一个国际性事件，它的当事人一定会受到国际关注。不管是谁，逼供都是要受到谴责的。"麦克斯再次把眼光投向了张绪国和李云飞。一直不说话的上校李云飞说："我们需要请示绥靖区司令部和市政府。"急性子的劳顿问："什么时候有结果？"李云飞说："明天吧！"米澜女士说："明天上午还是下午？我们会急切地等待。""这个……"张绪国和李云飞互相看了看。张绪国说："我们会尽快给大家一个满意的答复。"劳顿说："很好，我们等着。"米澜女士起身疾步朝卫生间走去。我们大家都站了起来。马奇主教率先离开了，他说："我要去准备准备。"麦克斯随他而去。奥特莱回房间了。我和劳顿离开德国领事别墅，在门口徘徊着，等候米澜女士。大客厅里，只剩下了张绪国和李云飞。他们小声地商量起来，大概是商量如何向绥靖区和市政府报告吧？

国民政府的答复倒是很快，但并不令人满意：可以给王济良治疗伤病，但不能送进医院。当麦克斯打电话把这"答复"传达给"五人调查委员会"的每个人时，米澜女士第一个做出了反应，她敲开劳顿的房间说："我们应该立刻去告诉王济良。"她已经从德国领事别墅搬到了斐迭利街的夏日旅馆，房间就在劳顿的隔壁。劳顿穿起衣服就跟她走，没忘了顺便叫上我。在旅馆的门厅里，我们碰到了马奇主教，他带着行李正在前台退房，看到我们后说："正准备去房间向你们告别呢，再见了。"劳顿大绷了眼睛："你真的要走？真的要去找宋美龄女士，跟她商量宽恕王济良的事？"马奇主教有些吃惊他的疑问："为什么不是真的？"我轻率地问道："你认识宋美龄吗？"马奇主教平淡地说："认识。"我还是不相信，隐藏着嘲笑说："你要是认识蒋介石就好了，可以请求他直接下命令。"马奇主教更加平淡地说："蒋先生也是基督徒，我跟他有过交谈，但并不多。"我问："你们什么时候在什么地方认识的？"马奇主教仰起头回忆着。米澜女士说："据我所知，马奇主教在中国传教已经有二十多年了，和政界商界的许多要人都有来往。他是上海法租界教会医院的院长，医院就是宋美龄女士捐资修建的。"马奇主教说："不不，不是她捐资，是她出面向有钱人募捐。"劳顿说："你跟麦克斯说了吗？"马奇主教说："我们昨天谈到半夜，名义上我是代表'五人调查委员会'前去南京谒见宋美龄女士或蒋先生的。"

我们互相看看。劳顿说："看样子我们不能现在就分手了。"米澜女士说："我也这么想。"于是我们雇了一辆豪华型全封闭三套马车，怀着庄严拜托的心情，把马奇主教送到港口，看着他登上了一艘经上海去欧洲的葡萄牙客轮。等我们赶到欧人监狱时，已经快到中午了。我们没有别的目的，只想表明我们同情王济良的态度，还想告诉他：不准他去医院治疗是国民政府的决定，与我们无关。我们希望宽恕他，并且正在想办法。马奇主教已经离开青岛，或许他能寻求到国民政府最高领导人及其夫人的理解，释放他并不是没有可能。但是王济良显然对宽恕和释放没有信心，就在我们离开后两个小时，他吞钉自杀了。

54

等我们赶到重兵把守的医院时,医官正在等待上峰的命令:是否给王济良做手术。王济良浑身冒汗,脸色煞白,满嘴吐血。劳顿问医官:"不做手术是不是很危险?"医官说:"铁钉能刺穿食道和肠胃,而且是两根,拖延下去,性命难保。"米澜女士给麦克斯打电话,请求他立即联系张绪国和李云飞,向医院下达手术命令。劳顿却直接把电话打给了李云飞:"如果你们不及时救治,那就是谋杀。"我也把电话打给了张绪国,采访的问题是:为什么政府会故意拖延救治王济良的时间?王济良——也许是一个为五百多冤死的中国劳工复仇的义士,为什么结局如此悲惨?半个小时后,医官和护士突然忙碌起来,王济良被推进了手术室。

手术获得成功。我的第一个反应就是离开医院,前往毕史马克街负一号。我照例用门铃叫出了玛丽娅,在街上边溜达边说。玛丽娅激动得都有些语无伦次了:"死是迟早的事,他为什么要吃钉子?什么?也可以不死?你们真的在为他想办法?宽恕他?释放他?真的?手术成功了?是不是国民政府不想对他怎么样了?在什么医院,绥靖区司令部医院?那里可都是军人。不过先前它叫东亚海军野战医院,是德国人留在青岛的最好的建筑之一。我怎么这么冷啊？"她打着哆嗦。我说："冷吗？是不是感冒了？我怎么觉得很热？"我们继续往前走，海近了，涛声阵阵。她问："接下来会怎么办？""好好养伤，等待马奇主教斡旋成功。""他真的会成功？""马奇主教不是一个喜欢说大话的人。""那么妈妈怎么办？难道她会跟王济良见面？我怎么办？王实诚怎么办？我们是一个父亲的孩子，现在大家都要知道了。"她双手抱着自己的肩，继续打着哆嗦。我脱下外衣给她披上，说："回吧，你好像病了。"她六神无主地转身走了几步，又回来，坐在了礁石上。

仿佛海在欢唱，歌声是那么雄壮。飞浪的姿影如同舞蹈，优美的起伏和蹦跃像是要拉住我们的手，好让我们的心情跟它们一样，举止跟它们一样。突然，我好像受到了鼓舞，伸手拉住了她的手。她没有躲闪。风更大，浪更高，她的哆嗦更厉害。我受到了更大的鼓舞，也意识到这是一个机会，便坚定地搂住了她的肩。她把头发朝后拢了拢，望着不远处的航标灯说："就要天翻地覆了。其实我情愿王济良不存在，不是我的爹，也不是王实诚的爹。""这么说，你现在还爱着王实诚。""不不，没有，绝对没有，即使没有王济良，我跟他也是不可能的。姐弟之情跟爱情不是一回事。"我说："那就好办了，玛丽娅。""好办什么？""你跟我去香港。""为什么？""嫁给我。""为什么？""没有那么多为什么，就一个原因，我已经表达过了，我爱你。""为什么？""怎么还是为什么？""爱一个人是有理由的。""一见钟情不行吗？""不行。"我想了想，说起了我童年在青岛欧人区的经历，说起了我受的教育、我曾经的梦幻、我一直的理想：爱一个女人，就是她这样的女人。说到最后我紧紧抱住了她。她冷静地说："你并不能说服我，我不会是你的理想，你不过是同情我罢了。"但她并没有推开我。我抱着她越来越紧，并且用我滚烫的脸颊贴住了她冰凉的脸颊。我说："玛丽娅，我真的非常爱你。"她没有任何回应。不，回应就是沉默，她在细细咀嚼我的话，慢慢感受我的心。我感觉她平静了，不再哆嗦了，就像面前的海，渐渐失去了水的暴跳、浪的喧豗。是风小了吗？不，风在头顶呼呼地吹。有风无浪的海面又是一种鼓舞，我吻她，从脸颊吻到眼睛，再吻到鼻子，吻到嘴。吻到后来，就不是我吻她，而是彼此互相地深吻了。

我们在礁石上坐了很久。黑夜来得很慢，好像非得让我们多一点时间暴露在光天化日之下，好让世界明白：我们恋爱了，我们是忠贞不渝的一对。当一轮明月浮浮沉沉出现在海面上时，玛丽娅推开我站了起来："能陪我去一趟团岛砖房吗？""当然可以。"我以为她要去看望哑巴，其实是看望王实诚。哑巴病了，王实诚前去照顾，已经有一个星期了。我热恋的女人带着我来到了王实诚面前。王实诚先是一愣，却没有接着惊讶下去，平静地说："俺没事，俺娘也没事。你们怎么这个时候来？天都这么黑了，乱世歹人多，路上不安全。"玛丽娅带我走进砖房看望了哑巴，给她留下一些钱，在对方"哦哦哦"的感谢声中出来了。离开时，手里夹着香烟的王实诚非要把玛丽娅送到家。玛丽娅说："你送我回去，我还得送你回来。放心吧，有记者先生陪着我。"我和她沿着海边走向毕史马克街，说着一些顷刻就会忘记的话，也说着一些对我来说刻骨铭心的话，比如她说："我为什么会遇到你？我其实并不想跟你有任何接触。我怎么这么没出息啊？我在你眼里是一个怎样的人，可爱吗？你是即兴的、浪漫的、路过的、没有任何感情基础的，自然也是不负责任的。"为了她的担忧，我说了很多话，虽然不是海誓山盟，但诚意却让海水卷起了巨大的波浪，溅湿了我们的衣服。我拉起她跑向离水较远的地方。继续走路时，我们都有些微喘。

路虽然不近，但感觉很快就到了"负一号"门前。我再次大胆地拥吻了她。她在我耳边小声说："我还没想好呢！"我听了并不沮丧，她的口气温婉而惺忪，好像还有丝丝缕缕的缠绵和柔媚。更重要的是，这次拥吻，她并没有因为我对她的胸乳的轻轻挤压而害羞，让我真真切切感觉到了那种仅属于她的带着天然芳香的性感和带有温度的柔软。"喵呜"——不知从哪里传来大白猫的叫声。

以后的几天里，王济良在医院恢复伤口。麦克斯带着奥特莱在繁忙地接触外事局的局长张绪国和绥靖区司令部的上校李云飞，尽说些车轱辘话，翻来覆去地为王济良说情。他的意思是：国民政府可以按既定方针争取联合国和西方国家的干预，但不要和"皇族事件"尤其是王济良联系起来，因为谎言迟早会被揭穿，"五人调查委员会"中的任何人都不可能为了所谓的使命承担良知的谴责。劳顿和米澜女士在抓紧一切时间发展爱情：吃饭、喝酒、散步、游泳、观赏风景，令人羡慕地整夜把两个人关在夏日旅馆的房间里。我又去了几趟毕史马克街负一号，用门铃把玛丽娅约出来，走走路，吃吃饭，去海边坐坐。有一次，我意外地听玛丽娅说："不想来家里坐坐？"我说："可以吗？""当然。"我又问："王实诚回来没有？""没有。""哑巴的病还没好？"她淡淡一笑："不会的，他一定是故意不回来。"我随她进了屋门，喝着茶在客厅里坐了片刻，突然唐突地提出："我能不能见见你妈妈？"她似乎没想到，愣了一下说："也许她这会儿正在睡觉，我去看看。"她上楼去了。我想她已经给自己找了一个拒绝的理由，下楼来的回答一定是："不好意思，妈妈睡了。"又是一个意外，玛丽娅站在楼梯上大声说："妈妈请你上来。"

55

原来仅仅是她自己和玛丽娅认为她年老色衰了，因为她们的参照系是妈妈的年轻时代。其实她依然很美，美得端庄而富贵、沉静而高雅，美得挑战了时间、抵抗了年龄，怎么看都不像是一个历经岁月坎坷、饱受肉体和情感磨难的人。卧室不大，干净极了，桌上桌下摆着一些石雕，有人物，也有动物，不用问，一定是王济良年轻时的作品。妈妈坐在床边的沙发上，抚摸着身边的大白猫，带着微笑,口气柔和地问候了我:"你好。"我说:"吉娜妈妈好。""坐吧!"她指着桌边的一把椅子说,"我听玛丽娅说到你了,你在香港?""是的,妈妈。""香港是英国人建起来的,青岛是德国人建起来的,你能说说哪个更好?""香港的经济更繁荣,人口也更多。""我指的是建筑。"我犹豫了一下说:"也还是香港好,因为英国占领和经营的时间长,而德国对青岛的占领只有十七年。加上……""说下去。""英国人保守而崇尚古典,德国人严谨而注重实用。"妈妈用她白皙的手朝后拢拢依然浓密的头发说:"我喜欢你的诚实,你并没有因为我是个德国人而奉承德国。那么,玛丽娅呢?玛丽娅漂亮还是我漂亮?"我毫不犹豫地说:"妈妈,你更漂亮,更有气质。"她得意地笑了:"你依然很诚实。玛丽娅,怎么样,你比不过我吧?"玛丽娅也笑了。我说:"也许到了吉娜妈妈这个年龄,玛丽娅会比妈妈更漂亮,因为有我的关照,她会一直很幸福。"我有些冒险,几乎给妈妈说明了我的意图。妈妈沉默了一会儿说:"你很大胆,说真的,这也是我的希望。"我长舒一口气。又说了一些话,我起身告辞。妈妈说:"希望你多来。"我弯弯腰说:"我会的。"心想:她看上去既不年老也没有病容病态,所谓的抑郁症不会是玛丽娅编出来骗我的吧?或者,她得抑郁症的主要原因就是玛丽娅和王实诚那种剪不断理还乱的关系。现在我出现了,我就像一把神奇的剪刀,我就是一个理清乱麻的圣手。

来到楼下客厅,我用手帕擦着满头的汗说:"紧张死我了。"

玛丽娅说："其实我比你更紧张，好在……""什么？""她同意了。她希望你多来就是对你很满意的意思。""我也这么想。"我激动得抱住了玛丽娅，深深地吻她。她推开我，朝上指指，嗔怪地说："妈妈。"我抬头，果然看到妈妈在门口望着我们。

之后我又看望过一次妈妈，买了些水果让她吃。她小声对我说："重要的不是让我满意，而是要讨得玛丽娅的欢心。她难得让一个男人接近她。"我笑道："吉娜妈妈，我明白。"我跟玛丽娅又有过几次约会，都是在户外，在海边。最后一次，我有意改变了行走的方向，朝着斐迭利街的方向走去，路过夏日旅馆时，我装作无意中来到了这里，说："我怎么走回来了？"玛丽娅笑笑，没吭声。我说："要不上去坐坐？"她没有反对。我们来到了我的房间，我的房间有床。这样说并不是废话，因为很长时间我都没有意识到我的房间有床，即使躺在床上，也不会对床有什么想法。现在，我想到了，而且想：我的床多大呀，原本就不是睡一个人的。我抢先坐在了仅有的一把椅子上，指着床说："请坐。"她坐在了床沿上，望着我，等待我说什么。我什么也没说，甚至都没问她渴不渴，要不要喝水，就扑了过去。压倒她的那一刻，我遭到了反抗；遭到反抗的那一刻，我以最真挚的表情和最深切的语气说："我爱你都爱疯了，玛丽娅。"我的爱和她本能的反抗对峙着，最后变成了共有的爱，一切坚硬冰冷瞬间变得柔软温暖。不知道彼此的衣服是怎么脱掉的。我跪倒在她的裸体前，惊讶得忘记了喘气。那真是一件天造地设、超美绝伦的艺术品，我从最美的西方绘画里都无法找到一个能够与她媲美的。她是肌肤白嫩的化身,是线条优美的典范,又有着合理到极致的搭配,每一个部位都让我赞叹不已。我把我的感觉告诉了她。她笑着说:"是什么蒙蔽了你的眼睛?不会是傻吧?"

我没想到,也就是在这一天,我和玛丽娅的如胶似漆从峰回路转走向又一个峰回路转时,王济良逃跑了。没有人知道王济良是怎样逃出东亚海军野战医院的。手术的伤口还没有完全愈合,他就不见了。他是这座医院的建造者之一,对那里的一切了如指掌;他又是天才的石匠,具有看穿石头的法眼,每一堵墙都有缺口,每一块石头都有裂缝,每一种坚固都可能变成稀泥。他就像一条蚯蚓,在稀泥里自如穿行,沿着那些只有他才能看清的通道,钻出了地面。显然他的吞钉自杀就是为了这次逃跑。绥靖区司令部的追捕是不遗余力的,但追捕的失败也在意料之中。一个处心积虑要逃跑的人,一定早就想好了躲藏的办法,何况王济良有过那么多死里逃生的经历,经验会让他变成一只鼠、一只鸟、一只蝇、一个鬼。他的确就像幽灵一样无影无踪了。当消息从门外传来时,我和玛丽娅都赤裸裸地从床上跳了起来。我惊讶地问:"劳顿先生,你听谁说的?"

在夏日旅馆的酒吧里,我们干杯,像在祝贺胜利。劳顿先生说:"用不着我们努力了,王济良给了我们休闲的机会。"米澜女士问:"我们是要马上离开青岛,还是要等下去?"劳顿说:"当然要等下去。"说着拉住了米澜女士的手。她柔媚而灿烂地一笑,使了个上楼去的眼色。看上去他们很高兴,我也很高兴。劳顿正要走,我说:"还不知道麦克斯和奥特莱的看法呢!"劳顿说:"麦克斯跟我一样,他在告诉我时很兴奋,都止不住笑了。至于那个意大利佬,从来都是分不清好坏的,跟屁虫一个,麦克斯笑了,他肯定不会哭。"米澜女士说:"最好不要让马奇主教知道,免得他见了宋美龄或蒋先生说,不需要你们的宽恕,他自己已经宽恕自己了。"我说:"对,逃跑并不意味着自由,即使他成功逃脱惩罚,国民政府的宽恕也是必要的。"我和玛丽娅离开夏日旅馆,朝毕史马克街走去。我问道:"你怎么不说话?"她说:"我不知道这是好事还是坏事,他居然逃出来了。"我说:"他是你和王实诚的父亲,逃出来就能活命,自然是好事。"她点点头:"快走,去告诉王实诚。"

56

王济良失踪一个星期后,突然现身了。现身时绥靖区司令部的追捕还在继续,甚至通过南京政府向全国沿海各地印发了悬赏通缉令,却没想到,他根本就没打算外逃,就在青岛他曾经常来常往的地方。他大摇大摆走向团岛砖房,嘴里"呜呜隆隆"唱着什么,身上的棉袄更破、更脏了,黧黑的脸上滴答着水,好像刚在海里把自己清洗过，却没有毛巾擦干净水。他胡子曲卷、头发蓬乱，不像是肮脏，像是出土的文物带着陈迹宛在的历史感。他来到砖房门口，大声喊叫着："实诚，实诚，你出来！俺在团岛藏了好几天，俺知道你在这里。"王实诚出来了，愕然得都不知道怎么办好：杀人潜逃的爹就在眼前，是真的还是梦幻？他呆立了半晌，蓦然跑过去："快进去，别叫人看见了，这里的人都知道你是杀人犯。""知道又怎么样？他们还知道俺杀的是德国人，高兴还来不及呢！""可也有人是喜欢赏钱的。""那就结束吧，谁也别想利用俺发财。"王实诚拉住爹的衣服往家里拽。就在这个瞬间，王济良从腰里"噌"地抽出了一把磨得锃亮的杀猪刀，一刀捅进了儿子柔软的肚腹。王实诚没觉得爹在杀害自己，甚至也没觉得疼，拉着爹往砖房里头走，还说："爹，你用什么捣了俺一下？"但接着他就看见自己在淌血，看见了从自己身体里拔出来的血刀。他惊叫一声"爹"，然后就轰然倒地。王济良又在儿子心脏处补了一刀，"扑通"一声跪下，朝着从屋里走出来的哑巴，一头磕下去，磕破了自己的额头，大吼一声："对不起了哑巴，俺杀了俺们的儿子。"然后起身就走。他藏起刀，快步走向海边。哑巴以为他要去跳海，"哇哇哇"地哭叫着，意思是：你回来，你为什么要这样？儿啊，儿啊；天杀的王济良你回来。王济良听懂了，转身再次跪下，又重重地磕了一个头，跳起来走了。在靠近海边的路上，王济良坐上了一辆半封闭的单套马车，先付了钱，紧催车夫快走："毕史马克街负一号。"车夫赶着马，奔跑起来。王济良猛不丁唱起来：

　　桃花观里有俊郎，

　　十里山乡破天荒。

　　一马腾空逐日去，

　　拦路走来媚仙娘。

　　车夫问："你唱什么呢？"王济良高兴地说："唱溜腔，俺家乡王哥庄的戏，《黄鼠狼吃鸡》。胡琴的声音是这样的。"他学着哼起来。"皮鼓的声音是这样的。"他学着敲起来。"手锣的声音是这样的。"他学着用两手打起来。"呱哒板的声音是这样的。"他用舌头弹起来。然后又唱：

　　哥哥今日上高堂，

　　妹妹何因树荫藏，

　　昨儿看到婉夫人。

　　我唤姨妈你叫娘。

　　天边来了王金刚，

　　东奔西走杀人忙。

　　一眼看定花冠鸡，

　　挥刀如风笑声狂。

　　转身揪住黄鼠狼，

　　斩头还有关云长。

张飞立马奈何桥，

刘备祭酒为祖光。

唱着，王济良喊起来："俺是关云长，俺是阎罗王，俺是怒目金刚，俺今日做一个英雄好汉，杀他个人仰马翻。俺是力大无穷的老大，俺是顶天立地的老大，俺是报仇雪恨的老大，俺是白刀子进红刀子出的老大！"路人纷纷翘首观望。王济良又是一阵忘乎所以地唱：

杀人为何心不慌，

就因心里有天良。

俺哭俺笑俺唱戏，

神灵给俺好胆量。

"兄弟，你相信不相信，俺十二岁就杀过人？"车夫说："你喝醉了还是吃错药了？""杀——"王济良喊起来，"俺一手举剑一手挺矛，看那绿袍红氅的男女往哪里跑？怎么没有胡琴、皮鼓、手锣、呱哒板了？到了，到了，停下，停下！"他跳下车，又从身上抓出一把钱，塞给车夫，大步走向马路对面。他是翻墙进去的。院门锁着，屋门没有锁。"负一号"的主人——吉娜和玛丽娅当然不会想到，历史的临界点正在到来，该结束的就要结束了，有终点才有起点。

之后的情形乃至每一个细节，都是玛丽娅说出来的：

玛丽娅看到王济良后吃了一惊："你是怎么进来的？""俺是你爹。"好像只要是爹，就可以破门翻墙，天马行空。他来过"负一号"许多次，每次都是站在门口眼巴巴地望着里面。今天他进来了，不禁有些好奇，站在客厅里，眼光闪来闪去。大白猫"喵呜喵呜"地叫着。玛丽娅赶紧给他倒了茶，连声说："坐，坐。"一种天意使然的拖延就这样出现了，连王济良自己都意外，他原本想的是一见面就动手，免得说着说着又犹豫起来。他望着楼梯坐下，玛丽娅也坐下。他问道："你娘呢？"玛丽娅说："我知道你想见她。"沉默。大白猫似乎感觉到了什么，飞快地蹿上了楼梯。

妈妈出现了，从楼上卧室的门口望着客厅。她看到王济良一口气喝干了茶，杯子一放，飞快地拔出了刀子。她几乎是靠着直觉明白了他的意图，大喊一声："王济良你要干什么？"他一愣，刺过去的刀子突然歪斜了。他是玛丽娅的亲生父亲，玛丽娅完全没有防范，尖叫一声倒了下去。幸亏她倒下了，而且昏死过去。王济良以为她死了，长舒一口气，朝楼梯望去。吉娜从楼梯上冲了下来。

现在，他和她相见了，谁会想到，就这样带着血光之灾相见了。他定定地望着依然美丽的她，平静地用德语叫了一声"吉娜"。"你为什么要杀害你的女儿啊？"吉娜哭起来，俯下身子摇晃着玛丽娅。王济良跪下了，一声声地呼唤着"吉娜"，看她不理他，就把滴血的杀猪刀对准了自己。好像他提前无数次地演练过，只一下，就把刀子插进了身体，片刻又拔了出来，血几乎飞上了房顶。吉娜惊叫着不知所措。玛丽娅醒了，对妈妈说："快，给若缺打电话。"

57

　　来了一帮警察,做了详细的现场勘查后,抬走了王济良的尸体。我、劳顿和米澜女士把玛丽娅送进了医院。临走时我对吉娜说:"妈妈,等着我,玛丽娅要是没有危险,我就回来陪你。"吉娜含含混混地说:"好。"目送着我们匆匆离去。寂静突然降临了"负一号"。吉娜抱着一直发抖的大白猫坐了一会儿,然后擦洗净地板上的血,回到卧室,好一阵梳妆打扮。当她离开毕史马克街负一号时,穿上了最好的衣服,亮出了最美的容颜。她走向了维多利亚海湾,两边的街景用突起的喧嚣护送着她,商店都开着,本来已经闭店歇业的,也在今天这个时辰敞开了门户,像一只只偌大的黑洞洞的眼睛惊诧地瞪着她。小贩的吆喝似乎比任何时候都来劲儿:"薯来宝,营养好,两个只一毛,一顿吃个饱。"还有唱戏的,明明是咖啡西点坊,却冒出一声声抑扬顿挫的溜腔调来,当然不是《黄鼠狼吃鸡》,城里人不知道什么叫《黄鼠狼吃鸡》,是《秦香莲》。一群当兵的迎面走来,衣衫褴褛,脸色黧黑,大概刚从前线下来,毫不掩饰贪馋地看着吉娜,想调戏又没那个胆,外国娘们儿,哪敢?一辆黑色轿车飞速驶过,扬起的尘土里,混杂着鱼虾的气息。吉娜加快脚步,超过了几个挑担买煤的人,又超过了一群流浪狗，很快站到了海滩上。她久久望着坚固的海潮一样跌宕起伏的维多利亚角，望着深藏在林木深处的万年炮台，突然迈步，缓慢而坚定地走向了涌来荡去的浪水。晚霞映红了苍茫的海，就像鲜血的大面积漫漶，水变得恢宏而绚烂。一群鱼齐刷刷跳出海面，在落水的瞬间，瞅了一眼陆岸和亭亭玉立的吉娜。乌鸦和鸥鸟在沙滩上觅食，黑的一片、白的一片，泾渭分明，绝不混同。浪水朝后缩去，声音却骤然大起来：停下，停下。她没有停下，只是稍稍有点儿抖。缩向海洋的浪在缩到极限后又猛地伸了过来，先伸出一只手，牢牢抓住她，后伸出一张嘴，"轰隆"一声咬住了她。她发现自己已经在水的怀抱里了，便回望了一眼青岛，看到玛丽娅正在跳舞，不知为什么，她在优雅地展示她从未展示过的舞姿；看到王济良正在扛起一堆赭色的花岗岩，岩石迅速变化着，变成了一尊尊精美绝伦的艺术造型，所有的造型都一样，是赤裸裸的王济良自己。很快，退潮的浪卷走了吉娜的生命；也是很快，涨潮的浪卷来了她的尸体。

两天后，王实诚咽气了，原来王济良并没有当场杀死他，哑巴的拼命抢救延缓了他的死期。之后，哑巴在团岛砖房悬梁自尽。玛丽娅在德国人创办的福柏医院终于渡过了危险期，她已经知道了所有亲人的死，她说："我也要死。"我说："你还有我，有我。"我一直守在玛丽娅的病床前，替换我的是米澜女士和劳顿先生。

这期间我们还做了一件事：埋葬王济良、吉娜和王实诚。在劳顿和我的请求下，张绪国帮我们选择了地点——离海不远的榉林山。不得不埋葬的这天，我来医院征求玛丽娅的意见：三个坟墓是分散开呢，还是集中在一个地方？玛丽娅说："不知道。""那就集中到一起。""不，分散开。""好吧，听你的。"我就要离开时，玛丽娅又说："还是一起吧？""好，那就一起。""不过……为什么要让他们待在一起？他们并不……我不知道，真的不知道，你做主吧！"我做主把三个人埋葬在了同一个地方，三面是德国人栽下的雪松，高大而常青，一面是日本人栽下的针枞，不高也常青。蒿草密布，森然静谧，鸟韵如缕，也算是第一流的阴宅了。

从桦林山墓地回来的路上，我给劳顿说："我怎么就没想到王济良会走这一步呢？"劳顿说："我闪过一个念头，他逃跑以后会出事。但又否定了自己，觉得不可能，王实诚和玛丽娅毕竟是他的儿女，是吉娜的亲人，他那么爱吉娜。"我说："我们大意了，不该给他出主意，让他知道'病'也许能够给他提供'出去'的机会。"劳顿说："不，我们没有错，错就错在他是一个中国人。""你什么意思？我也是中国人。""那你就更应该明白，王济良的路是他自己走出来的，他爱上吉娜是由于内心极度自卑；他想杀死自己的儿子和女儿，也是由于自卑。自卑既来自他低贱的地位，也来自他的家族和祖先。自卑者很容易愤怒，对外族欺凌的愤怒，让他变成了一个无奈的复仇者，祖先遗传的愤怒，又让他变成了一个杀害亲人的凶手。"我无言以对，劳顿说的也许有道理，作为警察他似乎更容易找到犯罪的真正原因。劳顿又说："我们西方人崇拜上帝，所有的荣耀都来自上帝；你们中国人崇拜祖先，所有的荣耀都跟祖先或者祖先的遗训有关。但人很容易走向荣耀的反面，有意无意都在不断违背上帝或者祖先，于是就有了……""自卑？""对，黑洞一样的自卑。"劳顿很高兴我能领会，拍拍我的肩膀，"西方人的自卑是在上帝面前，中国人的自卑是在祖先面前，摆脱自卑就是为了让上帝和祖先满意。怎么样才能摆脱呢？""你是说暴力和杀人？"劳顿哼哼一声："不是王济良，而是他的祖先害死了他的亲人。""莫非你想把他的祖先也抓起来？""如果有可能的话。"我苦涩地一笑："你很会为自己开脱，我心里好像也轻松了些。还有一个疑问，王强的儿子和老铁的儿子怎么突然失踪了？他们不会跟王济良一样吧？王济良跟他们到底有没有攻守同盟？"劳顿问："你担心什么，玛丽娅的安全？"我点头。劳顿说："王济良好像在保护他们。""他的保护起作用吗？国民政府为什么不抓这两个人？""能找到他们就好了。"

我们去德国领事别墅找麦克斯。麦克斯以"五人调查委员会"的名义向外事局举报了王强和老铁的儿子，希望政府能抓住他们。张绪国跟李云飞商量后回话：没有这两个人的线索。但是仅仅过了两天，他们自己就露面了。我去市场街给玛丽娅买水果，在路边一溜儿排开的水果摊位前，看到一伙儿警察晃来晃去，拿起水果就吃。走近了一瞧，发现里面竟有王强和老铁的儿子。我拦住他们问起来，才知道原来他们已经是绥靖区所属的警察部队的警察了，一个是排长，一个是副排长。我问："怎么这么快就提拔了？"他们笑笑，不回答。"是不是'皇族事件'发生不久，你们就开始为国民政府做事？"独眼大汉说："没有啊！""那追杀我和监视我是怎么回事？"两个人互相看看，都不说话。"有人希望事情越搞越大，指使你们追这个杀那个，还许诺让你们升官发财是不是？这人是谁？"看他们不承认也不否认，我又说，"你们可以保持沉默，但有一件事你们必须说实话，不然对死去的人是不公正的——你们的意图以及你们跟国民政府的关系，王济良知不知道？"黑衣汉子首先开口："他不知道。"我追问了一句："真的不知道？"独眼大汉举起拳头说："俺们要是说了假话，娶个媳妇儿没屁眼儿，生个孩儿没屁眼儿，树叶落下来砸死，喝口凉水噎死。"黑衣汉子补充道："对，天打五雷轰。"

58

"五人调查委员会"就要解散了，劳顿、米澜女士、奥特莱都将回到各自原来的地方去，麦克斯将代表大家前往美国向联合国汇报。一直停靠在青岛港的"倚云"号已经做好启航前的准备。他们纷纷登船。我这个调查事件真相的《华报》记者本来也应该跟他们一起离开，去香港复命。但是我留了下来，我不能就这样走掉，玛丽娅的伤口还没有痊愈，心灵的伤痛更需要人的陪伴，她已经没有亲人了，除了我，我是她的亲人吗？是的，尽管她不一定这样认为。我陪她一直到伤愈出院，又陪她回到了毕史马克街负一号。

我很为难：难道要把她一个人丢在这个恐怖的凶宅里？可是，我能住吗？以什么样的名分？我试探着说："我明天再来看你。"她望着窗外就要暗下去的天色小声说："我害怕。""不用怕，有我呢！"我住下了。

在陪伴她度过疗伤期的日子里，我写好了有关"皇族事件"真相和调查经过的报道，去斐迭利街的邮政所用电报发给了《华报》主编弗兰斯，第二天又去邮政所打电话给他，想听听他的看法。他兴奋地说："明天见报，我们要赶在联合国发表意见之前，影响这个世界。"我不无担忧地问："是不是还要报告我们的股东'皇族'？""不必，股东没有权力干涉《华报》的新闻自由。再说了，德国政府已经认定，亨利希和他的部分手下是隐藏在'皇族'内部的纳粹势力。""那就好。""看来应该奖励你了。""是加薪吗？""不，是升职。"我笑笑："其实奖励已经有了。""嗯？""遇到玛丽娅是上天给我的最好奖励。""你写到了，是王济良的女儿，她漂亮吗？""你说呢？""你什么时候带她来香港？很希望见到她，最好能参加你们的婚礼。"

1949年4月，国民政府行政院通过媒体发布通告："昔日以亨利希为首之德人谎称招募华人铁匠与石匠去德意志做工，华工纷纷应募。上船之后，船驶向远海转悠数十日，又于月黑风紧之夜秘密开回青岛维多利亚海湾炮台工地，诡称已到德国，催逼华工下船上岸，随即重兵把守，与世隔绝，不准自由行动。数年后炮台建成，德人又诡称送华工返回青岛，于黑夜诱使上船，骗至海上转悠几天，阴使奸计炸沉轮船，将我五百多华工葬身鱼腹。幸存者王济良历尽艰辛磨难，以民族之大义，惩戒侵略之寇仇，杀死以纳粹残余亨利希为首之德人及为虎作伥之华人十八人，此情可谅，此状可鉴，此举可嘉，此人可彰。亟应授予'民族英雄'之奖章。"

我按照青岛人的习惯，来到桦林山墓地焚烧了一张报纸，让升腾的烟袅和随风扬起的纸灰告诉王济良和吉娜这个迟到的消息。一阵大风吹来，林涛阵阵。之后，我去邮政所分别给劳顿、米澜女士、麦克斯打了电话，彼此都在祝贺：我们的目的达到了，马奇主教的努力成功了。这样的结果足以说明，我们对事件的态度也是中国的态度、世界的态度。今天的宽恕完全可以用来佐证历史的是非，王济良的选择也许是唯一正确的选择。他有爱的勇气和坚忍，也有性情的爆发和挥洒，尽管都是悲剧，但他却能像一个真正的人，用最极端的方式，从悲剧中挺然而出。王济良死去了，"民族英雄"死去了，他是玛丽娅的亲父，玛丽娅也许不会骄傲，但也不应该羞愧或仇恨。我问起马奇主教。劳顿说主教已经从上海回法国了，途经香港时还来看过他。我问："是不是再也不来中国了？"劳顿说："我问过，主教说他不知道。"

那些日子，在毕史马克街负一号里，我不断把一些消息告诉玛丽娅：没想到，新华社全文转发了我在《华报》的报道；在青岛，所有报纸都在重要位置刊登了国民政府的通告，而且贴得满大街都是；劳顿和米澜女士向你问好；不知陶锦章怎么样了，是不是跟着马奇主教去了法国？王济良事件对他影响很大。但是，玛丽娅始终都在沉默，一句也不回应关于王济良的话题。想想也是，她怎么回应呢？那里有她的巨创深痛，有女儿对妈妈骨血里的依赖和失去妈妈后掏空灵魂的全部失落。她处在无所适从的巨大孤独里，如同一艘漂向大海的独木舟，满载着对父亲之爱的强烈质疑。

　　有一天我终于觉得清闲了，坐在客厅里，喝着茶跟她说话。我说："玛丽娅，跟我去香港吧？"她望着窗外，像是在思考，突然说："不。""我陪了你这么久，就是为了带你离开。""我只想待在我的地方。""可哪里是属于你的地方呢，青岛吗？"她不吭声。我又说："也许你是想去德国了吧？"她茫然得如同流星面对宇宙："不知道。过去，妈妈在，妈妈说她要守在青岛，我想我也会一辈子守在青岛。但是现在，妈妈不在了。""这么说吧，你跟你爸爸亲，你就是中国人，你跟你妈妈亲，你就是外国人。香港是外国人的天堂。""我是外国人吗？"我点头。她又说："我生长在中国，怎么会是外国人呢？""因为血缘。""可妈妈说，她嫁给了中国人，她就是中国人了。""看来你还是愿意做一个中国人。""要是妈妈不嫁给中国人，她就不会这么死掉。我不知道我是哪里的人了。"我理解，对玛丽娅来说，失去了妈妈，就是失去了故乡。沉默了片刻，她又说："不管怎么说，妈妈的大部分时间是在青岛度过的。我要在这儿守着妈妈，守着弟弟王实诚，还有妈妈的大白猫。""可要是你不跟我去，我会非常担忧。""我会有什么意外吗？""你害怕。""我为什么害怕？我的胆子怎么这么小啊？"

她用美丽照耀着我，凄楚的神情里充满期待，比任何时候都明亮的眸子闪来闪去，就像两盏引航的灯。而我是航船，我最应该做的，就是回应航标灯的闪烁，长鸣我的汽笛。我说："让我再想想。"

我住进"负一号"后，并没有跟她同床，双方都很克制，因为悲伤。但是这天晚上悲伤好像突然消失了。我告诉她，我已经想好了，马上去香港，处理一些事：去《华报》辞职，卖掉我的住宅，从银行取出我的积蓄，尽快再来青岛，然后就不走了，永远跟她在一起。她很激动，扑过来抱住了我。做爱是不可避免的，似乎压抑了许久的情绪突然有了一次爆发，我说的是她，她爆发了，呻吟，喊叫，浑身冒汗，一次不够，还要一次，还要一次，几乎是淫荡的，不断挺起身子，引诱我俯冲，俯冲。她问我："我好不好？""好，好。""什么地方好？""都好。""不，你应该说，这个地方最好。"她忽地叉开腿，呼唤我再一次进入，"真想为你生个孩子，可是，可是，我会有孩子吗？"生命就在这一刻变得如此香艳赤诚、如此奔放豪爽，总是高涨的潮水里，她让自己狠狠地拍向高岸，碎了，碎了，飞溅的浪花再一次迅速地聚合而起，以更大更狂的气势，更加彻底地粉碎。她说："我知道中国有本书叫《金瓶梅》，你就是书里的那个男人，我就是那个女人。""书里有好多个女人，都很美。""我是最美、最疯狂的那一个。""那就是潘金莲了。""你爱潘金莲吗？""爱。""可惜我不是她。"玛丽娅的神色突然暗淡了，先是一阵抽搐，接着号啕大哭。还没有迎来最后的高潮，做爱就在哭声中结束了。

第二天起床后，玛丽娅说："你真的要去香港？"看我点头，又说，"能不能再帮我办件事？""你的事就是我的事，说吧！""把妈妈的坟墓跟王济良分开。"我很惊讶："为什么？""我突然想明白了，我恨他。"出事以来，她第一次直言表达了对父亲的恨。我愣愣地望着她深湛的眸子："你不应该这样。"我是说出尔反尔。她咬紧牙关说："他是杀人犯。""尽管如此，但情有可原。""你为什么不能跟我的看法一样？上帝是不会原谅他的。""会的，一定会的。他一直在苦恋的海里游泳，他是一个有'彼岸'的人，他杀人是因为'彼岸'坍塌了。""难道不是他自己搞塌的？""怎么能怪他？妈妈的爱解放了他压抑的灵魂，他相信妈妈就跟相信他自己一样。但是突然之间，一切都消失了，他的跋涉、挣扎、受苦受难、死去活来，全是因为有人设了一个骗局。你不觉得这几乎是一个缩影吗？""缩影？为什么？""我是一个在外国人圈子里生活的中国人，我比谁都清楚，中国和西方的历史，就是一部迷信西方而最终被骗的历史。王济良也一样，由迷信而被骗，由被骗而愤怒。""你是说妈妈是骗子？不准你这样说妈妈。妈妈一直在等他，他却举着屠刀来见她。"我长叹一声："你说的当然是事实，我不想为他的杀人行为开脱。但也许不是他错了，而是我错了。""怎么这么说？""我不应该告诉王济良，王实诚和你是同父异母的姐弟，更不应该告诉他，妈妈曾经逼着你去打胎，因为你怀上了王实诚的孩子。之后他就又号又唱：你是成精黄鼠狼，偷吃俺家大鸡王。很遗憾，我竟然没有想到这是他起了杀心的信号。他本来抱定了一死了之的决心,可从那以后,他就不想死了,想逃出去,想自由。作为中国人,他有遗传带给他的使命,那就是不遗余力地维护羞耻,他最不能忍受的,就是无羞无耻地活着。你能理解吗?""照你这么说,是我让他杀害了王实诚?""不,我是在谴责自己,我发现我也是个杀人凶手,至少是杀人企图的推手。我还和劳顿先生、米澜女士一起,撺掇王济良以'病'为借口,寻找自由的机会。结果引发了他的吞钉自杀,以及住院和逃跑。我们认为的胜利和成功迅速演变成了一场灾难。"玛丽娅一如既往地有了海雾似的浩大而深厚的迷惑,想说什么又没说,瘫倒在床上,双手捂住脸,哭着说:"不要再说了,你走吧,走吧!"

我走了,不能再耽搁了。我说:"玛丽娅,等着我,我一定会回来。"她说:"你不要来了,真的不要再来了。"是不要让我再来毕史马克街负一号,还是不要让我再来青岛?我没有多想,我也不认为她这是最后的告别,她已经决定了一切。

59

青岛的码头已是人山人海,从内地来的高官及其家眷、转移财产的富户豪族、逗留青岛的外国人,都在纷纷离开。我没有船票,船票在一个月以前就已经预售告罄,我只有一个"外国记者"的身份。我离开码头,直奔外事局。局长张绪国费了很大的劲儿才满足我的需要:即刻上船,晚上启程。张绪国送我上船时,我恳求道:"麻烦你关照一下玛丽娅,我很快就会回来。"他苦涩地一笑,话里有话地说:"尽量吧!但愿你能很快回来。"一个星期后,我回到了香港,想办的事情都很顺利,只是,我走不了啦!作为自由港的香港码头空前密集地停泊着大大小小无数只船,人们却告诉我:"没有船。""什么时候会有?""那要看局势了。"联合国和西方国家以"皇族事件"为借口的政治干预和军事干预并没有发生,共产党很快解放了上海、青岛、广州以及绝大部分中国的土地。历史按照它自身的规律朝前走去。我在无法通信的状态下焦灼地等待着,等了一年多,才等来"有限通往内地"的消息,便不顾一切地奔向了码头。我乘坐的依然是"倚云"号,不过它已经易帜更主,变成了"解放"号。

离开香港时,已经由警察总部的高级警司升为总警司的劳顿先生,在美都餐室给我送行。他遗憾地说,要是推迟两天再走,给我送行的还会有米澜女士。我说:"你跟米澜女士还有来往?""当然。她来过多次香港,我去过一次美国。我跟你一样,是个自由的鳏夫。""那么她呢?"劳顿立刻垂下了头,半晌才说:"她有丈夫。不过,快了,快离婚了。""你打算娶她?""也许吧,她也想嫁给我。""看来你喜欢华人?""是的。在香港,很多英国人娶的都是中国太太。""那就恭喜你们了,可惜我不能参加你们的婚礼。"我跟他碰杯,又说,"别忘了是王济良成全了你们。"劳顿感慨地说："我也这么想，如果没有'皇族事件'，我到哪里去认识米澜女士？"我乐观地笑着："可见绝对的毁灭是没有的，总有一种希望从毁灭的缝隙里长出来。"劳顿一饮而尽："我喜欢这样的缝隙。"

因为大部分旅客的目的地在南方，"解放"号必须在上海停靠。我又有机会上岸，去拜访老朋友陶锦章。我说："没想到你最后一刻的取舍竟是哪儿也不去，就留在上海。"锦章说："还不是因为你啊！我不大相信报纸，但我相信你。你关于'皇族事件'真相的报道说服了许多人。先是我太太说不走了，丢下这座房子这么多东西，阿拉舍不得。阿拉上海人，上海的亲戚都不走了，阿拉走什么？"我说："也说服了我自己。玛丽娅都留在青岛了，我为什么还要在外面飘荡？""就是，就是，早早地想到落叶归根是对的。"我问他是否还在医院工作。他说："教会医院改名为上海新生医院。我嘛，还在接受审查，不过工作是有的，过去给外国人看病，现在给中国人看病，人的病都是一样的。"说罢，又感叹玛丽娅的身世，还拿出她中学时代的照片和他跟她的几封通信让我看。我望着照片上玛丽娅天使般的姿影，眼睛突然就模糊了，分别一年多，思念已是天高海深。我说："把照片送给我吧？"锦章当着我的面烧掉了那几封他珍藏多年的信。

我怀揣玛丽娅少女时代的照片，就像遇到气候变化而没有按时登陆的潮信，踏上青岛口岸，来到了毕史马克街负一号前。看到大白猫蹲踞在房檐上，警惕地看着我，我便招了招手。它神经质地跳起来，转眼不见了。我心说：它怎么变成一只野猫了？更让我意外的是，这里已是别人的家。我的人呢？玛丽娅呢？我向新主人打听，向同样也是新主人的所有邻居打听，向派出所和街道居民委员会打听，向所有可以打听的部门打听，都不知道有玛丽娅这个人。我甚至找到了入城时第一批进入毕史马克街的一个解放军连长，他毫不含混地做证说，他看到的"负一号"是座空宅。寻找和打听持续了很久，我才渐渐平静下来：玛丽娅，是你没有等我，还是等了没等着？

我想象那时的情形：国民党正在大规模撤离，所有的外国人都在走。玛丽娅不知道自己是中国人还是外国人，很难预测未来的生活，觉得还是应该离开这个地方，去德国。可她为什么不来香港找我呢？她把自己变成了又一个吉娜，也促使我变成了又一个王济良——跳进海里，游向彼岸，却发现海是没有岸的，或者说人一进入海中，岸就消失了，似乎爱就是寻找，就是在千辛万苦的打听中把自己越陷越深。我的寻找慢慢变成了等待，我去不了也不想去德国，我觉得只要寻找，结果就一定是找不到；我去不了也不想去香港，我觉得玛丽娅一定会回到青岛。再说了，我也想证明我自己，只有待在青岛这种证明才是有可能的：我为她而来，为她而等，为她我放弃了整个世界，我在守望中降低了人的标准，我不再追求生命的意义，我在爱，在爱，爱她就是一个人一条命存活于世的全部意义，就是爱一种浪漫、凄美、惊艳的存在。

只是没想到，我一等就是三十多年。

我从来没爱过别的女人，我对玛丽娅一如初心，我内心始终因为她的身形、容貌而明亮和鲜活。然而，我老了，几乎要变成一个"石老人"了。三十多年，漫漫风雨、步步坎坷，我经历了许许多多，但不管外界有什么变化，生命的沉浮如何剧烈，我都不会改变我对玛丽娅的等待，不会放弃去海岸眺望的举动：站在从前的维多利亚海湾，如今的汇泉湾，望着形成海湾的维多利亚角，也就是汇泉角。汇泉湾依然美丽，茂密的树林继续掩映着已经拆掉炮台的"万年炮台"。海总是有些激愤，远道而来的浪迫不及待地拍向岸礁，拍出舞蹈的姿影和万花的绽放，也拍出一阵阵如泣如诉的声音，沿着黑夜与白昼的缝隙，传向更远的地方。不是所有的海水都能发出这种声音，也不是所有的浪都能开出绚烂的花，都能跳出风姿绰约的舞。每天都有轮船驶过，有远去的，也有远来的，如同浪的一部分。而我只想定定地伫立成永恒的岸礁，成为海的希冀。

　　有一天，应该是1983年冬季的一天，一个比我还要老的老人沿着海滩朝我走来。他超过去，又回头看我，转过身来，用拐杖撑直了身子说："你是若缺记者吧？"怎么还会有人提起我三十多年前的称呼？他说："认得我是谁吧？"我摇头。他又说："我打听了好几天才知道你的住处，邻居说你可能在这里。""你是……""现在大陆开放了，两岸可以交通了，我也是第一次回来。""我认识你吗？"他点头："如果不认识，那就是老糊涂了，我是张绪国。""张绪国？干吗的？"说着，我就想起来了，"哦，是那个外事局的。"我们坐下，用身体感觉着礁石的坚硬，唠起嗑儿来，很快说到我当年离开青岛时，恳求他关照玛丽娅的事。他说："我一直在等你回来，没等到，我们就撤了，总不能把监狱里的罪犯也带上吧？上峰说，那就执行吧，动作快点儿。说真的，如果不是撤离，就算判了她死刑，也不一定执行。""什么意思，我怎么听不明白？"他以为我是说听不清楚，扯起嗓子，摆着手说："这里风大浪大，吵，吵。她是自首的，她要是不自首就好了。谁会追究呢？警察早就知道王济良不是自杀，自杀的刀口怎么可能在侧面腰里呢？没人管这事了，忙前忙后都在准备大撤离呢！可她一自首，就不得不管了，因为她杀害的不是一般人，是国民政府行政院授予奖章的'民族英雄'，要罪加一等的。当年处理'皇族事件'时，我就不同意把王济良搞成'民族英雄'，你，还有代表联合国的那几个人，非要搞，结果呢，把你的恋人搞死了吧？""你的意思是说，玛丽娅已经死了，而且是枪毙的？"他夸张地瞪起了眼睛："你不知道？"又哈哈一笑，"我就知道你不知道，所以我来了，来告诉你。当时她的死刑是秘密执行的，就要撤离的国民政府不想让人误解为又在清除党国异己。再说了，报纸也懒得印了，该走的都要走。"他的笑声刺激得我浑身一颤，居然，居然我生命的全部寄托、灵魂的所有期待，在时间的流逝中化作了一个笑料、一阵笑声，而我还只能忍受，只能面无表情地看着波浪翻滚的海水。我太不如王济良了，他还可以远渡重洋，以寻找为生，还可以杀人、坐牢，然后死去，还可以惊动联合国，让世界上那么多人知道他，而我呢？我呢？玛丽娅支撑我活着，但事实上这个支撑早已不存在了,我等待做伴,等待拥有,等待香艳、赤诚、奔放、豪爽的原来只是一个早已死去的人。我也笑了,当然是苦笑,人原来可以这样:幻想一种存在,然后自己存在;幻想一种坚实,然后自己坚实;幻想一种崇高,然后自己崇高;幻想一种到来,然后自己等待。时间就在幻想中过去了,生命就在幻想中变成了花骨朵,一次次地为虚无绽放。可这又能怪谁呢?怪玛丽娅?不,都是我自己愿意的。我唯一能做的,只能是感谢玛丽娅,感谢她用曾经的存在和不逝的灵魂,给了我活下去的希望,然后在悲伤和绝望中诅咒这个给我带来真实消息的老人:为什么要来找我?为什么要告诉我这些?为什么要把这张发黄的报纸留给我?压在石头下的报纸似乎不想陪伴我,不停地掀动页脚,朝前挣扎着。老人走了,这个比我更老的老人没说"再见"就走了,拄着拐杖,步履蹒跚,似乎虚弱得就要倒下,却依然在沙滩上留下了深深的脚印。我抓起那张民国38年国民党青岛市政府的机关报《青岛公报》看起来,上面没说枪毙玛丽娅的事,只说杀害"民族英雄"王济良的凶手昨天自首,还有自首后供述的杀人经过。我看了一遍又一遍,浪来了一潮又一潮。风从海上吹来,报纸"哗啦啦"地响,像是弹奏的音乐,巴赫的音乐:《勃兰登堡协奏曲》。

    玛丽娅看到王济良后吃了一惊:"你是怎么进来的?""俺是你爹,俺翻了你家的墙,不行吗?"他像是很生气,突然又笑了一下,站在客厅里,好奇地到处看着。玛丽娅倒了茶,请他坐下。

他望着楼梯，似乎想上去。玛丽娅警惕地堵在了楼梯口。大白猫似乎感觉到了什么，飞快地蹿上了楼梯。"你娘呢？""你找她干什么？"他坐下了，低着头说："我也不知道，我就是找啊，找啊，把黑头发找成了白头发，把日子都找没了，找来找去，不是想好好活着，而是想快点儿死去。"一听到"死"，玛丽娅就很紧张："你喝茶，你的话我不懂。"他用手抹着脸："我也不懂。"

妈妈出现了，从楼上卧室的门口望着客厅，看到王济良后惊讶得用手捂住了嘴。玛丽娅不知所措地看看妈妈，又看看王济良，完全想不到接下来会发生什么。王济良一口气喝干了茶，杯子一放，忽地起身，撕开前襟，摸出了一把明晃晃的刀子。妈妈在上面急切地喊了一声："王济良你要干什么？"他一愣，刺向玛丽娅的刀子突然歪斜了。毫无防范的玛丽娅尖叫一声倒了下去。王济良举着刀子，仰头看着："吉娜？"吉娜从楼梯上冲了下来，同时王济良也冲向了楼梯，无法判断他是去杀人还是去拥抱。玛丽娅迅速爬起，抱住了他的腿。他摔倒在地上，刀脱手而去，正好落在玛丽娅身边。之后的事情不是玛丽娅想要做的，但是她做了，鬼使神差，她竟然毫不犹豫地拾起了刀，往前挺着扑了过去。王济良这时正跪在地上，仰望着吉娜，试图起来，却怎么也起不来，或者他就不想起来，就愿意这么跪着，等吉娜过来。吉娜滑倒在楼梯上，惊愕地望着玛丽娅。玛丽娅扑在了王济良身上，刀不见了，埋进他的骨肉里去了。玛丽娅惊慌失措地后退着，发出一阵"啊啊"声。

王济良低头看看，双手握住了刀柄，声大气粗地说："是我杀了我自己啊！"像是在教唆玛丽娅如何隐瞒事实真相，然后无比柔情地叫了一声："吉娜。"又叫了一声："玛丽娅。"他一声"吉娜"，一声"玛丽娅"，一直叫着，忽地拔出了刀子。血几乎飞上了房顶。玛丽娅一阵眩晕，仰倒在地。吉娜浑身软了，几乎是坐着滑下了楼梯，抱着女儿喊："玛丽娅，玛丽娅。"又望着王济良哭着说，"你为什么要杀害你的女儿啊？"王济良瞪起可怕的眼睛看着她，突然浑身一阵松弛，软绵绵地倒了下去。吉娜又扑向了他："济良，济良。"玛丽娅坐起来，捂着伤口对妈妈说："快，给若缺打电话。"

风大了，报纸飞到天上去了。海正在摇晃，潮汐的变化便是摇晃的节奏吧？岸高海低，报纸很快飘到了海里。我起身朝前走去，身子一晃，又跺跺脚，怎么岸是软的，就像踩到了水上？心说：不用往前走了，海岸也是海，我始终都泡在海里，朝着一个东南西北中以外的方向，游啊，游啊……

我又一次游向曾经的毕史马克街，如今的江苏路，又一次站到了"负一号"的门牌前。大概是周围增添了不少高楼大厦的原因吧，这座别墅式建筑显得更加小巧玲珑，青石的院墙上依然披满了墨绿色的爬山虎，还是原来的木质院门，似乎主人以为陈旧的便是最好的，只要结实就不必更换了。无花的木芙蓉掩映着别墅的门窗和墙上那些红色的木格装饰。屋顶的瓦大概是新换过的，像覆盖了一层鲜艳的红枫叶在风雨中波荡起伏。我按响了门铃，出来了一个女孩儿。我说："我找玛丽娅。"女孩儿说："老伯伯，你又来了，我都好多次告诉你了，这里没有玛丽娅。"我笑笑，大声问："你是说她不在？那我明天再来。""你别来了。""你是说没有明天？不会的。"

2016年8月9日初稿于青海

2016年11月6日修改于青岛

2016年12月17日再改于青岛

2017年3月18日改定于青岛